Pierre Szalowski

IRGENDWO IST IMMER JEMAND, DER DICH LIEBT

Pierre Szalowski

IRGENDWO IST IMMER JEMAND, DER DICH LIEBT

Roman

Aus dem Französischen
von Nathalie Lemmens

C. Bertelsmann

Die Originalausgabe erschien 2012 unter dem Titel
»Mais qu'est-ce que tu fais là, tout seul?«
bei Éditions Hurtubise HMH Itée, Montréal.

MIX
Papier aus verantwortungsvollen Quellen
FSC® C014889
FSC
www.fsc.org

Verlagsgruppe Random House FSC-DEU-0100
Das für dieses Buch verwendete FSC®-zertifizierte Papier
EOS liefert Salzer Papier, St. Pölten, Austria.

1. Auflage

Umschlaggestaltung: buxdesign, München
Satz: Uhl + Massopust, Aalen
Druck und Bindung: Friedrich Pustet, Regensburg
Printed in Germany
ISBN 978-3-570-10156-8

www.cbertelsmann.de

Für meine Mutter,
die ich verloren habe,
während ich diesen Roman schrieb.

Für meinen Vater,
den ich verloren habe,
lange bevor ich überhaupt
ans Schreiben dachte.

ERSTER TEIL

Geschichte ist das Bestreben der Söhne,
ihre Väter zu verstehen.
PIER PAOLO PASOLINI

I'M BACK!

Bevor der Fahrgast aus dem Taxi stieg, kritzelte er noch sein Autogramm auf fünf Quittungszettel und beeilte sich, sie dem Fahrer zurückzugeben. Im Gegenzug schüttelte ihm der fröhliche Haitianer die Hand und ließ ihn dabei nicht aus den Augen, um sich zu vergewissern, dass er auch nicht träumte.

»Ich hatte ja schon mal David Copperfield im Wagen, aber das … Wow! Ein echter Volltreffer!«

Um seiner überschwänglichen Begeisterung ein Ende zu machen, öffnete der Fahrgast die Tür. Ein eisiger Windstoß und ein Schwall Schneeflocken wehten ins Wageninnere. Der Fahrer winkte ihm nach, doch der Mann stieg aus, ohne sich zu verabschieden. Leise vor sich hin schimpfend, wischte er mit seinem Handschuh den Schnee weg, der sich auf seinem schwarzen Kaschmirmantel festsetzte. Mit Einkaufstüten in den Händen und hochgeschlagenem Kragen eilten Passanten im Laufschritt an den Schaufenstern der Geschäfte vorbei, deren bunte Lichterketten die Nacht erhellten. Ein kleiner Junge blieb mit offenem Mund stehen, als hätte er den Weihnachtsmann persönlich aus dem Taxi steigen sehen. Er ließ die Hand seines Vaters los und brüllte: *»Go, Habs, go!«*

Der Mann tat so, als hätte er nichts gehört, und ging mit großen Schritten die Stufen zum Eingang des noblen Hotel Saint-Régis hinauf.

»Hoffentlich schießt du auch viele Tore!«

An diesem 24. Dezember wechselte Martin Ladouceur, Mittelstürmer der National Hockey League, zu den Canadiens de Montréal.

Die Montréaler Sportjournalisten hatten zum größten Teil skeptisch reagiert, als dieser Neuzugang bekannt wurde. Ronald Tremblay hatte es in *La Presse* – gewissermaßen als Weihnachtsgeschenk für seine Leser – sogar gewagt, ein Geheimnis zu lüften, das auch zuvor schon die Spatzen von den Dächern pfiffen: »Die Anhänger der Canadiens mögen zwar von diesem Transfer enttäuscht sein, kehrt doch ein Spieler in die Stadt zurück, der hier für viel Unruhe gesorgt hat. Doch im *Sex Paradisio*, dem berüchtigten Schauplatz seiner Eskapaden, und in den Escort-Agenturen haben zweifellos die Korken geknallt. In den kommenden vier Monaten dürfte sich ihr Umsatz verdreifachen, allein aufgrund der Anwesenheit dieses Sportlers, der sein Talent lieber auf der Tanzfläche vergeudete, statt es auf dem Eis sprechen zu lassen.«

Die majestätische Lobby des Luxushotels lag verlassen da. Der Weihnachtsbaum, der zwischen zwei eindrucksvollen Säulen thronte, blinkte einsam vor sich hin. Ein heftiger Windstoß signalisierte den wenigen Angestellten die Ankunft ihres Gastes. Unverzüglich beendeten sie ihr Nichtstun und wandten sich dem Eingang zu. Martin Ladouceurs Schritte hallten auf dem makellos sauberen Marmorfußboden. Der eins neunundachtzig große Eishockeycrack ging auf den Hoteldirektor zu, dessen eins sechzig sich tief vor ihm verbeugten.

»In meinem Namen und im Namen des gesamten Personals heiße ich Sie herzlich im Saint-Régis willkommen, Monsieur Ladouceur.«

Der Champion kam nicht dazu, ihm zu danken. Wie alle anderen drehte er sich um, als ein neuerlicher Windstoß die eisige Atmosphäre in dem beinahe menschenleeren Hotel noch weiter herunterkühlte. Ein junger, blau uniformierter Page mit etwas zu großer Kappe, sorgfältig gekämmtem Haar und einer blühenden Akne im Gesicht, schob einen goldglänzenden Gepäckwagen herein, auf dem drei große Hockeytaschen und ein Dutzend Schläger lagen. Als er bemerkte, dass sämtliche Blicke auf ihn gerichtet waren, wurde er so rot, dass seine Akne kaum mehr zu erkennen war.

Der Direktor, der seine Abreise in die Laurentinischen Berge, wo er mit seiner Familie Weihnachten feiern sollte, verschoben hatte, um den Gast persönlich begrüßen zu können, warf einen Blick auf seine Uhr, bevor er Martin Ladouceur aufforderte, ihn an die Rezeption zu begleiten.

»Die Juniorsuite 919 steht für Sie bereit. Der Präsident der Canadiens hat uns eigens angerufen, um uns zu versichern, dass der Verein sämtliche Kosten übernehmen wird, einschließlich eventueller Wellnessanwendungen und der Nutzung der Hotellimousine bis zweiundzwanzig Uhr, aber keine weiteren Extras ... Sie verstehen, was ich meine, Monsieur Ladouceur?«

Die goldene Kreditkarte, die der Gast auf die Theke im gleichen Farbton legte, schien den Direktor zu beruhigen. Bedächtig nahm er sie und schob sie diskret in den Imprinter, ehe er das Formular darüberlegte, um den Abdruck der Karte darauf zu übertragen. Dann setzte er die Spitze seines Stifts in das Feld »Betrag« und lächelte zerknirscht.

»Verzeihen Sie die kleine Unannehmlichkeit. Dieser Papierkram ist zweifellos vollkommen überflüssig, aber was halten Sie davon, wenn wir – nur zur Sicherheit – fünftausend Dollar eintragen, zum Beispiel?«

Statt einer Antwort blinzelte der Mann im Kaschmirmantel nur, was dem Direktor wieder neues Leben einhauchte. Mit einem strahlenden Lächeln reichte er seinem Gast das mit zahlreichen Nullen versehene Formular zur Unterschrift, doch als er den großen Ring bemerkte, der Martin Ladouceurs Finger zierte, fielen ihm beinahe die Augen aus dem Kopf.

»Gütiger Gott, sagen Sie mir, dass ich träume!«

Wie alle Kinder der Provinz Québec hatte er bei seinen ersten Gehversuchen auf den zugefrorenen Seen und Freilufteisbahnen jenen tief im kollektiven Erbe verwurzelten Traum geträumt, eines Tages den heiligen Stanley-Cup-Ring zu tragen. Der gewaltige Siegelring, der jedem Spieler überreicht wurde, der Schweiß und Blut dafür gegeben hatte, dass der große Verein eine weitere Zeile im Legendenbuch des Eishockeys schrieb, war von zweifelhaftem, um nicht zu sagen schauderhaftem Geschmack. Auf der Oberseite des goldenen Schmuckstücks bildeten die aus Brillanten geformten Buchstaben C und H das Logo der Canadiens de Montréal. Drei Seiten trugen die Gravur »Stanley Cup Champions«. Der Hoteldirektor fragte sich, ob er diesen Traum wohl, wenn schon nicht leben, dann zumindest vielleicht einmal kurz berühren dürfe.

»Verzeihen Sie meine Kühnheit, Monsieur Ladouceur,

aber dürfte ich Ihren Ring anfassen? Nur mit der Fingerspitze? So könnten sich meine Enkelkinder heute Abend rühmen, einen Finger zu berühren, der einen Stanley-Cup-Ring gestreift hat!«

»Nein!«

Der Direktor tat so, als hätte er nichts gesagt, was es ihm ersparte, so zu tun, als hätte er nichts gehört. Ein wenig kühler als zuvor, aber professionell näherte er sich dem geborenen Torjäger, um ihm etwas ins Ohr zu flüstern.

»Haben Sie die Absicht, heute Abend … hm … Besuch zu empfangen? Es ginge nur darum, das Nachtpersonal zu informieren … Es ist Weihnachten … Unsere dienstältesten Angestellten haben Vorrang. Sie haben alle Familie … Um mich deutlicher auszudrücken, wir haben heute Nacht nicht unsere besten Kräfte im Haus. Nur Maxime, unser Portier, ist ein alter Hase, aber das Zimmermädchen ist erst seit einem Jahr bei uns, und unser Page kommt frisch von der Hotelfachschule. Sie müssen verzeihen, dass ich das Personal auf das absolute Minimum reduziert habe, aber da Sie heute Nacht unser einziger Gast sind, blieb mir kaum etwas anderes übrig … Wenn Sie es also vermeiden könnten … Ich meine … wenn Sie eventuell ruhig bleiben könnten … um sie nicht … zu überfordern …«

Der Gast zeigte keine Regung, was die Sorgen des Direktors nicht gerade milderte.

»Ich kann mich doch auf Sie verlassen?«

Sieben Jahre zuvor, in seiner fünften Saison bei den Canadiens, hatte Martin Ladouceur nach der vierten Niederlage seiner Mannschaft in Folge in diesem Hotel einen Rekord aufgestellt. Er hatte drei Jeroboam-Flaschen Dom Pérignon und zwei Liter Chivas Regal Royal Salute getrunken, ein King-Size-Bett zerbrochen, die Toilette verstopft, den Teppichboden mit Zigarettenstummeln verwüstet und dadurch Gesamtkosten von 10529 Dollar und 45 Cent verursacht, Steuern und Service nicht inbegriffen.

»Wäre da nicht ein kleiner Nachlass drin, bei allem, was die getrunken haben?«

Diskret hatte der Verein die Rechnung seines Topstürmers – sechsunddreißig Tore und zweiunddreißig Vorlagen in neunundsechzig Spielen – beglichen. Aber diese Eskapade war der Tropfen gewesen, der das Fass zum Überlaufen brachte, und so war der Star der Canadiens de Montréal nach Winnipeg transferiert und gegen drei vielversprechende junge Talente eingetauscht worden, darunter zwei praktizierende Katholiken, die noch bei ihren Eltern wohnten.

Der Direktor ging auf die kleine Sitzgruppe im Empirestil zu. Sie bestand aus einem Sofa und zwei Sesseln mit beigegelb gestreiften Bezügen. Er griff nach seinem Mantel, der sorgsam gefaltet über einer Lehne lag, und zog eine handgestrickte Wollmütze in den Farben der Canadiens de Montréal aus der Tasche. Anschließend begleitete er Martin Ladouceur noch vor die Türen des Aufzugs.

»Ich wünsche Ihnen einen angenehmen, ruhigen Abend und vor allem frohe Weihnachten, Monsieur Ladouceur! Und wenn Sie irgendetwas brauchen, wenden Sie sich einfach an unseren Portier. Er hat Erfahrung. Aber vor allem genießt er mein vollstes Vertrauen.«

Maxime, um die fünfzig, rundlich, schlaff, dessen spärliches braunes Haar mit Unmengen von Gel auf seinem Kopf nach hinten gestrichen war, hob die Hand, um seinen einzigen Gast dieses Abends zu begrüßen.

»Stets zu Ihren Diensten, Monsieur Ladouceur!«

Ohne den Gruß zu erwidern oder sich zu bedanken, betrat der Gast den Aufzug, dessen Türen von der weiß behandschuhten Hand des jungen Pagen blockiert wurden. Dieser empfing den nach oben fahrenden ehemaligen Star mit einer tiefen Verbeugung, ehe er den Knopf mit der Nummer 9 drückte. Sobald sich die Türen geschlossen hatten, spürte Martin Ladouceur den Blick des Jungen. Er hob den Kopf und sah zu, wie auf der Anzeige die einzelnen Etagennummern aufleuchteten. Er erinnerte sich gut an diesen Aufzug, zu gut. Sie waren zu sechst hochgefahren …

An jenem Abend hatte er seinen beiden Flügelstürmern, einem Tschechen und einem Amerikaner, die während des Spiels eine ebenso jämmerliche Figur abgegeben hatten wie er selbst, unmittelbar nach der Niederlage unter der Dusche verkündet, dass sie, wenn sie schon nicht auf den Sieg anstoßen könnten, eben trinken würden, um zu vergessen. Und so den Teamgeist zu stärken.

»Und keine Sorge, *boys*, ich organisiere das Zubehör.«

Auf dem Spielerparkplatz hatte er nur die hintere Tür seines großen Wagens zu entriegeln brauchen, schon waren drei als Fans getarnte Callgirls eingestiegen und hatten auf der ledernen Rückbank zu kichern begonnen.

Als sich nach dieser wilden Nacht am frühen Morgen die Aufzugtüren vor Martin Ladouceur und seiner abendlichen Eroberung öffneten, der er versprochen hatte, sie nach Hause zu bringen, bevor er zum Training fuhr, empfing sie der Präsident der Canadiens in der Lobby.

»Morgen, Herr Präsident! Darf ich vorstellen … äh … Wie heißt du noch mal? Ihnen ist scheißegal, wie sie heißt, Herr Präsident? Na gut, fahr nach Hause, hier hast du zwanzig Dollar, ich ruf dich an … Ich hab deine Nummer nicht? *Hicks!* Keine Angst, die besorg ich mir schon, aber jetzt wird's hier gerade ein bisschen brenzlig … Nein, nein, keinen Kuss mehr … Nun geh schon. Also dann los, Herr Präsident. Wo ist denn meine Tasche? Und meine Schläger sehe ich auch nirgends … Wie soll ich denn so spielen?«

Vier Stunden später hatte der Zeugwart der Canadiens de Montréal den Mittelstürmer am Flughafen in Dorval abgesetzt und ihm ein One-Way-Ticket, Economy Class, nach Winnipeg in die Hand gedrückt, wo die Nächte so lang sind.

»Noch ein letztes Glas für den Weg? Na, komm schon, auf die Freundschaft? Hm, okay, also dann vielleicht auf den Abschied? Hast du nicht Lust, noch ein bisschen zu reden? Ich lad dich ein … Du willst nicht? Meinetwegen, dann verzieh dich … Dich konnte ich sowieso noch nie ausstehen!«

Als Martin Ladouceur die Augen wieder öffnete, stand der Page wahrscheinlich schon seit einer ganzen Weile geduldig im Flur und schaute unbeteiligt in die Luft. Auf solche Empfangskomitees vor Aufzugtüren reagierte der Gast mittlerweile allergisch.

»Wie soll ich denn hier rauskommen, wenn du mir im Weg stehst?«

»Verzeihen Sie. Ich wollte Sie nicht behindern, Monsieur Ladouceur.«

»Und hör auf, mich ›Monsieur Ladouceur‹ zu nennen, sag ›Ladouce‹ wie alle anderen auch!«

Sichtlich verstimmt angesichts dieser Aufforderung, die der obersten Regel der Hotelfachschule widersprach, nämlich sich einem Gast gegenüber niemals auch nur die geringste Vertraulichkeit herauszunehmen, begnügte sich der

Page damit, seinen Gepäckwagen über den roten Teppich in Richtung der Suite 919 zu schieben. Am Ziel angekommen, zog er einen flaschengrünen Pompon aus der Tasche, an dem ein großer goldener Schlüssel hing. Er steckte ihn in das perfekt geölte Schloss, und die Tür öffnete sich geräuschlos. Der junge Mann ließ dem künftigen Bewohner der Suite den Vortritt. Der Eingangsflur war von Wandschränken gesäumt, deren halb geöffnete Türen den Blick auf leere Regale und Kleiderstangen freigaben. Martin Ladouceur öffnete die Tür zu einem Badezimmer und streckte den Kopf hinein.

»Das ist nur das kleine Bad, Monsieur, die Wanne ist winzig, aber es gibt eine sehr viel größere in dem Bad neben Ihrem Schlafzimmer.«

»Für wen hältst du mich? Glaubst du, das ist das erste Mal, dass ich in einer Suite übernachte?«

Wieder verschwand die Akne unter kräftigem Wangenrot. Unverkennbar verärgert blieb Martin Ladouceur stehen.

»Schalt das aus, man kommt sich ja vor wie beim Bestatter!«

Der junge Mann stürzte zur Stereoanlage, und Mozarts *Requiem*, gespielt von den Berliner Philharmonikern unter der Leitung eines Herbert von Karajan in Bestform, verstummte.

»Soll ich ein anderes Stück einlegen?«

»Nein, lass nur.«

Der Page kehrte zu seinem Gepäckwagen zurück, und Martin Ladouceur durchquerte die hundert Quadratmeter große Suite. An solche eleganten Unterkünfte gewöhnt, musterte er ungerührt das Wohnzimmer. Die Gemälde an den Wänden zeigten Jagdszenen und viel zu züchtige Halbweltdamen. Ein Sofa mit hellem Stoffbezug und zwei dazu passende Sessel rahmten einen schwarzen Couchtisch ein, der vor einem eindrucksvollen Fernseher stand. Schließlich betrat Martin Ladouceur das Schlafzimmer, doch kaum hatte er einen Fuß hineingesetzt, rief er: »Und hier stinkt's auch noch wie in einem Beerdigungsinstitut!«

Der junge Mann hätte beinahe die zwölf Schläger fallen lassen, die er gerade in den Flurschränken unterzubringen versuchte. Im Laufschritt hastete er ins Schlafzimmer, raffte die auf dem Bett verstreuten Rosenblätter zusammen und warf sie vor die Tür der Suite. Als er wieder zurückkam, wich er verlegen dem Blick seines Gastes aus, der ihn herausfordernd anstarrte.

»Hat der Verein etwa dieses Brimborium veranlasst?«

»Das ist eine besondere Aufmerksamkeit unseres Hauses für bevorzugte Gäste. Es soll nach einer langen Reise entspannend wirken.«

Der berühmte Sportler zuckte mit den Schultern, und der einfache Page wandte sich wieder den Taschen, Mänteln, Kleiderbügeln und Schlägern zu. Martin Ladouceur trat ans Fenster und bemerkte auf dem Fernsehschrank einen kleinen, mit einer winzigen Lichterkette geschmückten Weihnachtsbaum. Acht blinkende Birnchen, drei blaue, drei rote und zwei weiße, beleuchteten eine Weihnachtsbaumspitze in Form der mit goldenen Pailletten verzierten Buchstaben C und H.

»Das ist doch wohl nicht ihr Ernst …«

Er setzte sich auf das Sofa, und sein Blick fiel auf den Couchtisch. Er beugte sich vor, strich mit der Hand über die Tischplatte und neigte sich noch ein wenig tiefer, um die Kratzer in dem schwarzen Lack im Gegenlicht besser erkennen zu können. Der Tisch war kurz zuvor poliert worden, aber die Oberfläche wies unverkennbare Spuren auf. Er richtete sich wieder auf und lehnte sich zurück, und plötzlich kam die Erinnerung wieder hoch.

»Nein, nein, Mädels, lasst beim Tanzen die High Heels an, das sieht noch heißer aus, wenn man euch von hier unten zusieht!«

Die waren doch wohl nicht so erbärmlich, ihm dasselbe Zimmer zu geben? Oder haben sie den Tisch womöglich absichtlich hier reingestellt? Martin Ladouceur lachte auf. Ein anzügliches Lachen. Derb. Ein nervöses Lachen, das sich zu einem gezwungenen Lachen wandelte. Als er bemerkte, dass der junge Page vor ihm stand, verstummte er abrupt.

»Was starrst du mich so an?«

»Ich habe Ihre Sachen eingeräumt.«

»Gut.«

Der junge Mann hielt seinem Gast schüchtern einen Notizblock und einen Kugelschreiber hin.

»Entschuldigen Sie, eigentlich darf ich das nicht, aber es ist für meinen Vater …«

Martin Ladouceur setzte die blasierte Miene jener Stars auf, die etwas Besseres zu tun haben, als sich für ihre Bewunderer zu interessieren. Aber angesichts der freundlichen, besser gesagt der höflichen Art des jungen Mannes und weil er in Wahrheit nicht das Geringste zu tun hatte, griff er nach Stift und Block.

»Von mir aus. Wie heißt dein Vater denn?«

»Donald.«

Im ersten Moment glaubte Martin Ladouceur an einen Scherz. Nach einem Blick auf den Pagen erkannte er, dass dem nicht so war, doch er konnte sich ein höhnisches Lachen nicht verkneifen.

»Der ist mir bis jetzt auch noch nicht untergekommen … Und wer bist du? Tick, Trick oder Track?

»Das fanden meine Freunde auch sehr witzig, in der Schule haben sie mich immer so genannt, Monsieur …«

»Nicht sehr geistreich, deine Freunde.«

»Nein, Monsieur. Vor allem, weil Tick, Trick und Track die Neffen sind. Donald ist gar nicht ihr Vater, er ist ihr Onkel.«

»Nicht ihr Vater?«

»Nein … glaube ich zumindest …«

»Aber sie müssen doch einen Vater haben, jeder hat einen. Wer ist ihr Vater?«

»Wenn Sie es wünschen, werde ich mich danach erkundigen.«

»Ja, tu das. Erkundige dich und sag mir dann Bescheid. Das interessiert mich.«

Rasch schrieb Martin Ladouceur: »Für meinen Freund Donald, sportliche Grüße.« Dann unterschrieb er mit seinem Namen und fügte noch »69« hinzu, jene Rückennummer, die ihm während seiner gesamten Karriere Glück gebracht hatte. Anschließend blätterte er um und hob den Kopf.

»Und was soll ich für dich schreiben?«

»Nichts, danke.«

»Du bist sauer auf mich, was?«

»Nein, Monsieur, bin ich nicht. Bestimmt nicht.«

»Du willst, dass ich einen Schläger für dich signiere, hab ich recht?«

»Nein, Monsieur, wirklich nicht.«

»Na, komm schon, sei nicht so schüchtern, einer mehr oder weniger … Außerdem muss ich sowieso langsam wieder trainieren, Autogramme zu geben, da unten in Los Angeles ging den Leuten Eishockey ziemlich am Arsch vorbei. Die einzigen Autogramme, die ich gegeben habe, waren die Unterschriften auf den Unterhaltsschecks für meine Ex. Aber du kennst ja Montréal, hier haben die Leute nichts als Eishockey im Kopf. Ist doch wahr … Diese Trottel. Also? Was soll ich schreiben?«

»Nein, danke, wirklich nichts, das ist sehr freundlich von Ihnen …«

Große Champions sind stolze Männer, die das Leben nur in der ersten Person Singular konjugieren können und keinerlei Widerspruch dulden. Martin Ladouceur lächelte einnehmend.

»Du willst ihn mal anfassen, stimmt's?«

Der Page wurde knallrot im Gesicht, der Gast erbleichte. Champion ist ein männliches Wort, das sich nur im Plusquamperfekt flektiert und sich ausschließlich mit dem weiblichen Geschlecht verbindet – vorzugsweise im Plural.

»Was hast du denn gedacht?«

Wie einst die Könige streckte Martin Ladouceur seine Hand aus, um den Ring der Ringe zu präsentieren.

»Ich sprach von meinem Stanley-Cup-Ring!«

Der Page bekam wieder Luft und nutzte diese Gelegenheit für sein Coming-out.

»Ich bin kein großer Eishockeyfan, Monsieur Ladouceur.«

»Bei einem Vater wie deinem?«

»Ebendeswegen.«

»Schade, ich hätte mit Micky Maus unterschrieben.«

Nachdem sich der junge Page ein höfliches Lächeln abgerungen hatte, steckte er hastig den Notizblock und den Kugelschreiber, die Martin Ladouceur ihm zurückgegeben hatte, in seine Tasche.

»Tick?«

»Ja, Monsieur Ladouceur …«

»'tschuldige, ich bin nervig, wenn's mir nicht so gut geht … Und ich werde taktlos. Sag, wie heißt du wirklich?«

»Charles-David Hébert.«

»Charles-David?«

»Charles nach dem Vater meines Vaters und David nach dem Vater meiner Mutter …«

Der Eishockeystar brauchte eine Weile, ehe er sich seinen eigenen Stammbaum vergegenwärtigt hatte.

»Teufel noch eins! Dann hätte ich Henri-Ronald oder Ronald-Henri geheißen … Kannst du dir vorstellen, was mir erspart geblieben ist?«

»Das klingt doch gut, Ronald-Henri Ladouceur …«

»Schwul klingt das!«

Sofort tat es Martin Ladouceur wieder leid. Er legte die Hand auf seinen Ring und sah aus dem Fenster in die weißen Flocken hinaus, die sich vor der dunklen Nacht abzeichneten. Charles-David wartete einen Moment schweigend, ehe er leise hüstelte.

»Brauchen Sie mich noch, Monsieur Ladouceur?«

»Was hab ich gesagt, wie du mich nennen sollst?«

»Monsieur … Ladouce.«

»Wie?«

»Ladouce …«

Mit gesenktem Kopf ging der Page zur Tür.

»Hey, wo willst du hin? Warte!«

Martin Ladouceur sprang von seinem Sofa auf und folgte ihm in den Eingangsflur. Er steckte eine Hand in die Tasche und zog zwei Zwanzigdollarscheine aus einem dicken Bündel, das ungefähr hundert davon umfasste.

»Frohe Weihnachten, mein Junge!«

»Das ist zu viel, Sie haben mir doch schon das Autogramm für meinen Vater geschenkt.«

»Die Scheine sind für dich, nicht für deinen Vater. Er hat schon sein Autogramm! Außerdem ist es doch blöd, an Weihnachten zu arbeiten, oder?«

»Es wird besser bezahlt, aber es ist trotzdem komisch. Es ist das erste Mal, dass ich Heiligabend nicht mit meiner Familie verbringe …«

Martin Ladouceur antwortete nicht. Als der junge Page erkannte, dass es nichts weiter zu sagen gab, ging er hinaus und achtete darauf, die Tür geräuschlos hinter sich zuzuziehen. Zwischen zwei Plastikzweigen des immer noch blinkenden Weihnachtsbaums bemerkte der Gast einen Umschlag in den Farben der Canadiens de Montréal. Er griff danach und öffnete ihn rasch.

Herzlich willkommen in Montréal, Ladouce!
Entschuldige den Empfang, aber es ist Heiligabend. Ganz ehrlich, ich hatte nicht damit gerechnet, dass heute ein Spieler ankommen würde. Am allerwenigsten Du … Der Präsident meint, wir brauchen einen robusten, erfahrenen Center. So gesehen bist du der ideale Spieler. Aber es bleibt abzuwarten, was wir uns damit einhandeln … Die Mannschaft ist gerade in einer guten Phase, Du wirst Dir Deinen Platz erkämpfen müssen, aber das kannst Du schaffen. Ich verlasse mich darauf, dass Du keinen Ärger machst. Ich erwarte Dich am Montag nach den Feiertagen um 10 Uhr zum Training. Frohe Weihnachten!
PS: Ich hoffe, Du hast nicht vergessen, Dir vom Weihnachtsmann einen (alkoholfreien!) Zaubertrank zu wünschen, der Dich viele Tore schießen lässt.

Im großen Bad neben dem Schlafzimmer stand der funkelnde Whirlpool, eine wahrhafte Einladung zum gemeinschaftlichen Bad, idealerweise im gemischten Doppel. Martin Ladouceur zerriss erst das Blatt und dann den Umschlag in kleine Schnipsel und warf sie ins Klo. Wütend betätigte er die Spülung. Der am Rand der Schüssel befestigte WC-Stein färbte das Wasser bläulich, und nach vier wirbelnden Runden verschwand der Willkommensbrief des Cheftrainers im Abfluss.

»Du kannst mich mal mit deinem Weihnachtsmann!«

Ein Champion ist man nicht, weil man in der Lage wäre, Dinge zu tun, die andere nicht schaffen, sondern weil man davon überzeugt ist, der Beste zu sein. Reine Kopfsache. Alles ist bloß Kopfsache, wenn sich die Starken mit den Stärkeren anlegen, die Harten mit den Felsbrocken. Es wird immer schwieriger, jedes Mal muss man der Stärkere sein. Und wenn du einmal ganz oben angekommen bist, haben diejenigen, die dich von unten bewundern, nichts anderes im Sinn, als dich zu Fall zu bringen, um deinen Platz einzunehmen. Aber von dort oben kann dir die Welt scheißegal sein, ganz einfach, weil sie dir zu Füßen liegt. Um sich da oben zu halten, brauchst du einen Dickschädel. Ein unerschütterliches Selbstbewusstsein. Einen eisernen Willen. Reine Kopfsache, das ist das Entscheidende.

»Du wirst dir deinen Platz erkämpfen müssen!«

Wütend starrte Martin Ladouceur sein Spiegelbild an. In diesem Blick war alles enthalten. Das Schaufenster des eisernen Willens. Er zog Hemd und T-Shirt aus und drehte sich ins Profil. Er legte eine Hand auf seinen Bauch, der mittlerweile seinen Brustmuskeln die Schau stehlen zu wollen schien. Er zog ihn einen Moment lang ein, entspannte sich, nur um ihn gleich darauf erneut einzuziehen, bevor er endgültig aufgab. Er drehte sich wieder nach vorn und bewunderte den attraktiven Mann, der er immer noch war. Er reckte die Schultern, die beinahe über den Spiegelrand hinausragten. Streichelte die Narbe an seinem Augenbrauenbogen, die ihm das Aussehen eines echten, harten Kerls verlieh, der schon einiges erlebt hat. Dabei war sie mitnichten die Folge eines Kampfes oder eines Schlags, sondern lediglich ein Überbleibsel der Begegnung mit einer offenen Schranktür in Buffalo. Der Lohn aller Säufer, die nachts pinkeln gehen, ohne sich die Mühe zu machen, das Licht einzuschalten. Aber manche Abschnitte der Nacht enthüllt man nicht vor aller Augen. Die äußere Erscheinung muss auf Hochglanz poliert sein, vor allem wenn sie einen finsteren Kern verbirgt, sonst schadet sie dem Ansehen der Person, die sie verkörpert. Und so belügt man die anderen. Aber vor allem sich selbst.

»Einen alkoholfreien Zaubertrank, der mich Tore schießen lässt?«

Martin Ladouceur betrachtete sich noch einen Moment im Spiegel, ehe er sein hämischstes Lächeln aufsetzte.

»Die Mannschaft ist gerade in einer guten Phase!«

Etwas erregte seine Aufmerksamkeit, und er trat einen Schritt näher an den Spiegel heran. Aus der Schublade nahm er eine Pinzette und riss sich, ohne mit der Wimper zu zucken, ein dickes Büschel Haare aus der Nase. Die gleiche Behandlung ließ er auch den Härchen zuteilwerden, die ihm aus den Ohren wuchsen. Als er sich mit einer Hand durch den dichten braunen Schopf fuhr, bemerkte er ein paar weiße Haare. Es waren nicht viele, aber sie wurden immer mehr. Er trat zurück und streckte die Arme aus. Während der Mittelfinger seiner rechten Hand den Spiegel berührte, schwebte der linke zwei Zentimeter vor der Oberfläche. Zufrieden mit dem Ergebnis dieser Übung, die rituellen Charakter zu haben schien, bewunderte er sich ein letztes Mal, wie es nur denjenigen vergönnt ist, die sich selbst mehr lieben als alles andere auf der Welt.

»Ich verlasse mich darauf, dass du keinen Ärger machst!«

Martin Ladouceur verließ das Badezimmer, ohne das Licht auszuschalten. Er nahm ein sauberes T-Shirt und ein frisches Hemd von den Stapeln, die Charles-David ordentlich in den Schlafzimmerschrank geräumt hatte. Im Wohnzimmer versetzte er dem armseligen Weihnachtsbaum einen kräftigen Fußtritt, woraufhin dieser auf den Teppich knallte und zu blinken aufhörte. Im Vorbeistürmen griff der wütende Mann nach seinem Mantel und schlug die Tür der Suite so fest hinter sich zu, wie er nur konnte.

»I'm back!«

IRGENDWO IST IMMER JEMAND, DER DICH LIEBT

Martin Ladouceur drückte zum wiederholten Mal auf den Knopf und presste ein Ohr an die Wand. Nur tiefe Stille. Er versuchte, einen Zeigefinger zwischen die beiden eisernen Türen zu zwängen, und tatsächlich gelang es ihm, sie ein kleines Stückchen auseinanderzuschieben. Er warf einen Blick durch den schmalen Spalt, um herauszufinden, ob sich die Kabine dahinter befand.

»Wo steckt dieser verdammte Aufzug?«

Der Champion wandte sich der Personaltreppe zu, stürmte die Stufen hinunter, während er über das Hotel, seinen Direktor und den Portier schimpfte, und erreichte wutschnaubend das Erdgeschoss. Mit einem kräftigen Schulterstoß rammte er die Tür zur Lobby auf, wo er sich Auge in Auge mit dem jungen Pagen wiederfand, der die goldglänzenden, aber vor allem blockierten Wände des Aufzugs polierte.

»Es tut mir sehr leid, Mons… ähm … Ladouce, Sie sind der einzige Gast des Hotels, und ich hätte nicht gedacht, dass Sie so schnell wieder herunterkommen würden.«

Sofort schluckte Martin Ladouceur seinen Ärger oder, besser gesagt, gut die Hälfte davon hinunter, lächelte den jungen Mann an und versetzte ihm einen freundschaftlichen Klaps. Der Page richtete sich auf und flüsterte leise: »Was Donald angeht, hatte ich recht. Er ist wirklich der Onkel!«

»Und?«

»Na ja, wenn er der Onkel ist, kann der Vater von Tick, Trick und Track nicht auch Donald sein ...«

»Klar, Donald kann ja nicht überall sein. Aber können die Kleinen nicht zwei Väter haben?«

»Normalerweise nicht, nein.«

Immer noch außer Puste, weil er wie von Sinnen die Treppe heruntergestürmt war, dankte er Charles-David mit einem Nicken, während dieser vor Freude darüber, dass es ihm gelungen war, den Wunsch des Gastes so schnell und so zufriedenstellend zu erfüllen, wieder einmal knallrot angelaufen war. An der Rezeption blieb Martin Ladouceur mit seinem Schlüssel in der Hand stehen und wartete. Aus dem Büro hinter dem Tresen drang die Stimme des Portiers, der erregt telefonierte.

»Was willst du denn jetzt von mir hören? Morgen früh kommt hier ein Bus mit achtundvierzig frisch verheirateten Japanern an. Im Katalog gibt es ein wunderschönes Foto, auf dem die Betten über und über mit Orchideen bedeckt sind. Die vierundzwanzig Paare haben das als Extra gebucht. Ich weiß, dass Weihnachten ist, aber für die ist das ihre Hochzeitsnacht. Sie werden im Achten sowieso schon ein Höllenspektakel veranstalten, also sieh gefälligst zu, wie du das hinkriegst, damit sie nicht auch noch hier unten an der Rezeption Theater machen ... Ich versteh ja, dass du Familie und Kinder hast, aber wir haben bei dir Orchideen best... Mist, ich ruf zurück, ich hab einen Gast!«

Der Portier zog seine schwarze Uniform zurecht und

strich sich das spärliche Haar nach hinten. Dann trat er aus dem Büro zu Martin Ladouceur an die Rezeption.

»Verzeihen Sie, dass ich Sie warten ließ. Wir erwarten morgen eine ganz besondere Delegation, der wir den bestmöglichen Service bieten wollen.«

Wortlos legte Martin Ladouceur den Schlüssel auf den Tresen. Der Portier hängte ihn an die große Tafel, an der nun alle Zimmerschlüssel des Hotels versammelt waren. Er neigte sich zu seinem schwitzenden Gast vor und schenkte ihm ein angemessen sportliches Lächeln.

»Wie ich sehe, haben Sie bereits wieder mit dem Training begonnen, Monsieur Ladouceur.«

»Ich wusste gar nicht, dass die Canadiens den Humorzuschlag gebucht haben.«

»Nein, das haben sie nicht. Tut mir leid. Wie kann ich Ihnen weiterhelfen?

»Gibt es eine Nachricht für mich?«

»Nein, Monsieur Ladouceur.«

»Dann rufen Sie mir bitte ein Taxi.«

»Sie gehen aus? Was für eine fantastische Idee an einem Heiligabend! Wohin soll die Fahrt denn gehen?«

»Zur *Maison des Vins*.«

»Zur *Maison des Vins*?«

»Ja, zur *Maison des Vins*!«

Mit einem Schlag verlor der Portier seine joviale Freundlichkeit und warf einen verzweifelten Blick auf die Uhr, in der Hoffnung, dort Rettung vor dem unausweichlichen Zorn des Direktors zu finden, der sich unmissverständlich ausgedrückt hatte, bevor er das Hotel verlassen hatte.

»Jeder Liter, den er trinkt, bedeutet für dich ein Jahr Arbeitslosengeld!«

Als der Portier sah, dass die große Wanduhr 19 Uhr und 59 Minuten anzeigte, schien er Freude, Liebe und vor allem inneren Frieden wiederzufinden. Er konnte sich ein strahlendes Lächeln nicht verkneifen und breitete die Arme aus.

»Es tut mir entsetzlich leid, Monsieur Ladouceur, aber die *Maison des Vins* schließt heute, an Heiligabend, schon um zwanzig Uhr. Ich würde Ihnen ja gern aus der Klemme helfen, aber leider ist unsere Bar geschlossen. Und die Minibar in Ihrem Zimmer ist auf ausdrückliche Anweisung des Präsidenten Ihres Vereins leer. Ich bin untröstlich … Also, brauchen Sie das Taxi dann überhaupt noch?«

Martin Ladouceur strich über die Narbe an seiner Augenbraue und rieb sich die Hände, bevor er nacheinander seine Fingergelenke knacken ließ. Der Portier schluckte. Schlimmer noch als die Aussicht auf jahrelange Arbeitslosigkeit hatte die Vorstellung, unbewaffnet und ohne einen Schiedsrichter, der notfalls dazwischengeht, einem NHL-Profi gegenüberzustehen, seine Körpertemperatur unvermittelt um gut zwei Grad absacken lassen. Um sich besser Gehör zu verschaffen, schob der Gast sein Gesicht dicht vor das des ängstlichen Portiers.

»Ich habe ein Taxi bestellt, um einen Freund zu besuchen. Ich wollte ihm lediglich eine Flasche Wein mitbringen. Aber in Anbetracht des Empfangs, den Sie mir hier bereiten, werde ich ihn wohl auch bitten, bei ihm übernachten zu dürfen. Und ich kann Ihnen versichern, falls jemals wieder ein Spieler der Canadiens hier eine Nacht verbringen sollte, dann sicher nicht aufgrund meiner Empfehlung!«

Noch schlimmer, als sich von einem NHL-Profi schlagen zu lassen, wäre es, dem Direktor zu gestehen, dafür verantwortlich zu sein, dass das Hotel einen wichtigen Gast verloren hatte. Nein, den bedeutendsten, den ruhmreichsten Gast überhaupt. Man stelle sich bloß vor, die Canadiens de Montréal! Dreiundzwanzig Stanley-Cup-Siege, eine fast hundertjährige Geschichte, das Opium einer ganzen Stadt, einer Region, eines Volkes. Der Portier nahm einen tiefen Atemzug, kostete ihn aus, für den Fall, dass es sein letzter sein sollte, und spielte dann seinen Joker aus in dieser Partie Lügenpoker, die er schon jetzt verloren wusste.

»Was für ein fürchterlicher Irrtum, Monsieur Ladouceur! Jetzt, wo ich darüber nachdenke, fällt mir ein, die *Maison des Vins* an der Président Kennedy hat bis zweiundzwanzig Uhr geöffnet. Wie dumm von mir! Wieso bin ich nicht früher darauf gekommen? Ich hole Ihnen unverzüglich die Hotellimousine. Da der Fahrer heute Abend frei hat, werde ich Sie persönlich fahren. Wir wollen Ihren Freund doch auf keinen Fall warten lassen!«

Um den Ärger zu unterdrücken, der sich in ihm regte, schloss Martin Ladouceur die Augen. Der Portier nutzte diese Gelegenheit zu drei unauffälligen, hastigen Atemzügen – nur für alle Fälle. Er kam nicht mehr dazu, sich am letzten davon zu erfreuen, da die Faust seines Gastes mit voller Wucht auf den Tresen krachte.

»Was wollte ich, verdammt noch mal?«

Eine Minute später öffnete der Portier, deshalb nur bis zum Boden verneigt, weil es nicht noch tiefer ging, die Tür des Taxis, während er gleichzeitig schützend einen Regenschirm über seinen Gast hielt, damit keine einzige Schneeflocke den schönen Kaschmirstoff befleckte.

»Gütiger Himmel, Sie haben Schnee auf Ihrem Ärmel! Lassen Sie mich das gleich wegwischen! So, nichts mehr zu sehen!«

Er eilte um den riesigen weißen Chevrolet Caprice herum, um dem Fahrer das Ziel zu nennen. Und mit einer Dringlichkeit, als sollte eine Schwangere, deren Fruchtblase bereits geplatzt war, ins Krankenhaus gebracht werden, schrie er: »Ein Notfall! *Maison des Vins*, Avenue du Président Kennedy 505, Ecke Rue Aylmer! Schnell!«

Das Taxi brauste los, zur großen Erleichterung des Portiers, der sich mit einer Hand über die Stirn wischte, ehe er sich gegen eine Straßenlaterne lehnte, um wieder zu Atem zu kommen.

»Jetzt könnte ich auch einen Schluck vertragen.«

Von der Rückbank des Taxis aus ließ Martin Ladouceur seinen Blick über die Stadt gleiten. Die mit Geschenken beladenen Passanten waren verschwunden, nur noch Obdachlose schlurften mit leeren Händen über die Bürgersteige. Hinter den Fensterscheiben blinkten die Lichterketten der Weihnachtsbäume. Im Rückspiegel fing er den lachenden Blick des Taxifahrers auf.

»Ich dachte mir doch, dass Sie wieder rauskommen würden. Ein Mann wie Sie hält es nicht lange in geschlossenen Räumen aus, was?«

»Kann man so sagen.«

Mehr noch als der Aufenthalt in geschlossenen Räumen war es das Alleinsein, das er nicht länger als eine halbe Stunde ertrug. Er war noch nie lange allein gewesen. Seit seinen Anfängen in der Jugendliga war er immer von einer Clique umgeben gewesen, einer Mannschaft, Kindern, die sich im Auto zusammendrängten, ehe sie gemeinsam aufs Eis flitzten. Und sein sich schon früh abzeichnendes Talent, seine angeborene Fähigkeit, die gegnerischen Verteidiger abzuschütteln und dann das obere Eck zu treffen, hatten ihm schnell eine Sonderstellung eingebracht. Wer sechs von sieben Toren einer Mannschaft erzielt, gewinnt leicht zweiundzwanzig Freunde, Trainer inbegriffen. Der junge Martin konnte sich sogar aussuchen, wessen Zuneigung er akzeptierte. Wem er das Recht zugestand zu gewinnen. Die Droge der vierten Reihe. Wer sich ihm widersetzte oder wen er ganz einfach nicht mochte, den ließ er vom Trainer aussortieren, streichen, aus der Mannschaft werfen. Und wenn diejenigen um einen herum fürchten, nicht mehr geliebt zu werden, lieben sie selbst nur umso inniger oder heucheln zumindest ihre Liebe täuschend echt. Aber das ist egal. Der Außergewöhnliche berauscht sich am Wissen um seine Unverzichtbarkeit. Am Wissen, derjenige zu sein, um den sich alle reißen. Der Auserwählte.

In der *Maison des Vins* wandte sich Martin Ladouceur, ohne auch nur eine Sekunde zu zögern, den Grand Crus zu, die – im Gegensatz zu Eishockeyspielern – mit zunehmendem Alter immer besser werden. Er wählte einen 1974er, das Jahr, in dem er seinen ersten Vertrag in der NHL bekommen hatte, ein ausgezeichneter Jahrgang, nebenbei bemerkt. Und entschied sich für einen Cheval Blanc, zu Ehren seines Ferraris, den er schändlicherweise in seiner Garage in Los Angeles zurückgelassen hatte. Er würde ihn vermissen, aber er hatte sich dazu durchgerungen, ihn zu verkaufen. Montréal mit seinem Glatteis, seinem Schneematsch und seinen Schlaglöchern war Gift für vier derart sensible Reifen. Außerdem war er viel zu auffällig, wenn man sich nicht von den Spitzeln der Canadiens zu später Stunde in den angesagten Bars der Stadt erwischen lassen wollte.

Als Martin Ladouceur mit seinen drei Flaschen an die Kasse kam, erwartete ihn der Verkäufer bereits.

»Das riecht nach Verlängerung, Monsieur Ladouceur!«

Im Gesicht der NHL-Legende, deren Rookie Card bei den Sammlern innerhalb von vier Jahren drei Viertel ihres Werts verloren hatte, zeigte sich nicht der Hauch eines Lächelns. Mit einem verschwörerischen Zwinkern transportierte der Kassierer die Flaschen über das Laufband weiter.

»Eins … zwei … drei … Scheint ja eine lange Nacht zu werden!«

Martin Ladouceur zog es vor, nicht darauf zu reagieren.

»Mannschaftsparty?«

»So was in der Art …«

»Das macht ganz genau eintausendvierhundertneunzehn Dollar. Unser Tagesrekord!«

Der Eishockeymillionär zog sein Bündel Scheine aus der Tasche. In der Schlange hinter ihm stießen sich einige Kunden gegenseitig mit dem Ellbogen an, als sie ihr einstiges Idol erkannten, das innerhalb weniger Sekunden mehr ausgab, als sie jemals in einem Monat verdienen würden. Martin Ladouceur spürte die Blicke und beugte sich zum Kassierer vor.

»Wissen Sie vielleicht, wo es hier in der Nähe einen Spielzeugladen gibt?«

»Hier im Viertel wüsste ich keinen. Abgesehen von dem Laden mit Sexspielzeug am Ende der Straße.«

Ein Kunde, dessen Atem verriet, dass er schon vor einer ganzen Weile mit dem Feiern angefangen hatte, trat aus der Reihe.

»'s gibt das Spielzeugland im Centre Eaton. Aber ich glaub, die machen um halb neun zu.«

»Danke, sehr nett von Ihnen.«

Die Uhr hinter der Kasse zeigte Viertel nach acht. Martin

zahlte hastig, aber der angetrunkene Kunde kam auf ihn zu.

»Unterschreibst du mir das hier für meinen Sohn?«

»Natürlich ... Wie heißt er?«

»Christian!«

Mit dem Ziel, seinen eigenen Autogrammrekord in freier Wildbahn zu brechen, nahm der Champion den Stift, der neben der Kasse lag. So schnell wie möglich gab er den Werbeprospekt für portugiesische Weine zurück, der von nun an für alle Zeit seine Unterschrift tragen würde.

»Und noch eins für meinen Schwager André ... Und eins für meinen Chef ... Gérald ... Das wird ihn freuen, vor allem, wo er mich heute Morgen fast gefeuert hätte.«

»Okay, aber das war's dann, draußen wartet ein Taxi auf mich, und ich muss noch einiges besorgen.«

Martin Ladouceur unterbot noch einmal seinen gerade erst aufgestellten Rekord. Kaum waren die beiden Faltblätter unterschrieben, da legte er auch schon den Stift hin, schnappte sich zwei Flaschen mit der einen Hand und die dritte mit der anderen.

»Und noch ein letztes für meinen kleinen Bruder!«

»Ich muss jetzt wirklich los.«

»Er ist behindert!«

»Ach verdammt ... Das hat mir gerade noch gefehlt.«

»Wie, verdammt, das hat mir gerade noch gefehlt? Du kaufst von unserem Geld für fünfzehnhundert Dollar Wein und hast nicht mal zwei Sekunden Zeit, um einem Behinderten ein Autogramm zu geben?«

»Ich habe doch keinem Behinderten ein Autogramm verweigert, ich muss nur jetzt los, der Spielzeugladen schließt gleich.«

»Ja, genau. Als du wissen wolltest, wo es hier einen Spielzeugladen gibt, da warst du stinkfreundlich. Und jetzt, wo du's weißt, behandelst du mich wie den letzten Dreck.«

Als guter Stürmer, der weiß, wann er sich lieber zurückzieht, weil er ahnt, dass er in einer undurchdringlichen Verteidigung keine Lücke finden wird, stellte Martin Ladouceur ruhig die Flaschen zurück an die Kasse, griff erneut nach dem Stift, nahm noch eines der Faltblätter, die die Qualitäten portugiesischer Weine priesen, und drehte sich, wenn auch ohne ein Lächeln, zu dem betrunkenen Kunden um.

»Okay, bringen wir es hinter uns. Wie heißt dein Bruder?«

»Jetzt will ich es auch nicht mehr! Mein behinderter Bruder kann sowieso nicht lesen. Du bist ein wertloser Mistkerl, Ladouceur. Sieh nur, was ich mit deinen Autogrammen mache!«

In null Komma nichts waren die mit der Unterschrift von Martin Ladouceur geschmückten Werbeprospekte für portugiesische Weine zerrissen und flogen als rotes und grünes Konfetti durch die Luft.

»Typen wie dich wollen wir hier in Montréal nicht!«

Der Kunde war noch keine drei Schritte in Richtung Tür gewankt, da hatte Martin Ladouceur ihn auch schon beim Kragen gepackt und presste ihn gegen das Regal mit bulgarischem Champagner.

»Pass mal auf, Arschloch. Wenn du mir noch einmal deinen stinkenden Atem ins Gesicht bläst, polier ich dir so gründlich die Visage, dass du frühestens im Sommer wieder jemandem frohe Weihnachten wünschen kannst, denn so lange wird es dauern, bis deine Knochen wieder zusammengewachsen sind!«

Mit einem Schlag ausgenüchtert, sah der Kunde das Leben des Kolosses an sich vorüberziehen, der da vor ihm stand. Er rief sich all die Titelseiten des *Journal de Montréal* in Erinnerung, das er niemals abonniert hätte, wenn er gewusst hätte, was ihm bevorstand: »Ladouceur in Bar in der Rue Crescent in Messerstecherei verwickelt«, »Drei Polizisten schaffen es nicht, tobenden Ladouceur festzunehmen«, »Ladouceur nach seinem fünften Hattrick wegen nächtlicher Ruhestörung vorübergehend festgenommen«, »Ladouceur verdrückt sich mit zwei anderen Spielern aus Hotel«, »Ladouceur frühmorgens betrunken in Hotel aufgegriffen«, »Gute Reise, Ladouceur, Montréal hat genug von dir!«.

Doch nun hatte sich der Wind für den treuen Leser des *Journal de Montréal* gedreht, und alle Zeichen standen auf Sturm. Vor ihm stand mittlerweile ein wahrer Tornado. Tapfer mischte sich der Kassierer ein, nicht ohne sicherheitshalber ein paar Schritte zurückzuweichen.

»Ich unterbreche Sie nur ungern, Monsieur Ladouceur, aber wenn Sie sich nicht beeilen, schließt der Spielzeugladen … Also, ich meine ja nur …«

»Mir doch egal!«

Während die Augen seines Opfers um Gnade flehten, verstärkte Martin Ladouceur noch einmal den Druck auf den Hals des Betrunkenen, der nicht mehr genug Luft bekam, um sich für seinen dämlichen Einfall zu entschuldigen, einen behinderten Bruder zu erfinden, um noch ein letztes Autogramm zu ergattern, das er auf dem Schwarzmarkt vor den Toren des Forums hatte verkaufen wollen.

»Was ist Ihnen heute Abend am wichtigsten?«

Martin Ladouceur schwang herum, um den Störenfried zu sehen, der es wagte, ihn mitten im Todesstoß anzusprechen. An der Ladentür stand der Taxifahrer und deutete auf den Mann, der mühsam nach Luft rang.

»Ist das Ihr Freund?«

»Ganz im Gegenteil!«

»Aber Weihnachten verbringt man doch mit den Menschen, die man liebt, oder nicht?«

Martin Ladouceur ließ den Unruhestifter los, der schnurstracks hinter das Regal mit den billigen kalifornischen Weinen floh. Der Kunde griff seine Flaschen und verließ mit gesenktem Kopf die *Maison des Vins*. Nachdem er sich einen Weg durch die vor dem Schaufenster versammelte Menschentraube gebahnt hatte, ging er auf den Fahrer zu, der ihm die Tür seines Taxis öffnete.

»Danke.«

»Ein Nachttaxi ist der Hirte der verlorenen Schafe.«

»Schluss mit deinen schwülstigen Phrasen. Mir rennt die Zeit weg.«

Das Taxi fuhr schon seit mehr als anderthalb Stunden Runde um Runde über die Île-des-Sœurs, Zuflucht von Bankern, Managern, Stars und Eishockeyspielern, die nicht in der Stadt wohnen, aber trotzdem von ihrem Garten aus den Blick darauf genießen wollen.

»Na, kommt Ihnen noch immer nichts bekannt vor?«

»Diese verdammten Häuser sehen alle gleich aus. Und bei dem Schnee sind sie auch noch alle weiß, verfluchte Scheiße!«

»Sind Sie sicher, dass Sie seine Nummer nicht bei sich haben?«

»Ich habe dir doch schon gesagt, dass ich mein Adressbuch in Los Angeles vergessen habe!«

»Und was, wenn wir an einer Telefonzelle anhalten und bei der Auskunft anrufen?«

»Lohnt sich nicht. Er hat eine Geheimnummer.«

»Vielleicht jemand anders?«

»Alle anderen auch. Sogar der Trikotwart.«

»Einen befreundeten Journalisten?«

»Einen befreundeten Journalisten, so was gibt's nicht! Mann, bin ich erledigt. Was soll's, wir fahren zurück!«

»Nur Geduld. Ich versuche es noch mal da lang. Ich glaube, in der Straße waren wir noch nicht …«

»Ich sagte, wir fahren zurück. Glaub ja nicht, ich würde nicht merken, was du da treibst. Dir geht es doch bloß um den Taxameter.«

»Das schalte ich aus. Kein Taxameter mehr. Also darf ich auch so zurückfahren, wie ich will. Und ich will hier lang fahren! Die Runde geht auf mich!«

Martin Ladouceur gab sich geschlagen und lehnte den Kopf an die Scheibe. Durch den immer noch fallenden Schnee hindurch sah er weitere hell erleuchtete Häuser vorbeiziehen. In ihrem Inneren herrschten Leben und Freude. Geschenke wurden ausgepackt. Die Kinder lachten, und die Eltern freuten sich darüber, sie so glücklich zu sehen. Martin schaute neben sich auf den Sitz, wo die drei Tüten aus dem Centre Eaton lagen. Sie waren voller bunter Päckchen, die nur darauf warteten, verschenkt zu werden. Seit heute Morgen ging alles schief. Nein, schon seit dem Beginn dieser Saison. Genau genommen war schon seit einer ganzen Weile alles Mist. Nichts funktionierte mehr, wie es sollte.

Warum hatte das Glück ihn verlassen? Das Glück, das ihm immer den passenden Rebound beschert hatte. Jenen schicksalhaften Pfosten, der es einem ermöglicht, den Puck doch noch ins Tor zu schieben. Warum wandte es sich nun von ihm ab? Eigentlich war es ja auch egal. Er musste nur noch eine Saison durchhalten. Vielleicht zwei, wenn es seinem Agenten gelang, einen Verein davon zu überzeugen, ihn zu nehmen, indem er noch weiter mit dem Preis runterging. Aber danach? Martin Ladouceur hob den Blick zur Decke des von den grünen Anzeigen im Armaturenbrett beleuchteten Fahrgastraums, dann drehte er sich gedankenverloren zur Seite. Mit einem Ruck richtete er sich auf und klopfte an die Scheibe.

»Da! Da ist es, ich erkenne es wieder!«

Schlitternd machte das Taxi kehrt und blieb vor der von Schnee befreiten Zufahrt des Hauses stehen. Der Fahrer ließ die elektrische Fensterscheibe herunter, die seinen Fahrgast von dessen Ziel trennte.

»Schauen Sie gut hin. Wir haben schon vier Familien beim Feiern gestört, und jedes Mal hat Sie das Autogramme und ein Foto vor dem Weihnachtsbaum gekostet.«

»Das ist es, ich bin mir sicher! Vor diesem Haus stand er auf dem Foto in den *Hockey News*. Außerdem hat es die Hausnummer zwölf. Das war schon immer seine Rückennummer! Und sehen Sie sich nur mal den Briefkasten an, er hat die Form eines Hockeytors. So was Bescheuertes stellt sich doch heute keiner mehr in den Garten ….«

Martin warf einen Blick auf das Taxameter, das 119 Dollar und 25 Cent anzeigte. Er zog sein Bündel Zwanzigdollarscheine aus der Tasche und warf acht davon auf den Beifahrersitz.

»Behalt den Rest und frohe Weihnachten!«

»Das ist doch zu viel!«

»Keine Widerrede.«

»Soll ich nicht lieber auf Sie warten, nur zur Sicherheit?«

»Nein, nicht nötig.«

Mit all seinen Geschenken und Weinflaschen bepackt, stieg Martin Ladouceur aus dem Wagen. Er stieß die Tür mit dem Fuß zu und ging die Auffahrt entlang. An der Haustür angekommen, läutete er mit dem einzigen freien Körperteil, der ihm noch geblieben war: der Nase. Hinter ihm verschwand das Taxi in der Dunkelheit. Die Tür öffnete sich vor einem beinahe zwei Meter großen Mann in einem weißen Hemd, das sich um beeindruckende Schultern schmiegte, und mit einer Fliege um den Hals. Er kaute noch den letzten Bissen seiner Scheibe Gänseleberpastete. Bei seinem Anblick brüllte Martin Ladouceur seine Freude hinaus: »*I'm back!*«

Hastig schloss der Hüne die Tür hinter sich, wobei er sich vergewisserte, dass drinnen niemand etwas bemerkt hatte, und schluckte, um besser flüstern zu können.

»Was, zum Teufel, machst du hier? Hast du meine Nachricht nicht bekommen?«

»Welche Nachricht?«

»Die ich heute Morgen für dich in Los Angeles hinterlassen habe.«

»Nein, ich bin schon in aller Herrgottsfrühe abgehauen. Ich hatte da für heute Abend sowieso nichts geplant.«

»Ladouce, das geht nicht.«

»Was soll das heißen, das geht nicht, Labarre?«

»Ich feiere mit meiner Familie.«

»Sind wir Spieler nicht alle eine große Familie? Einmal Canadiens, immer Canadiens! Stimmt's, Labarre?«

»Und hör auf, mich Labarre zu nennen, die Zeiten sind vorbei.«

Georges D'Amour war noch keine zwanzig Jahre alt gewesen, als er aus Rouyn-Noranda zu den Canadiens gekommen war. In seiner Jugend hatte dieser Bergarbeitersohn die

Eisbahnen des Nordens leer gefegt, indem er systematisch alles plattmachte, was ihm vor die Schlittschuhe kam. Mit Fausthieben hatte er seine Legende in blutigen Lettern geschrieben. Und inzwischen war er mit seiner Ausbeute von über fünfzig gebrochenen Nasen und zwanzig zertrümmerten Kiefern der gefürchtetste Enforcer der gesamten Liga. Eine Gabe der Natur, wie er immer sagte.

»Schon bei meiner Geburt war ich so groß und stark, dass der Arzt meine Mutter bis hierhin aufschneiden musste!«

»Georges, das ist kein Kaiserschnitt, das ist Mord!«

Gleich nach seiner Ankunft in Montréal hatte Martin Ladouceur dieses so starke, so naive, so reinliche junge Talent unter seine Fittiche genommen. Er hatte ihm die Reize der Stadt nähergebracht und die Privilegien, die ein Spieler der Canadiens genoss. Vom *Thursday* übers *Disco 1234* bis hin zum *Café Cherrier* und allen anderen angesagten Bars und Clubs der Stadt hatte der junge Provinzler erlebt, wie die Warteschlangen zur Seite wichen, um ihn vorbeizulassen, wie für ihn immer die besten Tische frei waren, und wie ihm Drinks hingestellt wurden, die er nicht einmal zu bestellen brauchte.

»Hier, Georges, der ist für dich!«

In den Stripclubs, jenen Kathedralen, vor deren Altar sich alle Spieler der NHL nur zu gern verneigen, hatte der Koloss die Unschuld seiner Jugend verbrannt, was ihm auch seinen Spitznamen eingebracht hatte.

»Ich hab noch nie so große Titten gesehen!«

»Kein Wunder, Georges, du klebst ja auch mit den Augen an der Stange!«

Im *Chez Parée*, im *Wanda's* oder im *Sex Paradisio* ging Georges D'Amour nicht nur ein und aus, es war für ihn auch immer ein Platz in der ersten Reihe direkt vor der Aluminiumbühne reserviert.

»Komm schon, Labarre, wir verdrücken uns.«

»Warte, Ladouce, nur noch ein Tanz! Die ist so was von heiß!«

An diesem Heiligabend jedoch wurde es vor der Haustür allmählich empfindlich kalt. Der Schüler hatte sich offensichtlich von den Lehren seines gestürzten Mentors losgesagt. Schweigen senkte sich auf sie herab, das erst endete, als unvermittelt die Haustür aufgerissen wurde.

»Nicht mal am Heiligen Abend lassen die uns mit ihren verdammten Autogrammen in Ruhe …«

Die junge Frau trug die blasierte Miene jener neureichen Spießerinnen zur Schau, die es nicht ertragen, wenn auch nur die geringste Störung verhindert, dass der Truthahn pünktlich aus dem Ofen kommt. Sie begnügte sich nicht damit, dem ungebetenen Besucher einen vernichtenden Blick zuzuwerfen, nein, sie durchsiebte ihn regelrecht von Kopf bis Fuß. Martin Ladouceur tat so, als hätte er das Zischen der Kugeln nicht gehört, und antwortete mit seinem strahlendsten Lächeln, das den Blick auf seine schönen Zähne freigab: »Hey! Bambi!«

Mit einem Klaps auf die Schulter erinnerte die bildhübsche junge Blondine ihren Mann, der sie um gut vierzig Zentimeter überragte, an seine Aufgabe. Kein Zweifel, der Kapitän in diesem schönen Haus auf der Île-des-Sœurs war sie. Die Tür schloss sich erneut vor einem verblüfften Martin Ladouceur.

»Du hast sie geheiratet?«

»Sieht so aus, ja.«

»Wo hat sie noch gearbeitet?«

»Das ist Vergangenheit …«

»Im *Sex Paradisio*! Ich habe ein phänomenales Gedächtnis für solche Sachen! Aber sie war die Beste, das muss man ihr lassen.«

»Hey, du sprichst von meiner Frau. Und nur dass du's weißt, sie heißt Julie. Julie D'Amour. Sie hat meinen Namen angenommen.«

Der größere der beiden Männer konnte seinem Teamkameraden, der ihn wortlos anflehte, ihm die Tür zu öffnen, nicht länger in die Augen sehen.

»Als sie erfahren hat, dass du wieder zurückkommst, musste ich ihr versprechen, nicht mehr mit dir rumzuhängen.«

»Soll das ein Scherz sein?«

»Hör zu, Ladouce, im Verein hat sich viel verändert, seit sie dich gefeuert haben … Ich meine, seit deinem Transfer … Es ist nicht mehr so wie früher … Sie wollen, dass die Jungs spuren … Sie haben keine Lust mehr, die Rechnungen zu übernehmen und den Bullen, den Clubbesitzern und dem Hotelpersonal Logenplätze zu geben, damit die vergessen, was sie gesehen haben … Das ist alles vorbei, Ladouce … Es wird Zeit für etwas Neues … Du bist fast vierzig, vergiss das nicht …«

»Hey, ich bin gerade erst sechsunddreißig geworden!«

»Sag ich doch, fast vierzig.«

»Das kannst du mir nicht antun … Ich habe eine Suite im Hotel. Ich dachte, wir lassen uns ein paar Mädchen kommen … Zwei? Vier?«

Georges D'Amour schwankte einen Moment, als kehrten unvermittelt die Dämonen seiner Jugend zurück. Doch er fing sich rasch wieder, packte mit einer Hand den Türgriff und legte die andere seinem alten und neuen Mannschaftskameraden auf die Schulter.

»Wir treffen uns nächste Woche mal zum Mittagessen. Ich lade dich ein. Salat, gegrillter Fisch, stilles Wasser. Das bleibt unter uns. Aber heute Abend kann ich wirklich nicht.«

Wenn der Stanley Cup vom Trophäenregal im Büro des Präsidenten der Canadiens gekippt wäre und ihn mitten ins Gesicht getroffen hätte, hätte es Martin Ladouceur nicht so wehtun können. Die schlimmsten Schmerzen sind auch immer die stillsten. Man hat nicht mehr die Kraft zu schreien. Man steckt die Schläge ein und leidet innerlich.

»Okay, aber dann nimm wenigstens die Geschenke. Sag, sie kommen von einem alten Kumpel. Da drin sind Nintendo-Konsolen, Spiele, Schwerter, Maschinenpistolen, Gewehre und Cowboykostüme ... Ich wusste nicht mehr, ob du zwei oder drei Kinder hast. Und im Zweifel ...«

»Ich habe vier, alles Mädchen. Und Julie will nur pädagogisch wertvolles Spielzeug. Gewaltspiele kommen ihr nicht ins Haus. Sie sagt, es traumatisiert die Mädchen schon genug, jeden Abend in den Nachrichten zu sehen, wie sich ihr Vater prügelt.«

Unverkennbar in der Unterzahl, beschloss Martin Ladouceur, seinen Besuch nicht weiter in die Länge zu ziehen.

»Hast du ihr nie gesagt, dass dein seltenes Talent, den Typen aus der anderen Mannschaft die Fresse zu polieren, der einzige Grund ist, warum du ihr ein solches Haus kaufen konntest?«

»*Please*, Ladouce, es ist Weihnachten.«

»Und hast du sie jemals daran erinnert, dass ich es war, der euch einander vorgestellt hat?«

»Dafür habe ich mich auch schon tausendmal bei dir bedankt ... Soll ich dir ein Taxi rufen?«

»Nein danke, nicht nötig. Ich gehe zu Fuß.«

»Dann sehen wir uns in alter Frische beim Training.«

Georges D'Amour verabschiedete sich mit einem knappen Nicken von seinem alten Freund, drehte sich um und ging ohne einen weiteren Blick in sein warmes Haus zurück. In der Auffahrt konnte Martin Ladouceur sich nicht beherrschen und versetzte dem Briefkasten in Form eines Eishockeytors einen heftigen Fußtritt. Er fiel nicht einmal um. Mit gesenktem Kopf ging er den Bürgersteig entlang. An der ersten Kreuzung überlegte er, welche Richtung er einschlagen sollte. In der Ferne sah er die Lichter der Stadt. Die Hochhäuser von Montréal funkelten wie Sterne, die ihm den Weg wiesen. Der frische Schnee begann sich an seinen Schuhen festzusetzen, und seine Socken wurden klitschnass. Aber er ging unbeirrt weiter. Was ihm an diesem Heiligabend widerfuhr, davor hatte er sich schon immer gefürchtet. Nicht weil er es erwartete oder gar herbeisehnte, sondern weil man es ihm immer prophezeit hatte.

»Wart's nur ab, Ladouce, irgendwann stehst du allein da. Mutterseelenallein.«

Martin Ladouceur blieb stehen. Er wollte nicht mehr weitergehen, nur noch warten, und wenn er mitsamt seinen Weihnachtspäckchen und seinen Weinflaschen unter dem unaufhörlich fallenden Schnee begraben werden und darin ertrinken sollte. So würde er wenigstens nicht die Buhrufe der ausverkauften Ränge hören, die ihn früher einmal geliebt hatten. Beim Schlusspfiff würde er friedlich gehen. Der ehemalige Star begann die Flocken zu zählen, die sich nach und nach auf seinem Haar und seinem Gesicht niederließen, um herauszufinden, ob die Ewigkeit einen Preis hatte. In diesem Moment war er bereit, alles hinzugeben, nichts mehr für sich zu behalten, um nicht länger die Last dieser Einsamkeit ertragen zu müssen. Auch sein Kaschmirmantel von Cerrutti begann nun die Feuchtigkeit der Flocken aufzunehmen, die sich auf seinen hängenden Schultern sammelten. Es war ihm egal. Er wollte sich einfach nicht mehr bewegen, nicht mehr kämpfen, so lange warten, wie es nötig war, um herauszufinden, ob er noch existierte. Unbeirrbar zählte er weiter die Flocken, doch er kam nicht bis tausend. Hinter ihm startete ein Motor. Scheibenwischer befreiten eine eingeschneite Windschutzscheibe. Auf dem weiß verschneiten Dach leuchtete in roten Buchstaben auf gelbem Hintergrund das Taxischild auf. Ohne nachzudenken, ging Martin Ladouceur auf den großen weißen Chevrolet Caprice zu und öffnete die hintere Tür. Er warf seine mit Schleifen geschmückten Päckchen und seine Weinflaschen auf die Rückbank. Wortlos nahm er Platz. Der Fahrer setzte den Blinker, obwohl die Straße verlassen dalag. Ohne zu fragen, wohin die Fahrt gehen solle, fuhr er langsam los. Er schaltete nicht einmal das Taxameter ein. Martin Ladouceur legte den Kopf in beide Hände. Der Fahrer betrachtete die hell erleuchteten Hochhäuser von Montréal weit vor ihm, dann warf er im Rückspiegel einen Blick auf seinen zitternden, zusammengekauert dasitzenden Fahrgast.

»Nicht weinen. Irgendwo ist immer jemand, der dich liebt.«

WAS MACHST DU DENN DA GANZ ALLEIN?

»Der kocht doch gleich!«

»Oder er verdampft?«

Der Portier konnte sich ein höhnisches Feixen nicht verkneifen. Doch am anderen Ende der Leitung wurde nicht gelacht. Der Hoteldirektor hätte es vorgezogen, nicht gestört zu werden, während er gerade die Geschenke an seine Enkel verteilte, die ihn in seinem Weihnachtsmannkostüm noch immer nicht erkannt hatten.

»Wie lange schmort er denn da schon?«

»Seit mittlerweile dreißig Minuten.«

»Bei welcher Temperatur?«

»Siebzig Grad.«

»Hast du keine Bedienungsanleitung?«

»Doch, aber die ist auf Schwedisch.«

»Wie regeln wir so was denn normalerweise?«

»Normalerweise? Na, alle Gäste jammern nach fünf Minuten, weil ihnen zu heiß ist. Sie kennen sie doch! Je reicher die sind, desto mehr beschweren sie sich.«

»Na gut, dann frag ihn, ob alles in Ordnung ist.«

»Kommt nicht infrage! Sie hätten mal hören sollen, wie der mit mir geredet hat, als er zurückgekommen ist.«

»So, jetzt hörst du mir mal gut zu. Unten im Souterrain schreien meine zwölf Enkelkinder: ›Weihnachtsmann, Weihnachtsmann!‹, also, wenn du dich nicht schnurstracks auf den Weg machst, bekommst du die Kündigung geschenkt, verstanden?«

Der Portier legte auf und gehorchte. Mit seinem Generalschlüssel, dem größten am gesamten Schlüsselbund, klopfte er vorsichtig gegen die hölzerne Wand.

»Was?«

»Alles in Ordnung, Monsieur Ladouceur?«

»Nein!«

»Kann ich etwas für Sie tun?«

»Dich verpissen!«

Nachdem Martin Ladouceur sich vergewissert hatte, dass der Portier den Wellnessbereich verlassen hatte, erhob er sich von seinem weißen Handtuch und goss Wasser über die heißen Steine. Eine Dampfwolke bildete sich. Ganz allein in der Ecke auf der oberen Bank sitzend, beobachtete er die Schweißperlen auf seinem Arm. Er spürte, wie die Tröpfchen über seinen Oberkörper und seinen Bauch liefen. Daraufhin streckte er die Beine aus, um zu hören, wie das Wasser auf den Boden tropfte. Er lehnte sich mit dem Rücken gegen die heiße Wand und biss die Zähne zusammen. Rasch gewöhnte er sich an den glühenden Schmerz. Nur an den Schmerz, der ihn von innen auffraß, gewöhnte er sich nicht.

»Du wirst schon sehen, Ladouce, irgendwann stehst du allein da. Mutterseelenallein.«

Dabei hatte Martin Ladouceur nach dem Debakel auf der Île-des-Sœurs noch versucht, das Schicksal abzuwenden, als das Taxi vor dem Hotel gehalten hatte.

»Was hast du denn heute Abend noch vor? Hättest du Lust, mit mir was zu trinken?«

»Das ist sehr freundlich von Ihnen, aber ich muss arbeiten. Und in einer halben Stunde wollen die ersten Weihnachtsgäste nach Hause.«

»Ich habe eine Idee. Wir stellen deinen Wagen ab, lassen das Taxameter laufen, und ich bezahle anschließend …«

»Das ist sehr freundlich von Ihnen, aber ich kann nicht.

»Wir könnten beim Trinken sogar im Taxi bleiben.«

»Ein Nachttaxi ist dazu da, die Betrunkenen nach Hause zu fahren, nicht, sie zum Trinken zu animieren.«

»Aber ich will doch dich zum Trinken animieren. Nicht umgekehrt.«

»Ich habe es Ihnen vorhin schon gesagt. Ich bin der Hirte. Nicht das verlorene Schaf …«

»Hör auf mit deinen Schafsgeschichten! Du erinnerst mich an meinen ehemaligen Coach. Der brachte es sogar fertig, von einer Gänseformation zu sprechen, um uns unsere Taktik bei Überzahl zu erklären.«

»Sehr witzig! Wer war das?«

»Weiß nicht mehr. Ist auch nicht wichtig … Na komm schon, nur ein Glas?«

»Ich sagte bereits Nein.«

»Dann nimm wenigstens eine Flasche. Und denk an mich, wenn du ihn trinkst.«

»Ich trinke niemals, um zu denken.«

»Meinetwegen, Mister Moraltaxi, dann nimm wenigstens das Spielzeug. Mir zuliebe. Was soll ich denn damit?«

»Das ist sehr freundlich von Ihnen, aber ich habe keine Kinder. Dieses Glück war mir nie vergönnt. *Se bon dye ki konnen …*«

»Das ist wirklich nicht meine Nacht …«

»Warten Sie ab, bis sie vorbei ist, ehe Sie so etwas sagen.«

Mit einem Ruck war die Tür des Taxis geöffnet worden. Martin war zusammengezuckt, als er den Portier erblickte, der ihn mit einem strahlenden Lächeln und einem Regenschirm in der Hand empfing. Maximes heitere Stimmung hatte nicht lange angehalten. Als der Spieler mit seinen Geschenken, vor allem aber mit seinen drei Weinflaschen aus dem Taxi gestiegen war, hatte er rasch erkannt, dass an der Rezeptionsfront Unheil drohte.

»Monsieur Ladouceur, ich dachte, ich hätte mich unmissverständlich ausgedrückt. Wenn Sie etwas trinken wollen, müssen Sie zu einem Freund fahren.«

»Leck mich!«

»Mir bleibt keine andere Wahl, als den Direktor anzurufen.«

»Vergiss nicht, ihm auszurichten, dass er mich mal kreuzweise kann.«

In der Lobby hatte Charles-David den Gast vor dem Aufzug erwartet. Doch dieser hatte ihm lediglich einen Zwanzigdollarschein in die Jackentasche geschoben und ihn gebeten, die Flaschen und die Weihnachtspäckchen nach oben in seine Suite zu bringen. Während er durch den Flur auf den Wellnessbereich zugegangen war, hatte er von fern gehört, wie der Portier in der Lobby seine Drohung wahr machte.

»Hallo, Herr Direktor? Er hat drei Flaschen Wein mitgebracht. Und keinen Fusel, nebenbei bemerkt!«

Sportler feiern ihre Siege gemeinsam unter der Dusche, aber ihre Niederlagen vergessen sie in der Sauna, wo der Dampf verhindert, dass man einander in die Augen schaut. So lässt sich das Scheitern leichter ertragen. Seit über einer Stunde sah Martin Ladouceur nun schon nichts mehr, wollte nichts mehr sehen – und niemand wollte ihn sehen. Warum hatte er Los Angeles an diesem Morgen Hals über Kopf verlassen? Es war eine jener unüberlegten Entscheidungen gewesen, wie sie für ihn typisch waren. Einer dieser Entschlüsse, die einen so weit vom richtigen Weg abbringen, dass man niemandem mehr begegnet. Er wollte ausgiebig vor sich hin schmoren, um besser zusammenzuschrumpfen. Komplett zu verschwinden, sodass ihn niemand mehr wiederfand. Vielleicht würden sie sich dann an ihn erinnern.

Aber ehe er verdampfte, konnte er es sich auch gleich eingestehen: Er war aus der Stadt der Engel geflohen. Nicht gerade gerannt, aber doch ohne sich umzudrehen, weil ihm niemand nachsah. Von seinen dreiundzwanzig Teamkameraden war nur ein Einziger zu ihm gekommen, um sich zu verabschieden, nachdem er von seinem Transfer erfahren hatte.

»Hättest du was dagegen, dass ich deinen Spind übernehme? Meiner ist direkt neben den Toiletten, und da stinkt's erbärmlich, sag ich dir.«

Und keiner der dreiundzwanzig hatte ihm angeboten, gemeinsam Weihnachten zu feiern.

Also hatte er Georges angerufen, den guten, alten Georges. Er hatte eine Nachricht auf seiner Mailbox hinterlassen, ohne auch nur eine Sekunde an der Antwort zu zweifeln. Einmal Freunde, immer Freunde. Natürlich war Martin Ladouceur sauer auf ihn, weil er ihm die Tür vor der Nase zugeschlagen hatte, aber nicht so sauer wie auf Bambi. Warum waren die Frauen bloß immer wie verwandelt, nachdem sie sich endlich einen Eishockeyspieler geangelt hatten? Denn auch wenn Bambi oder, besser gesagt, Julie so getan hatte, als würde sie ihn nicht mehr kennen, erinnerte er sich noch ganz genau an sie. Vor allem an ihr Motto: »Einen Spieler der Canadiens, sonst nichts.« Er hatte darüber nachgedacht. Und sie auch.

»Ladouce? Wir zwei, das gäbe doch tolle Kinder, meinst du nicht? Dein Talent auf dem Eis und meine Schönheit. Stell dir das mal vor.«

Doch Martin hatte es sich nie vorstellen wollen und sie stattdessen mit Georges D'Amour bekannt gemacht. Denn Kinder versprechen saftige Unterhaltszahlungen. Das wissen alle Eishockeyspieler. In seiner ersten NHL-Saison hatten ihn die alten Recken gewarnt. Martin Ladouceur hatte auf diese Väter gehört und nie ein Kind gezeugt. Aber um die Unterhaltszahlungen war er trotzdem nicht herumgekommen.

»Das ist doch ein Skandal, Herr Vorsitzender. Ich stehe den ganzen Tag auf dem Eis, und sie tut überhaupt nichts! Sie weigert sich sogar, meine Trikots, meine Socken und meinen Genitalschutz zu waschen!«

Indem Martins Wahl auf eine Oben-ohne-Kellnerin gefallen war statt auf eine Stripperin, hatte er sich für einen Kompromiss entschieden. Natürlich stellte sich Cynthia zur Schau, aber nur zum Teil und vor allem nur in Teilzeit, denn nebenbei studierte sie und wollte Anwältin werden. Martin hatte darin den richtigen Weg gesehen. Fast auf den Tag genau ein Jahr nachdem er Montréal mit einem lauten Knall verlassen hatte, war er mit der schönen Cynthia vor den Traualtar getreten. Seine Mannschaftskameraden in Winnipeg hatten mit ihren Schlägern ein Spalier gebildet. In der Hochzeitsnacht war Martin sturzbetrunken in das große Haus zurückgekehrt, das er bar bezahlt hatte. Cynthia hatte ihn in die Arme nehmen müssen, um ihn durch die Haustür zu bugsieren. Dieses erste Jahr nicht enden wollender Flitterwochen war mit der Trophäe für den besten Torjäger der Liga gekrönt worden.

»Die Liebe verleiht einem Flügel und einen härteren Schuss.«

In Winnipeg war der Jubel groß. In Montréal hingegen flossen Tränen. Die Presse ging mit dem Präsidenten der Canadiens hart ins Gericht. Wie hatte er diese »Tormaschine« nur weggeben können? Zumal die Mannschaft bald nur noch aus Trainer und Schlägerwart bestehen würde, wenn man sich von allen Spielern trennen müsste, die einmal über die Stränge geschlagen hatten. Der Präsident sah sich gezwungen, von seinem Amt zurückzutreten. Der Paria war gerächt. Aber die Freude war nur von kurzer Dauer gewesen. Cynthia wollte ein Kind. Nicht morgen, nicht in einem Monat. Jetzt.

»Wenn wir das heute Abend erledigen, kommt er im Juni zur Welt, und wir nennen ihn Stanley!«

Martin Ladouceur hatte von dem strapaziösen Leben eines Eishockeyspielers gesprochen, von seinen häufigen Reisen, dem Risiko eines Transfers oder einer Verletzung – einem Leben, das unvereinbar war mit einem Kind. Daher hatte der frischgebackene Ehemann vorgeschlagen, das Projekt auf das nächste Trainingscamp zu verschieben. In der Kabine hatten ihm die alten Recken gratuliert.

»Außerdem läuft in einem Jahr dein Vertrag aus, und du kannst wechseln, wohin du willst. Junge, das war brenzlig.«

Doch zu Hause erlosch das Feuer. Cynthia hatte ihre Strickkurse aufgegeben und war in die Hörsäle der juristischen Fakultät zurückgekehrt. Martin hingegen hatte sich wieder seinen alten Dämonen zugewandt. Nach den Spielen kam er zu den unmöglichsten Zeiten nach Hause und schützte eine Mannschaftsbesprechung oder ein Vieraugengespräch mit dem Trainer vor, bei dem es um die Ausarbeitung einer neuen Taktik gegangen sei. Nach ein paar Wochen hatte er sich keine Ausreden mehr auszudenken brauchen, seiner Frau war es egal. Wie alle Paare, die kein gemeinsames Ziel verband, hatten sie einander immer weniger zu sagen. In der Stille des großen Hauses schrieb Cynthia ihre Doktorarbeit. Martin las nicht gern. Das hätte ja Anstrengung erfordert.

Als er eines Tages von einer sechstägigen Reise zurückkehrte, bei der er sechs Tore, vier Vorlagen, fünf Kater und drei Mädchen verbuchen konnte, die ihn auf sein Hotelzimmer begleitet hatten, hatte Cynthia auf die Koffer, die er im Flur auf den Boden geworfen hatte, ihre sorgfältig gebundene Doktorarbeit gelegt. Sobald Martin den Blick gesenkt und den Titel gelesen hatte, war ihm klar geworden, dass er nicht mehr auszupacken brauchte. »Die gerechte Aufteilung des ehelichen Vermögens auch ohne Kind« hatte Cynthia ein »Sehr, sehr, sehr gut« ihrer Universität eingebracht. Nachdem sie die Arbeit mit großem Erfolg auch als Buch veröffentlicht hatte, hatte sie Martin ein signiertes Exemplar geschickt, um sich dafür zu bedanken, dass er ihrem Portemonnaie auf die Sprünge geholfen hatte.

Von den warmen Steinen stieg kein Dampf mehr auf. Nur der schweißüberströmte Körper von Martin Ladouceur dünstete noch weiter aus. Er hätte niemals auf die alten Recken hören sollen, die zu guter Letzt doch alle geheiratet und Kinder bekommen hatten.

»Was soll's, wenn wir irgendwann sowieso Unterhalt zahlen müssen, können wir es doch auch jetzt genießen, findest du nicht? Letztlich hat uns deine Ex einen ganz schönen Gefallen getan, Ladouce! So, die Runde geht auf mich, ich muss gleich nach Hause und den Kleinen den Hintern abwischen! Es gibt nichts Schöneres als eine Familie, denk darüber nach.«

Martin versuchte, diese sentimentalen Gedanken zu verscheuchen, indem er neues Wasser über die schwarzen Steine goss. Er griff nach der Kelle, tauchte sie ins Becken und erstarrte. Jemand sprach zu ihm. Aber er konnte die Worte nicht verstehen. Er steckte sich einen Zeigefinger ins Ohr, um den von Schweiß verstopften Gehörgang zu befreien. Und wieder sprach die Stimme. Sie klang warm und ernst. Martin Ladouceur hob den Blick zu den Holzwänden der schwedischen Sauna, betrachtete sie lange und erkannte darauf das Bild eines bärtigen Mannes mit langem Haar und Dornenkrone, der eindeutig die Arme ausgebreitet hatte und durch dessen Hände womöglich sogar Nägel getrieben worden waren. Er fragte sich, ob es nicht sinnvoll sei, niederzuknien, um besser hören zu können, aber er kam nicht dazu, sein Vorhaben in die Tat umzusetzen, als die Stimme erneut anhob. Und diesmal verstand er alles ganz genau.

Irgendwo ist immer jemand, der dich liebt …

Er tauchte tief in sein Inneres ein, um die Liebe zu suchen. Kauerte sich zusammen, um sie leichter zu finden. Nach gut zwanzig Minuten stand er mit einem Ruck auf, band sich das Handtuch um die Hüften und verließ die hölzerne Kabine. Als seine Fußsohlen auf die eisigen Fliesen trafen, durchzuckte ihn die Kälte, und ihm wurde schwindlig. Er raffte seine Kleider zusammen, die er einfach auf den Boden hatte fallen lassen, und rannte aus dem Wellnessbereich.

Irgendwo ist immer jemand, der dich liebt …

Als Martin Ladouceur durch die Lobby stürmte, musste sich der Portier beim Anblick seines halb nackten Gastes erst einmal hinsetzen. Alles ging schief, aber das war ja normal, völlig unnötig, deswegen den Direktor zu stören. Charles-David öffnete die Türen des Aufzugs, aber auch diesmal zog es Martin Ladouceur vor, nicht einzusteigen, sondern stattdessen die Feuertreppe zu nehmen.

»Sorry, Kleiner. Hab keine Zeit zu verlieren!«

Immer mehrere Stufen auf einmal nehmend, rannte er, so schnell er konnte, die Treppe hinauf. Zweimal verlor er unterwegs sein Handtuch und stand splitternackt da. Ab dem siebten Stock – er hatte nur noch zwei Etagen vor sich – behielt er es in der Hand. Im neunten Stock angekommen, hastete er zur Tür seiner Suite und legte seine Kleider auf den Boden, um darin nach dem Schlüssel zu suchen.

»Wo ist er denn, verflixt noch mal?«

Plötzlich öffnete sich die Tür vor ihm. Eine Frau schrie auf, als sie den nackten, knienden Gast erblickte, dessen Hände in den Taschen des mittlerweile ziemlich zerknitterten Kaschmirmantels steckten. Martin Ladouceur packte ihn hastig, um seine Blöße zu bedecken. Die mit einer schwarzen Uniform und einer kleinen weißen Schürze bekleidete Frau trat hinaus in den Flur.

»Entschuldigen Sie, Monsieur, als der Page die Päckchen in Ihr Zimmer gebracht hat, ist ihm aufgefallen, dass der Weihnachtsbaum heruntergefallen war. Der Portier hat mich gebeten, das Glas der zerbrochenen Birnchen einzusammeln, damit Sie sich nicht daran verletzen.«

Der nackte Mann bedankte sich mit einem Nicken, band sich das Handtuch wieder um die Hüften und stand auf, um in seine Suite zu gehen. Sorgsam verriegelte er die Tür hinter sich und rannte zum Telefon im Schlafzimmer.

Irgendwo ist immer jemand, der dich liebt ...

Er setzte sich auf das Kingsize-Bett und hob den Hörer ab. Vor dem Wählen murmelte er ein paar Zahlen ungeordnet vor sich hin, zögerte einen Moment und brachte sie dann abrupt wieder in die richtige Reihenfolge. Er kreuzte die Finger, und sein Wunsch wurde erfüllt. Als die Stimme einer Frau erklang, wurden seine Augen feucht.

»Hallo?«

»Ich bin's.«

»Wer ist ich?«

»Na, Martin ...«

»Welcher Martin?«

»Dein Sohn.«

»Bist du verrückt, hier einfach so anzurufen?«

»Es ist Weihnachten ...«

»Weihnachten oder nicht, ich kann nicht mit dir reden. Dein Vater ist im Zimmer nebenan und schaut dem Weihnachtsbaum beim Blinken zu.«

»Er hat einen Weihnachtsbaum aufgestellt?«

»Was für eine Frage, wir haben doch immer einen gehabt.«

Wie viele Paar Schlittschuhe hatte Martin unter dem Baum gefunden? Das war leicht auszurechnen. Jedes Jahr eines, seit seiner Geburt.

»Martin, bist du noch da?«

»Ja, Maman ...«

»Ich muss auflegen.«

»Können wir nicht ein bisschen reden?«

»Du bist verrückt, er ist sowieso schon völlig aus dem Häuschen, seit er weiß, dass du nach Montréal zurückgekommen bist und er wieder alles Mögliche über dich in der Zeitung lesen wird – nur nicht auf den Sportseiten.«

Ein paar Sekunden lang war nur das Geräusch ihres Atems zu hören.

»Was hast du heute noch vor?«

»Nichts Besonderes … Ich mache mir einen ruhigen Abend im Hotel.«

»Gute Idee.«

»Ich hab dich lieb, Maman.«

»Du hast die Situation nicht gerade einfach gemacht.«

»Ich weiß … Grüß Papa von mir.«

»Martin, geht es dir gut?«

»Ihr fehlt mir.«

»Was ist denn los mit dir, Martin, hast du wieder getrunken? Du wirst dich nie ändern.«

Sie legte auf. Eine Weile drang noch das charakteristische Piep-Piep durch die Stille. Dann legte auch Martin den Hörer zurück. Er ging ins Bad und zog den weißen Hotelbademantel an. Er betrachtete den kleinen Weihnachtsbaum. Drei Birnen an der Lichterkette blinkten nicht mehr. Er ging zu dem Bäumchen hinüber und versuchte, sie erneut einzuschalten. Nur eine von ihnen war bereit, den Dienst wiederaufzunehmen. Er starrte sie an, um nichts anderes mehr zu sehen, genau wie bei seinem letzten Weihnachtsfest zu Hause.

»Wer hat dich zur Eisbahn gefahren, seit du drei warst?«

»Du, Papa …«

»Wer hat, als du sechs warst, gemerkt, dass einer deiner Arme kürzer ist als der andere und du deshalb viel härter schießen kannst als die anderen?«

»Du, Papa.«

»Wer war dein Trainer in der Jugendmannschaft?«

»Du, Papa.«

»Wer hat dir alle deine Finten beigebracht?«

»Vielleicht nicht alle …«

»Aber die besten. Die, bei der du die Handgelenke nach vorn drehst und …«

»Die von Maurice Richard?«

»Wie, von Maurice Richard? Der hat ja wohl nicht alles erfunden. Nein, ich spreche von dem Trick, bei dem du die Handgelenke nach vorn drehst und die Hand so hochziehst …«

»Ach so. Ja, der ist von dir, Papa …«

»Und wer hat jeden Winter eine Eisbahn im Garten angelegt?«

»Du, Papa.«

»Kommt schon, Jungs, das reicht. Es ist Weihnachten.«

»Wer hat sich aufgeopfert, damit es dir an nichts fehlt?«

»Du, Papa.«

»Wer hatte immer die beste Ausrüstung?«

»Ich, Papa.«

»Waren wir die Reichsten?«

»Nein, Papa.«

»Und als sie dich in die Atome-BB-Jugend abgeschoben haben, weil dieses Arschloch von Ménard, mein Chef, nicht wollte, dass du seinem Sohn die Schau stiehlst, wer hat da alle zusammengeschissen?«

»Du, Papa … Danke, dass du mich daran erinnerst.«

»Martin, Henri! Hört jetzt endlich auf damit!«

»Glaubst du im Ernst, die Canadiens hätten dich jemals unter Vertrag genommen, wenn ich nicht gewesen wäre?«

»…«

»Glaubst du das?«

»Henri, hör auf, ihn anzuschreien. Es ist Weihnachten.«

»Nein, Papa …«

»Also warum soll ich dann nicht dein Agent werden?«

»Das habe ich dir doch schon gesagt, Papa.«

»Du gibst also lieber jemandem, den du gar nicht kennst, zehn Prozent ab, statt sie mir zu geben, mir, der dir alles gegeben hat!«

»Er ist mein Agent. Und du bist mein Vater.«

»Ich bin dein Vater, weil ich dich zu dem gemacht habe, was du jetzt bist! Verstehst du das? Ich war das!«

»Es ging dir doch gar nicht um mich. Es ging dir nur um dich, weil du es selbst nie in die Liga geschafft hast!«

»Das ist also dein Dank …? Von heute an bist du nicht mehr mein Sohn!«

»Tut mir leid, Papa …«

»Heute Nacht kannst du noch hier schlafen, aber morgen verschwindest du.«

Am frühen Morgen hatte der Sohn seine Mutter vor dem Haus lange an sich gedrückt und war dann den schmalen, vom Schnee befreiten Weg durch den Garten hinuntergegangen. Mit zugeschnürter Kehle hatte er einen letzten Blick auf den großen Baum und die Schaukel geworfen, die sein Vater für ihn gebaut hatte, als er noch ein Kind war, und von der inzwischen die Farbe abblätterte.

Martin Ladouceur machte ein paar Schritte, ohne zu wissen, wohin er ging. Denn es gab ja keinen Ort mehr, wo er hinkonnte. Er ließ sich auf das Sofa fallen und legte die Füße auf den Couchtisch. Sein Blick fiel auf die Tageszeitung, die zusammengefaltet auf einigen Touristenbroschüren lag. Er griff danach, drehte sie um und betrachtete die Titelseite. Lediglich eine kleine Meldung oben auf der Seite erwähnte seine Rückkehr nach Montréal. Die Überschrift lautete: »Warum er?« Er ließ den Blick tiefer wandern und entdeckte das strahlende Gesicht von Georges D'Amour, zusammen mit Julie und seinen vier Töchtern.

»Harte Schale, weicher Kern – Georges D'Amours Familienglück!«

Er stand auf, knüllte die Zeitung zusammen und warf sie in den Mülleimer. Er holte seine Cheval-Blanc-Flaschen und suchte anschließend in der Minibar nach dem Korkenzieher. Verwundert darüber, ihn nicht vorzufinden, öffnete er die Schubladen aller Kommoden und Schränke, sogar im Bad. Nichts. Im Nachttisch entdeckte er lediglich eine Bibel.

»Wie langweilig muss einem denn sein, dass man so was liest?«

Er setzte sich aufs Bett und griff nach dem Telefon, um den Portier anzurufen.

»Hier ist die Rezeption …«

»Könnten Sie mir bitte einen Korkenzieher hochbringen?«

»Zwingen Sie mich nicht, mich zu wiederholen, Monsieur Ladouceur.«

»Nur ein Gläschen. Ich bin allein. Ich hab die Nase gestrichen voll, und ich langweile mich in Ihrem verdammten Hotel zu Tode.«

»Nein, tut mir leid. Strikte Anweisung des Herrn Direktors.«

»Du lässt mir jetzt sofort einen Korkenzieher hochbringen, oder ich hole ihn mir selbst!«

»Sie können gerne runterkommen, wenn Sie mögen. Aber Sie werden ihn nicht bekommen!«

Martin Ladouceur nahm sich nicht die Zeit aufzulegen, sondern sprang auf. Er verknotete den Gürtel seines Bademantels, krempelte die weißen Frotteeärmel hoch, um seine gewaltigen Unterarme zu betonen, und stürmte zur Tür. Er öffnete sie und blieb abrupt stehen. Reglos stand er da, während jemand ihn anstarrte. Und er sagte das, was jeder in dieser Situation gesagt hätte: »Was machst du denn da ganz allein?«

WELCHES SPIEL TREIBST DU DA MIT MIR?

»Vielleicht hatten Sie ja eine Halluzination? Wegen der Zeitverschiebung.«

»Gib mir eine Karte, dann zeige ich dir, wie oft ich pro Jahr kreuz und quer durchs Land fliege!«

Der Portier machte sich nicht die Mühe, die Schublade mit den Straßenkarten zu öffnen, die das Hotel großzügig jenen guten Gästen zur Verfügung stellt, die es nicht verlieren möchte, und versuchte angesichts von Martin Ladouceur, der immer noch seinen Bademantel trug, die Fassung wiederzugewinnen.

»Dann sind Sie vielleicht erschöpft von dem ganzen Stress wegen Ihres Transfers?«

»Vierzehn Jahre in der Liga. Ich habe schon einige Transfers hinter mir. Und was die Erschöpfung angeht, ich spiele immer noch zweiundachtzig Spiele pro Jahr, die Play-offs nicht mitgezählt.«

»Ja, schon, aber nur als Einwechselspieler und nie länger als zehn Minuten pro Abend!«

»Wie war noch mal dein Name?«

»Maxime! Zu Ihren Diensten.«

»Maxime, erinnere mich morgen daran, dass ich den Direktor bitte, dir einen dicken Mantel, Fäustlinge und eine Wollmütze zu kaufen. Es bekommt dir anscheinend nicht, von morgens bis abends im Durchzug zu stehen.«

Der Portier verdrehte die Augen und seufzte. Nachdem er sich vergewissert hatte, dass sie allein waren, flüsterte er seinem entnervten Gast ins Ohr: »Haben Sie vielleicht eine Zigarette geraucht, die Ihnen ein Fremder zugesteckt hat, oder … ganz aus Versehen natürlich … ein weißes … Pulver … inhaliert? Zweifellos gegen Ihren Willen.«

»Du hörst jetzt sofort auf mit deinen Unterstellungen, sonst ramme ich deinen Kopf ungespitzt in den Schlüsselkasten!«

»Monsieur Ladouceur, wenn Sie so weitermachen, bleibt mir nichts anderes übrig, als noch einmal den Direktor anzurufen.«

Als der berühmte Spieler eine Hand in die Tasche seines Bademantels steckte, wich der Portier unwillkürlich zurück, aus Angst, er könne bewaffnet sein – dabei war der untadelige Ruf des Hauses noch nie durch eine Gewalttat befleckt worden. Zitternd starrte er auf die Tasten des Telefons: einmal die Neun, zweimal die Eins. Doch rasch wich Maximes Furcht der Verblüffung, als der Gast ihm eine Hand vors Gesicht hielt.

»Was ist das?«

Nun versuchte der Portier, sich die Nummer des Krankenhauses in Erinnerung zu rufen. Und zwar vorzugsweise die Durchwahl der psychiatrischen Notaufnahme.

»Ich frag dich noch mal, was ist das?«

»Sie wissen nicht, was das ist, Monsieur Ladouceur?«

»Klar weiß ich das. Aber ich will von dir hören, was das ist.«

»Also ich … ich würde sagen, das ist … ein Ball …«

»Ist das alles?«

»Na ja, er ist … rot. Also ist das, was Sie da in der Hand halten, ein roter Ball …«

»Also?«

»Also haben Sie einen roten Ball. Tja!«

»Ich weiß, dass das ein roter Ball ist. Aber wie kommt er in meine Hand?«

»Nun ja, er ist in Ihrer Hand, weil Sie ihn aus Ihrer Tasche geholt haben, Monsieur Ladouceur. Wissen Sie das nicht mehr?«

»Aber dieser rote Ball ist doch nicht einfach vom Himmel gefallen, Herrgott noch mal!«

»Beruhigen Sie sich, Monsieur Ladouceur, ein Anruf, dann werden wir gleich wissen, wie wir Ihnen helfen können.«

Der Portier griff nach dem Telefon, packte all seinen Mut in zwei Finger und wählte die ersten Ziffern der Nummer vom Wochenendhaus des Weihnachtsmanns, also des Direktors. Noch bevor die Verbindung zustande kam, tauchte das Zimmermädchen auf, dessen Absätze auf dem Marmorfußboden klapperten.

»Bitte, Mademoiselle, könnten Sie etwas weniger Lärm machen, ich spreche gerade mit dem Herrn Direktor. Es handelt sich um einen Notfall.«

»Ich weiß, was es mit dem Ball auf sich hat.«

Erleichtert, weil er den Direktor nicht erneut zu stören brauchte, legte der Portier auf. Er wischte sich über die Stirn und hielt es für angebracht, die junge Frau zu warnen.

»Ich bitte Sie, wählen Sie Ihre Worte mit Bedacht, Mademoiselle. Monsieur Ladouceur ist müde, ich möchte auf keinen Fall, dass ein weiterer emotionaler Schock seinen Aufenthalt bei uns beeinträchtigt.«

»Maxime?«

»Ja, Monsieur Ladouceur?«

»Schnauze!«

Der Portier zog es vor, so zu tun, als hätte er nichts gehört, und mit hoheitsvoller Geste wies er die Frau an zu reden.

»Letzte Woche hatten wir David Copperfield in der Suite gleich neben der Ihren. Eine seiner Taschen ist im Flur umgefallen. Ich weiß es noch ganz genau. Die Kaninchen und Tauben konnten wir wieder einfangen, aber vielleicht ist der Ball dabei unter ein Möbelstück gerollt. Ich muss ihn beim Saubermachen übersehen haben. Es tut mir furchtbar leid.«

»David Copperfield hat keine Kaninchen …«

»Monsieur Ladouceur, was halten Sie davon, wenn wir die Kaninchen außen vor lassen und uns auf den roten Ball konzentrieren, einverstanden?«

Der Mann im Bademantel antwortete nicht, gab aber auch keinen Widerstand zu erkennen. Nachdem der Portier sich vergewissert hatte, dass Martin Ladouceur ihn anschaute, wandte er sich in strengem Ton an die junge Frau.

»Ganz gleich, ob es Ihnen leidtut oder nicht, Mademoiselle, mir bleibt nichts anderes übrig, als diesen Verstoß in Ihrer Personalakte zu vermerken. Aufgrund Ihrer Nachlässigkeit hat sich unser werter Gast gestört gefühlt, das verdient eine Abmahnung. Ich werde mich persönlich darum kümmern. Brauchen Sie sonst noch etwas, Monsieur Ladouceur?«

»Aber er hatte ihn in der Hand, ich habe ihn gesehen! Er hatte sogar ein Basecap der Canadiens auf dem Kopf!«

Der Portier versuchte, ein paar Zentimeter gutzumachen,

indem er sich auf seine Arme abstützte, und sah Martin Ladouceur herausfordernd an. Zu seiner großen Überraschung und vor allem Freude senkte der ehemalige Schrecken des Eises trotz mehr als eintausendeinhundertneunundfünfzig im Gefängnis verbrachter Minuten, davon vierhundertfünfzig wegen Schlägereien, diesmal den Blick. Mit den Fingerspitzen ließ Martin Ladouceur den roten Ball auf dem Tresen hin- und herrollen.

»Du glaubst mir also nicht?«

»Monsieur Ladouceur, wir haben eine vernünftige Erklärung für diesen Vorfall gefunden. Was Ihre seltsame Begegnung angeht, so gibt es nicht den geringsten Beweis dafür, dass sie tatsächlich stattgefunden hat. Also bitten wir Sie, im Namen des Direktors und des gesamten Personals, um Entschuldigung für diesen bedauerlichen Zwischenfall und erlauben uns, Ihnen als Wiedergutmachung eine Gratismassage anzubieten. Außerdem wird die Verantwortliche für diese Unannehmlichkeit entsprechend abgemahnt. Aber wir werden nicht den ganzen Heiligabend damit verbringen, Erklärungen für jede Ihrer … äh … Halluzinationen zu finden.«

Martin Ladouceur steckte den roten Ball zurück in die Tasche und ging zum Aufzug. Der Portier beeilte sich, ihn zu begleiten und mit einem schnellen, festen Druck auf den roten Knopf den Fahrstuhl zu rufen.

»So ein Pech, er ist gerade ganz oben!«

Martin Ladouceur fixierte die Anzeige, auf der die Nummern der Stockwerke durchliefen, die der Aufzug passierte, als er plötzlich einen Blick spürte.

»Und was ist mit dir, Charles-David, glaubst du mir?«

Knallrot im Gesicht, trat der Page auf ihn zu.

»Es ist nicht völlig ausgeschlossen, aber … eigentlich ist es kaum möglich … Wir hätten ihn gesehen … Es gibt hier nur einen Eingang … Aber vielleicht … Man weiß ja nie … Ich mache hier ja bloß ein Praktikum …«

»Schon gut, gib dir keine Mühe, ich habe verstanden.«

Nachdem sich die Aufzugtüren geöffnet hatten, wandte sich Martin Ladouceur an den Portier.

»So, Maxime, jetzt gib mir den Korkenzieher.«

»Verzeihen Sie, Monsieur Ladouceur, aber Sie scheinen mir in einer etwas merkwürdigen Verfassung zu sein, ich glaube wirklich nicht, dass es angemessen wäre, jetzt …«

»Bitte, Maxime.«

»Ich sagte … Nein! Und wenn ich Nein sage, dann meine ich auch Nein!«

Tief in den Sessel gelehnt, die Füße auf dem Couchtisch, hob Martin Ladouceur das Glas an seine Lippen und neigte es vorsichtig, um einen kleinen Schluck Cheval Blanc zu nehmen.

Nach langen, erbitterten Verhandlungen vor den Aufzugtüren hatte er ein paar Minuten zuvor den Portier letztlich doch davon überzeugt, seinen Standpunkt noch einmal zu überdenken.

»Sag mal, du Zwerg, glaubst du eigentlich an Wiedergeburt?«

»Wie meinen Sie das, Monsieur Ladouceur?«

»Ach, einfach so … Nur für den Fall, dass dir etwas Schlimmes zustoßen sollte … Etwas sehr Schlimmes … Jetzt gleich. Wenn du ganz übel in eine Faust laufen würdest oder so.«

»Ich versuche lieber nicht, das zu verstehen, sonst stehen wir hier noch die ganze Nacht, und morgen kommen meine

Japaner. Also fahre ich jetzt mit Ihnen hoch, öffne eine Flasche und schenke Ihnen ein Glas ein, aber danach nehme ich den Korkenzieher wieder mit runter, und Ihre Flaschen werden schön gemütlich im Hoteltresor weiterlagern, bis Sie unser Haus verlassen.«

Zwar hatte Martin Ladouceur anfangs noch über den Portier geschimpft und sogar die Tür hinter ihm zugeknallt, doch mittlerweile war er ihm dankbar. Seinetwegen entdeckte er ein bislang ungekanntes Vergnügen. Er hatte ganze Weinberge von über fünfhundert Dollar teuren Flaschen geleert, ohne sie jemals wirklich zu würdigen. Diesmal würde er sich die Zeit nehmen, jeden einzelnen Tropfen auszukosten.

Nachdem er eine Weile sein Glas betrachtet hatte, schluckte Martin Ladouceur den Wein, den er so lange im Mund behalten hatte, endlich hinunter. Während seine Geschmacksknospen noch das sanfte Aroma filterten, schloss er die Augen, um diese winzige Menge besser genießen zu können.

»Das Zeug war nicht geschenkt, aber dafür ist es auch definitiv kein Fusel!«

Die Erinnerung ist eine Linie, die die Gegenwart mit der Vergangenheit verbindet. Man heftet sie ab, sortiert sie ein, und manchmal vergräbt man sie auch für alle Zeit. Aber ein Geruch, ein Wort, ein Gefühl oder ein Gedanke kann genügen, um sie wieder hochkommen zu lassen. Beim Trinken dieses Weins entdeckte er eine lange vergrabene Erinnerung, die zurück an die Oberfläche kam.

»Einen mit Ahornsirup, bitte, M'dame! Ja, genau, den da, den größten von allen!«

Martin Ladouceur liebte es, während sein Vater ihm am Resopaltisch bei Dunkin' Donuts gegenübersaß und einen

Kaffee trank, vorsichtig das Packpapier auseinanderzufalten, in das der Donut eingewickelt war, wobei er darauf achtete, dass die Glasur nicht festklebte. Sanft drückte er die Zähne in die Glasur, ehe er ein Stück vom Teig abbiss, das er wieder und wieder in seinem Mund wendete, um ihn ganz und gar mit dem süßen Geschmack des Ahornsirups auszufüllen.

»Hey, junger Mann, mein Kaffee ist kalt, und du hast deinen Donut immer noch nicht aufgegessen! Beeil dich, deine Mutter wartet auf uns.«

Und jedes Mal warf sein Vater einen Blick auf seinen mandelgrünen 1963er Thunderbird, der in Sichtweite geparkt stand.

»Nur noch neunundfünfzig Raten, dann gehört er uns!«

Den Rest seines Donuts immer noch in der Hand, streckte er sich auf der dreisitzigen Vorderbank aus. Vom Blubbern des Achtzylinders und dem quietschenden Hin und Her der Scheibenwischer, die die Frontscheibe vom Schnee befreiten, gewiegt, döste er, den Kopf ans Fenster gelehnt, vor sich hin.

»Weißt du, Martin, als du im dritten Drittel in die Angriffszone gekommen bist und wieder zurück in die Mitte gegangen bist und der Typ dir den Puck abgenommen hat, da hast du einen großen Fehler gemacht: Du hast den Kopf gesenkt. Man darf niemals den Kopf senken, du musst immer mit hoch erhobenem Kopf spielen. Genau wie im richtigen Leben. Verstehst du, was ich sage, mein Junge? Immer den Kopf hoch!«

»Ja, Papa.«

Dann schloss Martin die Augen, bis sein Vater genug davon hatte, mit den Scheibenwischern zu reden, und das Autoradio einschaltete. *Love Me Do* schallte durch die Dunkelheit. Zurück in dem kleinen Haus am Rand einer Landstraße zwischen Sainte-Claire und Saint-Lazare, zog Martin auf der Fußmatte vor dem Eingang seine Schuhe aus, und Henri reichte seiner Frau die Tasche mit der durchgeschwitzten Wäsche. Pauline beeilte sich, das Trikot, die Strümpfe und die Unterwäsche in die Waschmaschine zu stecken, damit die Ausrüstung sauber, aber vor allem trocken war für das Training oder das Spiel am darauffolgenden Tag. Samstagabends erwartete sie ein reichhaltiges warmes Abendessen auf dem Esszimmertisch. Wortlos aßen Vater und Sohn zu Abend und schauten *La Soirée du Hockey*.

»Pauline, könntest du dafür sorgen, dass die Waschmaschine nicht so viel Lärm macht, man versteht ja kein Wort!«

Bis Martin acht Jahre alt war, gab er seinem Vater, wenn dieser nach dem Ende des ersten Drittels vom Tisch aufstand und sich in einen der zwei Sessel vor dem Schwarz-Weiß-Fernseher setzte, einen Kuss und ging nach oben ins Bett. Seine Mutter half ihm beim Einschlafen, indem sie ihm die Geschichte eines Kindes vorlas, das ganz viele Tore schoss. Mit zehn begleitete er seinen Vater vor den Fernseher und setzte sich bis zum Ende des zweiten Drittels in den anderen Sessel.

»Sagst du mir morgen, ob Dickie Moore heute Abend im dritten Drittel noch ein Tor geschossen hat, Papa?«

Mit zwölf schließlich, als er bereits die große Hoffnung seines Dorfes war und sich in der gesamten Region einen Namen gemacht hatte, durfte er die Spiele der Canadiens de Montréal bis zum Ende schauen. Wenn sein Vater aufstand, um den Fernseher auszuschalten, drehte er sich jedes Mal zu Martin um und flüsterte ihm immer die gleichen Worte zu: »Wart's nur ab, eines Tages wirst du Dickie Moore sein …«

Viele glauben, Belohnungen ließen die Begeisterung in einem Kind aufkeimen. Daher ist es für diejenigen, die ihm den Weg weisen sollen, Ehrensache, ihr Nahrung zu geben, um sie weiter zu schüren. Und so saß Martin eines Tages nach einem Spiel, bei dem er fünf Treffer erzielt hatte, mit Blick auf den 1963er Thunderbird bei Dunkin' Donuts und sah seinen Vater mit einem großen Karton von der Theke zurückkommen. Mit einem strahlenden Lächeln hatte er ihn geöffnet und seinem Sohn fünf große Donuts mit Ahornsirupglasur präsentiert.

»Von jetzt an bekommst du für jedes Tor einen Donut!«

Weil Martin über goldene Hände und einen unhaltbaren Schuss verfügte, wurden die Donut-Schachteln zur Routine nach den Spielen. Er verlor die Gewohnheit, sie langsam zu genießen, und stopfte sich damit voll, aß nur noch die Glasur und ließ den Teig übrig, zur großen Freude der Ratten in der Mülltonne. Pech für seine Freunde, die ihn beneideten.

»Dann hättest du ihn auch mir geben können, Martin, du denkst nur an dich!«

»Was kann ich dafür, wenn du so schlecht spielst!«

Einige Monate nach jenem traurigen Weihnachtsfest, als Henri beschlossen hatte, nie wieder mit seinem Sohn zu reden, war der funkelnde 1963er Thunderbird, der nie auch nur ein Fleckchen Rost gekannt hatte, weil er jedes Wochenende mit einem Fensterleder poliert worden war, an einen leitenden Angestellten der Fabrik verkauft worden. Martin hatte durch seine Mutter davon erfahren, aber er hatte keinerlei Trauer verspürt. Er hatte so viele Donuts mit Ahornsirupglasur gegessen, dass er mittlerweile nicht einmal mehr ihren Geruch ertrug. Lediglich den Sommerferien an den langen Stränden von Old Orchard Beach in Maine und den Autofahrten dorthin, bei denen ihn Hockeyschläger von seinen Cousins auf der Rückbank trennten, hatte er wehmütig Lebewohl gesagt.

»Die sind schwer, Papa.«

»Wart nur ab, was du davon für Unterarme bekommst! Genau wie Dickie Moore.«

»Henri, würdest du bitte damit aufhören, ihn Steine ins Wasser werfen zu lassen, damit er ein bisschen im Sand spielen kann wie die anderen Kinder auch?«

Mit einem Ruck richtete Martin Ladouceur sich auf. Er hob das Weinglas an die Lippen und leerte es in einem Zug, ehe er es brüsk zurück auf den Couchtisch stellte.

»Meine Fresse, ist das langweilig!«

Sein Bademantel flog auseinander, als er zum Fernseher stürmte und nach der Fernbedienung griff. Gleich darauf erfüllte ein vom Chor des Obdachlosenheims Accueil Bonneau gesungenes Weihnachtslied die Suite.

»Die haben mir gerade noch gefehlt …«

Erbittert schaltete er sich durch die Kanäle, bis er einen roten Vorhang erblickte und Lichter, die über einem begeistert Beifall klatschenden Publikum in Smoking und Abendkleid funkelten. Die laute Musik verstummte, und eine dröhnende Stimme kündigte eine Vorstellung an, die man sich nicht entgehen lassen dürfe.

»*… Ladies and gentlemen, live from Las Vegas … the incredible, the greatest, the unique … David Copperfield!*«

Der Vorhang hob sich und gab den Blick auf den Zauberer frei. Martin Ladouceur zog einen Sessel heran und setzte sich dicht vor den Fernseher. Aus der Tasche seines Bademantels zog er den roten Ball und drückte ihn mechanisch in der Hand, ohne dabei den Bildschirm aus den Augen zu lassen.

So verpasste er keine Sekunde der Show und sah, wie sich der berühmte Zauberer entzweischneiden ließ und zwei Zuschauerinnen auf geheimnisvolle Weise in einer Rauchwolke verschwanden. Als die Reihe an die Ente kam, die in eine Metallbox gesteckt wurde und aus der großen Trommel des Orchesters wieder herauskam, seufzte er gelangweilt. Er rückte noch näher an den Fernseher heran, um herauszufinden, wie der Trick funktionierte, bei dem eine Frau minutenlang über einem Springbrunnen schwebte, der mitten auf der Bühne sprudelte. Und er lachte höhnisch auf, als David Copperfield zwei weitere junge Frauen auf Stühle steigen ließ, die Farbe ihrer Dessous erriet und sie anschließend vertauschte.

»Die hätte ich gleich ganz verschwinden lassen!«

Bei der letzten Nummer entfuhr dem aufmerksamen Zuschauer sogar ein erschreckter Aufschrei, als die Assistentin des Zauberers enthauptet wurde. Nach dem Ende der Vorstellung hätte Martin Ladouceur am liebsten zum Telefon gegriffen, um dem Portier die Meinung zu geigen.

»David Copperfield hat weder Kaninchen noch rote Bälle. Wolltest du mich verarschen oder was?«

Doch er verwarf den Gedanken wieder. Er wusste, dass es nichts bringen würde, Maxime anzuschreien, und falls er im Laufe der Nacht noch Durst bekommen sollte, war es nicht ratsam, noch heftiger mit dem Portier aneinanderzugeraten, da dieser die Schlüssel des Tresors verwahrte, in dem seine Weinflaschen lagen.

Martin Ladouceur hatte eine Stunde allein vor dem Fernseher verbracht und David Copperfield zugesehen. Er hatte nur noch einen Wunsch: dass dieser grauenvolle Heiligabend endlich enden möge, damit er ihn für immer und ewig vergessen konnte.

»Okay, dann gehe ich jetzt etwas essen, dann noch ein kleiner Porno und ab ins Bett!«

Er ließ den Bademantel über seine Schultern gleiten, bis er als weißer Haufen auf dem Boden landete. Nackt suchte er die Kleider, die er nach seiner Rückkehr aus der Sauna achtlos fallen gelassen hatte. Er fand sein T-Shirt auf dem Boden vor dem Sofa wieder, sein Hemd über der Lehne und die Hose unter den Kissen. Er stopfte die schmutzige Wäsche in den Beutel, der an der Klinke der Eingangstür hing. Im Vorbeigehen bemerkte er, dass der Garderobenschrank nicht richtig geschlossen war. Sein Blick glitt über die Weihnachtsgeschenke, die Charles-David darin verstaut hatte. Er kam nicht mehr dazu, an das Debakel auf der Île-des-Sœurs zurückzudenken, denn plötzlich erregte etwas seine Aufmerksamkeit. Mehrere Päckchen waren aufgerissen und das Papier ungeschickt wieder glatt gestrichen worden. Irritiert schloss er die Schranktür und ging zurück zum Sofa, wo er hinter der Rückenlehne seine Unterhose und eine Socke wiederfand. Er kniete sich hin, weil er hoffte, die zweite unter dem Sofa zu entdecken. Sehr schnell trafen seine Finger auf einen Gegenstand. Aber es war keine Socke.

»Was ist denn das?«

Der nackte, auf dem Boden hockende Martin Ladouceur hielt eine verwaschene Mütze in den Farben der Canadiens de Montréal in der Hand. Er drehte sie um, kein Name darin. Er versuchte sie aufzusetzen. Sie war ihm viel zu eng. Er musterte die kleine Kopfbedeckung und drehte sie hin und her.

»Welches Spiel treibst du da mit mir?«

WER IST ES DANN?

Vor dem Hotel hatte sich ein Mantel aus Schnee über die Straße gebreitet, die, abgesehen von den gelben Lichtkreisen der Laternen, unberührt dalag. Martin Ladouceur ging die Stufen hinunter und blieb auf dem Bürgersteig stehen. In der Ferne sah er den Taxistand. Es wartete nur ein Wagen. Er hob den Arm und brüllte das, was man in solchen Situationen immer ruft: »Hey, Taxi!«

Der Chevrolet Caprice rollte langsam auf ihn zu. Martin Ladouceur war nicht überrascht, als er den Haitianer hinter dem Steuer erkannte. Erfreut öffnete er die Tür und setzte sich auf die Rückbank. Als er sie hinter sich zuzog, achtete er darauf, sie nicht zuknallen zu lassen, als wollte er von niemandem gehört werden.

»Mir passieren heute unglaubliche Sachen. Ich stecke mitten in einem Albtraum. Ich frage mich sogar, ob es in diesem Hotel nicht spukt.«

»Wollen Sie damit sagen, dass Sie Gespenster gesehen haben?«

»So etwas in der Art …«

Im Rückspiegel musterte Pierre-Léon seinen besten Kunden dieser Nacht, der allerdings selbst nicht in bester Verfassung war. Er schaltete das Taxameter ein und stellte den Schalthebel auf *drive*. Einen Moment lang übertönte das Grollen der acht Zylinder die Stille, ehe die menschenleeren Bürgersteige vorbeiglitten.

»So, wo soll ich Sie hinbringen?«

»Ich habe Hunger. Komm mit und iss mit mir zu Abend, ich lade dich ein.«

»Sie haben aber auch ein Glück heute Nacht, in einer Viertelstunde fängt meine Pause an.«

»Na ja, über das Glück reden wir später noch mal … Also gut, nimm die Rue Sherbrooke, ich kenne ein Lokal, wo wir in Ruhe reden können. Aber behalt das ja für dich. Das ist ein Geheimnis.«

»Alles, was im Taxi gesagt wird, bleibt auch im Taxi.«

Dreißig Minuten später erloschen die Scheinwerfer des Chevrolet auf dem dunklen Parkplatz einer Raffinerie im Osten der Stadt. Pipelines, die in riesigen verrosteten, von kleinen weißen, gelben und roten Lämpchen beleuchteten Tanks endeten, ließen die Anlage wie eine verlassene Raumstation erscheinen. Die beiden Männer stiegen aus dem Wagen und gingen zu einem aus lasierten Holzlatten errichteten Imbiss hinüber, auf dem in roter Schrift der Name *Chez Ginette et Réjean* prangte.

»Gegenüber arbeiten sie in drei Schichten rund um die Uhr, darum ist hier durchgehend geöffnet.«

Während der Fahrt hatte Martin Ladouceur Pierre-Léon erzählt, wie er eines Abends nach einer schmachvollen Heimniederlage in diesem Imbiss gelandet war, nur wenige Stunden vor dem Abflug nach Boston, wo ihn gleich das nächste Spiel erwartete.

»Ich war so betrunken, dass ich nicht einmal mehr meine eigene Trikotnummer wusste!«

Das Idol eines ganzen Volkes war von der Polizei an der Ecke Rue Sherbrooke und Rue d'Iberville gestoppt worden. Um die Anwesenheit seines Wagens im Garten des Pfarrhauses zu erklären, hatte er behauptet, ein Karibu gesehen zu haben. Die Ordnungshüter, die in erster Linie stets Fans der Canadiens de Montréal blieben, hatten den Starstürmer zu *Ginette et Réjean* eskortiert.

»Wenn ich nicht innerhalb von fünf Minuten etwas zu essen bekomme, bin ich nicht in der Lage, in den Flieger nach Boston zu steigen und auch nur ein Tor zu schießen.«

Ginette, die Wirtin, hatte den schwankenden Eishockeyspieler in ihre muskulösen Arme genommen und vor die Fritteuse gesetzt. Réjean, ihr schmächtiger Mann, hatte den Polizisten ein halbes Hähnchen mit Pommes frites und ein Bier serviert und Martin Ladouceur ein Glas eiskaltes Wasser über den Kopf geschüttet, ehe er ihm gesalzenen Kaffee eingeflößt hatte. Der Champion war auf die Toilette gerannt und hatte sich übergeben. Wieder etwas bei Kräften, hatte er eine *poutine* nach Art des Hauses, Pommes frites mit Käse und Soße, verschlungen und mit einem signierten Foto bezahlt, das Ginette eilends über der Fritteuse aufgehängt hatte.

»Und weißt du was, Pierre-Léon, an dem Abend, in Boston, da habe ich zwei Tore geschossen und zwei Vorlagen geliefert!«

Zu dem Autogramm über der Fritteuse hatten sich weitere signierte Fotos gesellt, bis sie schließlich ein wahres Mausoleum zu – den stets allzu reichlich begossenen – Ehren von Martin Ladouceur bildeten. Der schäbige Imbiss war seine Zuflucht geworden, Ginette und Réjean eine zweite Familie, die er zwar nur in betrunkenem Zustand sah, aber auf die er sich immer verlassen konnte.

»Sie haben mich behandelt wie ihren eigenen Sohn und nie irgendetwas weitererzählt!«

Georges D'Amour, Komparse zahlloser Nächte, die selbst der Morgen nicht beendete, kam ebenfalls in den Genuss von Ginettes Wundermitteln, auch wenn ihre Güte Grenzen hatte.

»Der hat jetzt schon das dritte Hähnchen gegessen und sich seit einer halben Stunde mit den beiden Schätzchen, die ihr mitgebracht habt, auf dem Klo eingeschlossen. Wenn das so weitergeht, müssen die Jungs von gegenüber mit leerem Bauch und voller Blase zurück in die Fabrik!«

Martin Ladouceur drehte den mit schwarzem Öl verklebten Türknauf und ging, gefolgt von Pierre-Léon, hinein. In dem kleinen Raum hatte sich nichts verändert. Zwischen zwei Schluck Bier schlangen Männer in ölverschmierten blauen Overalls das von Ginette zubereitete Essen hinunter. An den drei Spielautomaten verloren drei Arbeiter womöglich den Lohn einer ganzen Nacht, Darts spielte niemand, aber vor der Fritteuse stand immer noch Ginette. Beim Anblick ihres ehemaligen Gastes verzog die alte, grauhaarige Dame missmutig das Gesicht und fuhr fort, drei Hotdogs – die besten der Stadt, wie das Schild hinter der Kasse verkündete – mit *relish*, Senf, Weißkohl und gehackten Zwiebeln zu füllen.

»Ginette, ich bin's, Martin! Erkennst du mich nicht mehr?«

»Ach was, ein Geist…«

Vom unübersehbaren Mangel an Begeisterung der Wirtin aus der Fassung gebracht und ein wenig verlegen, weil er Pierre-Léon einen überschwänglichen Empfang und vielleicht sogar Freudentränen prophezeit hatte, hob Martin Ladouceur den Blick an die Wand über der Fritteuse.

»Wo sind denn meine Fotos?«

»Sie waren voller Fett, und nachdem sie dich nach Winnipeg geschickt hatten, haben sich die Gäste einen Spaß daraus gemacht, mit den Dartpfeilen danach zu werfen. Réjean hatte die Nase voll davon, immer raufzuklettern und sie wieder rauszuziehen. Es ging ihm damals schon nicht mehr so gut.«

»Aha …? Stimmt, wo ist Réjean überhaupt? Ich sehe ihn nirgends.«

»Er ist tot. Er hatte eines Abends einen Herzinfarkt, als er gerade an dem Tisch da hinten frittierte Zwiebelringe servierte.«

»Oh … Das tut mir leid, Ginette.«

»Ach was, es tut dir leid.«

»Gibt es irgendetwas, das ich für dich tun kann?«

»Tja, wenn du was essen willst, dann setz dich. In fünf Minuten endet dahinten eine Schicht, und dann bekommst du keinen Platz mehr. Hier hast du schon einmal die Zeitung, um dir die Zeit zu vertreiben.«

Mit einem angedeuteten Lächeln in den Mundwinkeln reichte Ginette ihm die Tageszeitung, wobei sie darauf achtete, dass das Foto von Georges D'Amour und Julie, die vor einem riesigen Weihnachtsbaum ihre vier Töchter einrahmten, direkt vor Martin Ladouceurs Nase landete.

»Siehst du, der hat's wenigstens kapiert …«

Aus dem Augenwinkel beobachtete Pierre-Léon Martin Ladouceur, der lustlos auf einem der frittierten Zwiebelringe herumkaute, die er im Gedenken an Réjean bestellt hatte.

Um nicht von Fans belästigt zu werden, hatte sich der Spieler absichtlich auf den Stuhl gesetzt, der mit dem Rücken zum Raum wies. Sein Freund und Fahrer, der sich für eine *poutine* nach Art des Hauses entschieden hatte, verschwieg ihm geflissentlich, dass niemand zu ihm herübersah.

»Sie haben vorhin im Auto von Gespenstern gesprochen?«

»Was? Ich soll von Gespenstern gesprochen haben?«

»Gleich nachdem Sie aus dem Hotel gekommen sind, wissen Sie nicht mehr …?«

»Versprichst du, dich nicht über mich lustig zu machen?«

»Spott ist die Waffe derer, die nicht verstehen. Ich spotte niemals, weil ich mich immer bemühe zu verstehen.«

Martin Ladouceur zögerte nicht lange. Er steckte eine Hand in die Manteltasche, zog den roten Ball heraus und legte ihn vor Pierre-Léon auf den Tisch, was die Neugier von Ginette erregte, die darüber sogar aufhörte, ihre Toastscheiben zu buttern. Während der Haitianer ihm nickend zuhörte, schilderte der Mann, der in dieser Nacht die Hölle erlebte, unter wildem Gestikulieren und in immer lauterem Ton seine Leiden. Natürlich drehten sich alle Gäste des Lokals nach ihm um und lauschten. Alarmiert griff Ginette zum Telefon und wandte sich ab, damit niemand sie hören konnte.

»Splitternackt saß ich in der Sauna, um mich herum nur Dampf. Ich war noch nie allein da drin, weißt du, kein Wunder, dass ich auf komische Ideen komme … Da hör ich plötzlich eine Stimme, die zu mir spricht. Ich schwöre dir, das ist mir noch nie passiert, dass ich in der Sauna Stimmen höre! Und weißt du was? Es war deine Stimme. Jawohl, deine! Und du sagtest: ›Irgendwo ist immer jemand, der dich liebt.‹ So etwas hatte ich noch nie in meinem Leben gehört, ich war wie in Trance. Also lief ich, nackt wie ich war, aus der Sauna und rannte durch die Hotelflure, bis …«

»Hey, du hast hier genug Schweinereien mit Mädchen veranstaltet. Wenn du das Ufer gewechselt hast, ist das deine Sache, aber du brauchst nicht das ganze Lokal daran teilhaben zu lassen!«

Martin Ladouceur lächelte der Wirtin zu, die mit Toastbrotscheiben in der Hand hinter ihren Öfen stand und ihn anfunkelte.

»Wie kommst du denn auf so einen Blödsinn? Du kennst mich doch, oder?«

Wortlos drehte Ginette ihm den Rücken zu und begann, Hähnchenschenkel zu frittieren. Die Männer in blauem Overall starrten zu dem geschwätzigen Gast hinüber. Als dieser sie einen nach dem anderen herausfordernd ansah, senkten manche den Blick, während andere höhnisch grinsten. Er ballte die Fäuste, atmete tief durch und verschlang einen weiteren Zwiebelring. Dann fuhr er flüsternd fort.

»Ich gehe also zurück in mein Zimmer. Rufe kurz jemanden an …«

»Wen?«

Martin Ladouceur zuckte zusammen und rieb sich das Kinn. Es war nicht so, dass er es ihm nicht sagen wollte, er wollte nur lieber nicht darüber reden. Denn dann hätte er wieder in die weit zurückliegende Vergangenheit zurückkehren müssen, dorthin, wo er heute Abend schon zu oft gewesen war, ohne es zu wollen.

»Erinnerst du dich an die drei Flaschen, die ich in der *Maison des vins* gekauft habe? Tja, diese Dreckskerle im Hotel haben sie beschlagnahmt, und sie haben sogar den Korkenzieher aus meinem Zimmer weggenommen!«

»Die wollen offensichtlich nicht, dass Sie trinken.«

»Ja, wenn etwas offensichtlich ist, dann das! Aber wir leben doch immer noch in einem freien Land, oder etwa nicht?«

»Schweifen Sie nicht ab, wie ging es weiter? Sie hatten also jemanden angerufen.«

»Genau, und danach wollte ich ein Glas trinken. Ich rufe also bei der Rezeption an, und der Portier weigert sich. Ich flippe aus, öffne die Tür und stehe unversehens vor einem Kind, das einen roten Ball fallen lässt, als es mich sieht!«

»Vor einem Kind?«

»Ja, einem Kind! Bevor ich mit ihm reden konnte, war es schon wieder verschwunden. Zack und weg!«

»Wie ist es verschwunden?«

»Na, wie wohl? Es ist gelaufen!«

»Wie alt war es?«

»Keine Ahnung, vielleicht... hm... sieben... Nein! Vielleicht elf... oder eher dreizehn.«

»Ein siebenjähriges Kind sieht doch ganz anders aus als ein dreizehnjähriges.«

»Aber ich kenne mich doch mit Kindern nicht aus! Ich habe keine, ich will keine. Die einzigen Kinder, die ich sehe, sind die, die hinter mir herrennen, weil sie ein Autogramm wollen. Ich schaue ihnen nie in die Augen, sonst verlangen sie noch eins und noch eins, und dann wollen sie ein Foto, und sie wollen mit mir reden... und erzählen mir vom letzten Tor, das sie geschossen haben... Und dann kommen auch noch die Eltern und erzählen mir, wie alt er bei seinem ersten Schlagschuss war... Mir doch egal, wann der seinen ersten Schlagschuss geschafft hat.«

»Sagen Sie das nicht. Ein Kind ist das Schönste auf der Welt...«

Völlig von seinem eigenen Unglück in Anspruch genommen, bemerkte Martin Ladouceur die Traurigkeit in Pierre-Léons Stimme nicht.

»Wo war ich gerade?«

»Ihr Kind ist im Flur verschwunden.«

»Ach ja … Und damit ging die Hölle los. Nein, die seltsamen Vorfälle, sollte ich lieber sagen … Unten hat mir niemand geglaubt. Sodass ich irgendwann selbst nicht mehr wusste, ob ich es wirklich gesehen hatte oder nicht. Ich gehe also wieder hoch in mein Zimmer und sehe, dass die Geschenke für Georges' Töchter fast alle geöffnet worden sind. Und was finde ich dann?«

Martin Ladouceur wedelte mit der kleinen Mütze der Canadiens vor Pierre-Léons Gesicht herum, der ihn aufmerksam musterte und dabei leise lächelte.

»Und von David Copperfield will ich gar nicht erst reden!«

»Nein, nicht nötig.«

Martin Ladouceur war beleidigt.

»Ach was, ich hätte Ihnen das niemals erzählen sollen, Sie glauben mir ja auch nicht.«

»Doch, natürlich.«

»Nein, Sie glauben mir genauso wenig wie alle anderen!«

»Doch, sicher, aber es wäre mir lieber, wenn wir David Copperfield außen vor ließen und uns nur auf dieses Kind konzentrierten …«

Da konnte Martin Ladouceur sich nicht länger beherrschen und hob erneut die Stimme. Die übrigen Gäste ließen von ihrem Essen ab und sahen zu den beiden Männern hinüber, und auch Ginette blickte von ihrem Viertel Hähnchen auf, das nur noch auf die Pommes wartete.

»Sie verstehen überhaupt nichts! Sie wollen nicht, dass ich

Ihnen von David Copperfield erzähle, dabei steht er im Zentrum des Rätsels! Haben Sie sich nie gefragt, ob er Kaninchen hat? Sehen Sie mich nicht so an, ich meine das ernst! Ich zum Beispiel, ich weiß, ob David Copperfield Kaninchen hat. Und so ganz heimlich, still und leise bin ich wahrscheinlich einer der ganz wenigen Menschen auf dieser Welt, die das wissen! Und soll ich Ihnen was verraten? Er hat nämlich auch keine roten Bälle, denn ...«

»Es wird langsam Zeit zu gehen, Ladouce, du bringst die Leute nicht mal mehr zum Lachen, du machst ihnen Angst. Schlimmer noch, du gehst ihnen auf die Nerven!«

Ginette starrte ihren Gast, auf dessen Stirn einige Schweißperlen glänzten, herausfordernd an. Aber er rührte sich nicht vom Fleck, sondern piekte lediglich mit seiner Gabel in einen weiteren Zwiebelring. Als die Männer in Blau aufstanden, um ihrer vor allem nachts geliebten Köchin den Rücken zu stärken, sagte Pierre-Léon das, was jeder gute Freund unter solchen Umständen sagen würde: »Ich glaube, wir sollten lieber fahren.«

»Nur noch fünf Minuten, Ginette, wir sind noch nicht fertig.«

»Ich sagte, ihr sollt den Tisch frei machen, Ladouce! Hier warten ein paar Jungs, die nur eine halbe Stunde Pause haben, ehe sie wieder zurück an die Arbeit müssen.«

»Was ist denn los, Ginette?«

»Es ist los, dass du gegessen hast und wieder gehst. Genau wie alle anderen hier.«

»Warum behandelst du mich so?«

Hass im Blick eines Gegenübers zu erkennen, tut weh. Doch Verachtung schmerzt noch viel mehr. Martin Ladouceur hielt Ginettes Blick nicht länger aus. Mit hängendem

Kopf zog er seinen Mantel an und holte sein Bündel Scheine aus der Tasche.

»Nicht nötig, ist schon bezahlt.«

Als erwachte er aus einem Albtraum, regte sich in Martin Ladouceur neues Leben. Strahlend zog er ein Foto aus der Innentasche seines Mantels, auf dem er in Badehose auf mehreren Budweiser-Kästen lag, umringt von fünf hübschen jungen Mädchen in roten Bikinihöschen, deren Brustwarzen unter Kronkorken verborgen waren.

»Schau mal, Ginette, ich habe eine Überraschung für dich. Das ist eine Sammelkarte. Wenn du die einrahmst, können die Dartpfeile ihr nichts anhaben. Sie ist einzigartig, weil …«

»Lass stecken. Ich war das nicht.«

»Wer denn?«

»Der Typ da hinten.«

»Sag ihm danke von mir.«

»Sag's ihm gefälligst selbst!«

Martin Ladouceur verdrehte die Augen, wagte aber nicht zu murren. Er wusste, dass ihm nichts anderes übrig blieb, als sich mit diesem Fan zu unterhalten, der nur allzu glücklich darüber war, seinen Verwandten, Freunden, Nachbarn und Kollegen erzählen zu können, dass er eines Abends Martin Ladouceur höchstpersönlich ein Essen ausgegeben hatte. Also zog er seinen Stift hervor und ging mit raschen Schritten auf den Mann zu, der mit hochgeschlagenem Mantelkragen und einem Basecap auf dem Kopf an der Theke saß.

»Tut mir leid, ich hätte mich gern ein bisschen mit dir unterhalten, aber ich bin verabredet.«

Um keine Sekunde zu verlieren, kritzelte Martin Ladouceur »Sportliche Grüße!« gleich unter die Brüste der Mädchen. Er unterschrieb mit seinem Namen, fügte »69« hinzu, zielte mit der Spitze des Kulis über den Kopf der kleinen Rothaarigen, dem Mädchen mit dem größten Busen, und schrieb »Für«, ehe er sich an seinen edlen Spender wandte.

»Wie heißt du?«

»Michel Mercier…«

Der Kuli rutschte über Martins eigenes Gesicht, bis der Tintenstrich auf dem Bikinihöschen der kleinen Brünetten endete, die einen Arm um seine Schulter gelegt hatte.

»Was machst du denn hier?«

»Das, was ich immer gemacht habe… Deine Rechnung bezahlen! Was glaubst du denn, Ladouce? Dass Ginette und Réjean, die in einem Jahr nicht das verdienen, was du an einem Tag kassiert hast, in der Lage gewesen wären, dich und deine Freunde fast jeden Abend durchzufüttern? Deine Autogramme haben sie aufgehängt, um dir eine Freude zu machen und sicher zu sein, dass du auch wiederkommst. So wusste ich wenigstens, wo du warst, und brauchte ihnen am Monatsende nur einen Scheck zu schicken.«

Martin Ladouceur musste sich setzen. Mit zornerfüllter Stimme fuhr der alte Mann fort.

»Als du heute Abend reingekommen bist und angefangen hast, von deinen perversen Saunaspielchen zu erzählen, da ist sie in Panik geraten und hat mich angerufen. So, wie sie es immer gemacht hat.«

Der Stift fiel Martin Ladouceur aus den Fingern, rollte über die Theke, fiel auf den Boden und kullerte gegen Ginettes rechten Fuß, die ihre Hähnchenschenkel abtropfen ließ, ohne auch nur ein Wort von ihrem Gespräch zu verpassen. Pierre-Léon legte eine Hand auf die Schulter seines mittlerweile zitternden Fahrgastes.

»Ich rufe kurz meine Frau an und warte dann im Auto auf Sie.«

Martin Ladouceur nickte und drehte sich wieder dem Mann mit den angespannten Zügen zu, dessen blassblaue Iris von geplatzten Äderchen umringt waren. Er sah, wie er den Henkel des Bierkrugs packte. Der Schaum lief über. Wortlos und ohne jeden Vorwurf wischte Ginette mit einem Lappen über die abgenutzte Resopalfläche, ehe sie sich wieder ihrer Kasse zuwandte.

»Trägst du ihn die ganze Zeit, um die Jammergestalten neidisch zu machen, die dir über den Weg laufen?«

Sofort steckte Martin Ladouceur die Hand in die Tasche, um seinen funkelnden Siegelring zu verstecken.

»Weißt du, dass ich meinen nicht mehr habe? Ein Verkäufer bei Oldsmobile hat ihn mir abgekauft ... Er hat ein gutes Geschäft gemacht ... Und weißt du, was ich mit dem Geld gemacht habe?«

Der Mann hob das Bierglas an seine Lippen und nahm drei geräuschvolle Züge. Martin Ladouceur konnte seinem glasigen Blick nicht länger standhalten. Wieder knallte ihm seine Vergangenheit mitten ins Gesicht wie ein vom Torpfosten abgeprallter Puck.

»Na, komm schon, Ladouce, fragst du mich gar nicht, wie es mir geht?«

Was aus Michel Mercier, dem ehemaligen Cheftrainer der Canadiens de Montréal, geworden war, wusste jeder in der Liga. Gleich nachdem Ladouceur wegen seiner heißen Nacht im Hotel Saint-Régis in die Bars von Winnipeg verbannt worden war, hatte der Präsident des großen Vereins auch den Coach gefeuert. Kein anderer Verein hatte ihn haben wollen, weil er seitdem den Ruf hatte, seine Spieler außerhalb des

Eises nicht im Griff zu haben. Er galt als Paria, und so war ihm nichts anderes übrig geblieben, als nach Europa zu fliehen, wo er die Geschicke des Eishockeyclubs von Innsbruck in Tirol am Fuße der Alpen in die Hände nahm.

In diesem fernen Land gibt es nicht nur viele Eishockeyspieler, sondern auch große Sänger. Marie, die Ehefrau des Trainers, die ihn nur widerwillig begleitet hatte, langweilte sich maßlos, während sie den Kühen im Tal beim Grasen zusah. Nach einer Weile verliebte sie sich in den Tiroler Gesang und später auch in den Leiter ihres Chors, mit dem sie hinauf in die Berge zog.

»La-i-lo, la-i-lo, uh-uh! La-i-lo, la-i-lo, uh-uh!«

Michel Mercier, der die strenge Erziehung eines Bauernsohns am Ufer des Sankt-Lorenz-Stroms genossen hatte, hatte seinen Vertrag dort trotzdem erfüllt, weil er hoffte, so seinen Namen reinzuwaschen, erhobenen Hauptes in die Heimat zurückzukehren und mit seinem neuen Ruhm das Herz seiner Schönen zurückzuerobern. Doch schon bald hatten ihn die Depressionen fest im Griff, und Herrn Schulz, dem Präsidenten des Innsbrucker Hockeyclubs, war keine andere Wahl geblieben, als ihn zu entlassen. Denn der Mann mit dem gebrochenen Herzen, der sich ebenfalls der Musik zugewandt hatte – er jedoch der Gitarre –, rührte die Spieler in der Kabine vor den Spielen zu Tränen.

»Öffnete sie nur ihre Arme, schon wäre alles wieder da, wäre alles wieder da … Ich liebe sie mehr als mein Leben … mehr als mein Leben …«

Ohne Frau, ohne Gitarre und ohne Job nach Québec zurückgekehrt, war Michel Mercier ein Niemand. Nicht einmal mehr eine Erinnerung.

»Und das ist alles deine Schuld, Ladouce! Ich habe dir immer alles durchgehen lassen, weil du Tore geschossen hast. Aber plötzlich hatten wir vier Spiele hintereinander verloren. Deine nächtlichen Eskapaden ließen sich immer schwerer vertuschen. Ich musste Freikarten an die Polizisten verteilen, die vergaßen, dir ein Bußgeld zu verpassen, an die Besitzer der Bars, bei denen du Krawall gemacht hattest und dann verschwunden warst, ohne die Rechnung zu bezahlen, an die Mädchen, die zu mir kamen und sich über deine vulgäre Art beschwerten und darüber, dass du sie angegrapscht hattest. Und wenn es keine Freikarten mehr gab, tja, dann musste ich sie mit meinem eigenen Geld dazu bringen, den Mund zu halten.«

Die Hitze, die Martin Ladouceurs Körper erfasste, war nicht weniger glühend als diejenige, die ihn durchströmt hatte, als seine vier Jahre ältere Nachbarin Lucie, die im ganzen Viertel beliebt war, weil sie die Jungs mit Zunge küsste, ihm verraten hatte, dass es den Weihnachtsmann nicht gab.

»Du glaubst doch nicht im Ernst, dass ein Hockeytor durch den Schornstein passt? Und ihr habt ja nicht einmal einen Schornstein!«

Die traurige Wahrheit hatte eine lang gehegte Überzeugung weggefegt. Martin Ladouceur wandte sich an seinen ehemaligen Trainer.

»Es tut mir leid, Michel, ehrlich … Ich muss mich bei dir entschuldigen.«

»Haben deine Eltern dir nie beigebracht, dass man sich nicht einfach selbst entschuldigen kann, sondern um Entschuldigung bittet?«

»Ich bitte dich um Entschuldigung.«

»Nein, ich werde dich niemals entschuldigen, weil ich dir

niemals verzeihen werde! Niemals, hörst du? Das war mein Leben, Ladouce, mein ganzes Leben, mein großer Traum … im Forum hinter der Bank zu stehen und die Canadiens zu coachen! Und jetzt verbringe ich mein Leben nicht hinter einer Bank als Coach einer Eishockeymannschaft, sondern an der Theke.«

Wortlos zerriss Martin Ladouceur das Foto und verabschiedete sich von Ginette, die den Blick nicht von ihrer Kasse hob. Als er sich zur Tür wandte, spürte er eine Hand, die ihn am Arm zurückhielt. Michel Mercier presste sein Gesicht an das seine und hauchte ihm seinen Bieratem ins Ohr.

»Du erinnerst dich doch noch an das Mädchen, das du im Hotelzimmer flachgelegt hast, bevor dich der Präsident unten abgefangen hat?«

»Nein.«

»An deiner Stelle würde ich mir mal ’n bisschen Mühe geben, du weißt ja, Mädchen für eine Nacht sind wie eine Eishockeysaison, es dauert neun Monate, bis das Ergebnis feststeht …«

Die Lämpchen, die die Pipelines und Tanks der Raffinerien im Osten der Stadt beleuchteten, lagen schon weit hinter ihnen. Wie ein Boxer, der nach dem Gong der neunten Runde in seine Ecke zurückkehrt, ausgeknockt von den Schlägen eines zu starken, aber vor allem unterschätzten Gegners, war Martin Ladouceur aus Ginettes Imbissbude gewankt und hatte sich in den Winkel von Tür und Sitz auf die Rückbank von Pierre-Léons Taxi fallen lassen, ohne dass ihm ein Mr. Ramirez mit dem Handtuch Luft zufächelte. Daher öffnete er das Fenster einen Spalt, um einen eisigen

Luftzug hereinzulassen. Er musste wieder zur Besinnung kommen, auch wenn er nicht die geringste Absicht hatte weiterzukämpfen, denn er war k.o., und zwar nicht erst bei zehn, sondern schon bei neun.

»Februar… März… April… Mai… Juni… Juli… August… September… Oktober!«

Im Rückspiegel beobachtete Pierre-Léon, wie sein Fahrgast seine ersten Worte murmelte, seit sie losgefahren waren.

»Oktober…«

Während auf der linken Seite des Wagens, der zügig die Rue Sherbrooke entlangfuhr, der schräge Turm des Olympiastadions auftauchte, legte Martin Ladouceur den Kopf in beide Hände und klopfte mit einem Fuß auf den Boden, dann legte er den Kopf in beide Hände, ohne mit dem Fuß auf den Boden zu klopfen, aber nichts half. Er konnte sich einfach nicht erinnern.

»Ich habe in so vielen Mannschaften gespielt, dass ich nicht mehr weiß, ob ich achtzig oder einundachtzig aus Montréal weggegangen bin.«

»Einundachtzig. Wer wüsste das nicht? Im Radio reden sie schon den ganzen Tag von nichts anderem.«

Der Star des Tages begann an seinen Fingern abzuzählen, und diesmal kam er nicht bis neun.

»Sieben Jahre…«

Im Laufe seiner Karriere hatte er gestandene Männer, echte, harte Kerle, Hockeyspieler eben, so heißblütig auf dem Eis, in der Wärme der Kabine dahinschmelzen sehen, während sie mit dümmlicher Miene in die Runde brüllten: »Hey, *boys*, ich werde Papa!«

Zu Beginn seiner Karriere hatte Martin Ladouceur jedes Mal höhnisch hinter seinem Gitter gegrinst, aber das war, bevor er jeden Monat an Cynthias Doktorarbeit denken musste, wenn er sein Scheckheft zückte. Um das Schicksal zu beschwören, achtete er seitdem darauf, immer gleich als Erster aufzustehen und seinem Teamkameraden zu gratulieren, der das Ultraschallbild schwenkte wie die Trophäe des besten Torjägers.

»Glückwunsch, alter Junge, sieht ja süß aus, der Kleine!«

»Danke, Ladouce, ich habe das Gefühl, dass mein Leben nie wieder so sein wird wie vorher.«

Martin Ladouceur schloss die Augen, um nicht länger nachzudenken. Wenn zwei Wesen, die sich addieren, sich anschließend multiplizieren, um ein Kind zu zeugen, verändert sich das Leben für immer. Unweigerlich kommen ein Zimmer, ein Kombi, ein Babysitter, Geschrei, Weinen und Quengelei hinzu. Daher weigern sich diejenigen, die mit ihrem Singledasein so zufrieden sind, dass sie Angst davor haben, es verschwinden zu sehen, diese Möglichkeit überhaupt in Betracht zu ziehen.

»Dann kannst du ja nicht mal mehr einen Abend lang in Ruhe feiern gehen!«

Er erinnerte sich nicht mehr an jene feuchtfröhliche Nacht vor fast acht Jahren. Er war zwar daran beteiligt gewesen, aber in derart betrunkenem Zustand, dass er im Grunde gar nicht er selbst gewesen war. Wie also könnte er für das, was damals geschehen war, verantwortlich sein, wenn er überhaupt nicht dort gewesen war.

»Monsieur Ladouceur?«

Wenn man nicht Vater sein möchte, braucht man auch nicht nachzuforschen, ob eine Mutter existiert. Und es ist nicht fair, einem so viele Jahre später mit einer Verantwortung zu drohen, der man stets geflissentlich aus dem Weg gegangen ist. Was man erlebt, sollte man wollen, nicht einfach nur hinnehmen.

»Monsieur Ladouceur!«

Martin Ladouceur öffnete die Augen und erblickte Pierre-Léons Gesicht, das von der Lampe an der Wagendecke beleuchtet wurde. Der Taxifahrer kniete verkehrt herum auf seinem Sitz und hatte ihn bei der Schulter gepackt.

»Entschuldigen Sie, dass ich Sie etwas fester gerüttelt habe, aber sie haben geschnarcht und seltsame Sachen gestöhnt.«

Durch das Fenster des Taxis hindurch sah der Fahrgast den hell erleuchteten Eingang des Saint-Régis. Mit einem geöffneten Regenschirm in der Hand kam Charles-David die Stufen heruntergerannt.

»'tschuldige, ich glaube, ich hatte einen Albtraum.«

Er beugte sich zur Seite, um das Taxameter zu sehen. Es zeigte elf Dollar an, und er warf zwei Zwanzigdollarscheine auf den Vordersitz.

»Behalt den Rest!«

»Das ist viel zu viel, Sie haben mich doch schon zum Essen eingeladen.«

»Eben, wäre mir lieber, ich hätte dich nie dorthin geschleift. Das ist zur Wiedergutmachung.«

Martin Ladouceur kam nicht dazu, nach dem Türgriff zu fassen, als Charles-David auch schon den Schlag aufriss und den Schirm sorgsam genau über die Stelle hielt, an der der Kopf seines Gastes auftauchen würde. Nachdem Pierre-Léon seine zwei Scheine sicher im Handschuhfach verstaut hatte, drehte er sich wieder um und packte seinen Fahrgast, der bereits einen Fuß auf den verschneiten Asphalt gestellt hatte, beim Arm.

»Was Ihr Kind angeht ...«

»Wie, mein Kind?«

Selbst Charles-David zuckte zusammen und hätte um ein Haar den Regenschirm fallen lassen, als Martin Ladouceur mit Schrecken, ja Abscheu im Blick brüllte: »Ich hab kein Kind! Nein!«

»Ich habe doch nicht behauptet, dass Sie ein Kind hätten, ich sprach von dem Kind mit dem roten Ball, das Sie im Hotel gesehen haben. Erinnern Sie sich?«

»Red nicht davon, da muss ich geträumt haben, genau wie ich vor fünf Minuten auch geschlafen habe.«

Pierre-Léon musterte Martin Ladouceur lächelnd, bis dieser nervös wurde.

»Was siehst du mich so an?«

»Ich glaube nicht, dass Sie dieses Kind geträumt haben.«

»Was willst du damit sagen?«

Der Taxifahrer wurde wieder ernst und atmete tief durch.

»Ich habe es zum Hotel gebracht ...«

Martin Ladouceur lief die Stufen zur Eingangstür so schnell hoch, dass es Charles-David nicht gelang, den Schirm über den Kopf seines Gastes zu halten.

»Diesen Portier lass ich seine Zimmerschlüssel einzeln fressen, und glaub mir, der wird morgen verdammt lange auf dem Klo sitzen und über David Copperfield und seine Kaninchen nachdenken, während es in der Schüssel klirrt!«

Charles-David bemühte sich zwar, seinen wütenden Gast noch auf dem Treppenabsatz abzufangen, um ihm die schwere Tür zu öffnen, bevor er dies selbst tat – ein Sakrileg für jedes Luxushotel, das um jeden Preis seine fünf Sterne bewahren möchte. Aber noch bevor er den Schirm zuklappen konnte, fiel ihm die Tür schon vor der Nase zu. Und wurde im gleichen Moment wieder geöffnet. Der junge Page sah sich Martin Ladouceur gegenüber, der erneut herausstürmte. Ihm blieb nichts anderes übrig, als den Regenschirm wieder zu öffnen und sich an die Verfolgung seines Gastes zu machen, der bereits die untersten Stufen erreicht hatte.

»Ich muss nachdenken!«

Die Arme über seinem schwarzen Mantel verschränkt, der bei jeder Kehrtwende hochflatterte, marschierte Martin Ladouceur auf dem Bürgersteig auf und ab, gefolgt von Charles-David, der den Schirm über seinen Kopf hielt und gleichzeitig mit den Fingerspitzen die wenigen Schneeflocken wegfegte, die sich auf dem Kaschmirstoff niederließen.

»Ich weiß, das ist dein Job, Kleiner, aber wenn ich die ganze Zeit den Schirm über meinem Kopf habe und fühle, wie du mir im Rücken rumfummelst und mir dabei in den Nacken bläst, kann ich mich nicht konzentrieren. Nimm's nicht persönlich, aber ich muss jetzt in Ruhe nachdenken.«

Verunsichert trollte sich Charles-David an den Fuß der Eingangstreppe und suchte betreten in den Lehren der Hotelfachschule nach einem Hinweis darauf, welches Verhalten unter solchen Umständen angemessen sei. Nach reiflicher Überlegung beschloss er in Anbetracht der Tatsache, dass kein Gast es unbequemer haben dürfe als ein Mitglied des Personals – eine heilige Regel, für die er in seinem ersten Jahr die Bestnote erhalten hatte, wie er sich erinnerte –, den Schirm zuzuklappen und zu warten.

Während sich die Flocken auf seiner Kappe häuften, beobachtete er seinen Gast, der etwa dreißigmal in immer schnellerem Tempo auf und ab marschiert war und nun seine Stirn an den eiskalten Laternenpfahl gelegt hatte, als wollte er sie abkühlen, nachdem sie durch intensives Nachdenken heiß gelaufen war.

»Alles in Ordnung, Monsieur … äh … Ladouce?«

Charles-David hätte es nicht vor Gott geschworen, aber er war sich ziemlich sicher, ein *Pschitt* gehört zu haben, als Martin Ladouceur seine Stirn vom Laternenpfahl löste.

»Weißt du, Charles-David, es gibt Situationen im Leben, da darf man sich nicht von seiner Wut hinreißen lassen. Es ist oft besser, erst einmal nachzudenken, ehe du etwas tust, was du später bereuen könntest.«

»Das sagt mein Vater auch immer.«

»Und er hat recht damit.«

»Ich wette, Ihr Vater hat das auch immer zu Ihnen gesagt.«

»Nein, mein Vater sagte das nie.«

»Was hat er denn stattdessen gesagt?«

»Eine Menge anderer Sachen, aber das nicht. Ich musste ja immer Vollgas geben. Und dafür hatte er ein Händchen. So, das reicht, lass uns reingehen!«

Diesmal ging Martin Ladouceur langsam die Treppe hinauf. Als er, vor dem Hoteleingang angekommen, die Hand des jungen Mannes spürte, der den Schnee von seinem Mantel strich, blieb er stehen, um ihm seine Aufgabe zu erleichtern.

»Danke, das ist nett von Ihnen, denn sonst hätte der Portier mir womöglich eine Verwarnung erteilt. Ich will nicht schlecht über ihn sprechen, aber er ist wirklich extrem pingelig. Und er erzählt alles dem Direktor. Sagen Sie es niemandem weiter, aber so hat er es geschafft, befördert zu werden. Hier kann ihn niemand leiden.«

Zu genau dem gleichen Schluss war auch Martin Ladouceur dank seiner Abkühlung an der Laterne gekommen. Statt

Maxime die Zimmerschlüssel fressen zu lassen, war es besser, ihm den seltsamen Besuch dieses Kindes ganz zu verheimlichen. Wer nichts weiß, kann auch nichts verraten. Im Grunde gab es ja auch nicht viel zu wissen, und, um die Wahrheit zu sagen, hoffte Martin Ladouceur, dass es überhaupt nichts zu wissen gab. Wenn er das Schlimmste vermeiden wollte, war es das Beste, so zu tun, als wäre gar nichts passiert. Pech für den Portier, der dem Direktor nichts zu erzählen hätte. Zufrieden mit dem Ergebnis seiner Überlegungen, schob er dem jungen Pagen einen Zwanzigdollarschein in die Jackentasche.

»Gut, dann gehe ich jetzt schlafen. Ich verlass mich auf dich, dass mich niemand stört. Wenn jemand nach mir fragt, bin ich nicht da. Für niemanden, verstanden?«

Charles-David nickte und öffnete die große Eingangstür des Saint-Régis. In der Lobby zog Martin Ladouceur seinen Mantel aus, faltete ihn zusammen, legte ihn sich über den Unterarm und ging auf die Rezeption zu, wo der Portier mit dem Rücken zu ihm erregt telefonierte.

»Vielleicht macht Ihnen das ja Spaß, aber mir nicht. Das ist jetzt das achte Mal, dass Sie mich anrufen, und ich versichere Ihnen, diesmal lege ich nicht auf. Von mir aus können wir das stundenlang durchhalten, ich habe Zeit. Wenn man nur einen Gast hat, braucht man sich auch nur um den zu kümmern, also können Sie gern weiter schweigen, ich habe nichts Besseres zu tun. Aber, ganz ehrlich, ich verstehe nicht, dass Sie so etwas in Ihrem Alter noch witzig finden. Sagen Sie, halten Sie mich vielleicht für …«

»Meine Schlüssel, bitte!«

Der Portier zuckte zusammen. Ungläubig nahm er den Hörer vom Ohr. Dann drehte er sich langsam um. Beim Anblick seines ungeduldigen Gastes musste er sich hinsetzen.

»Sie sind hier unten?«

»Sieht ganz so aus.«

Maxime legte den Hörer zurück auf das Telefon. Er stand auf, griff nach dem Schlüssel zur Suite 919, reichte ihn jedoch nicht über den Tresen.

»Meine Güte, von Ihrem Zimmer aus ruft mich ständig jemand an ... Aber wenn Sie es nicht sind ... wer ist es dann?«

WIR SIND ALLEIN …

»Monsieur Ladouceur, öffnen Sie! Sie haben mich um fünf Minuten gebeten, um in Ruhe auf die Toilette zu gehen, aber jetzt stehe ich mir hier schon seit über zehn Minuten die Beine in den Bauch. Sie sollten es nicht übertreiben.«

Maxime, der Portier, belagerte die Tür der Suite 919. Genervt klopfte er lauter.

»Charles-David vertritt mich unten, aber er hat keinerlei Erfahrung … Sie verstehen sicher, dass Sie nicht das gesamte Personal für sich allein beanspruchen können. Wenn Sie mir nicht aufmachen, bin ich gezwungen, einen Bericht für den Herrn Direktor zu schreiben. Und glauben Sie mir, unter seiner gutmütigen Schale kann dieser große Mann zum gnadenlosen Raubtier werden. Also bitte, Monsieur Ladouceur, ich beschw…«

Die Tür flog auf, und zum Vorschein kam ein strahlender Martin Ladouceur.

»Max, wegen fünf lächerlicher Minütchen brauchst du dich doch nicht gleich so aufzuregen.«

»Zwölf Minuten dreißig, um genau zu sein!«

»Tut mir leid, Max. Unter uns, ich will dir die Wahrheit sagen. Ich habe vorhin frittierte Zwiebelringe gegessen, und die hatten einen wirklich eigenartigen Geschmack. Seitdem rumort es in meinem Bauch so komisch, mit allem, was dazugehört. Du verstehst, was ich sagen will?«

»Ersparen Sie mir die Details … Ich meine, falls Ihre Verdauungsbeschwerden andauern sollten, halten wir im Arzneischränkchen des Hotels selbstverständlich Durchfall- und Schmerzmittel für Sie bereit. Sie brauchen nur bei der Rezeption anzurufen. Vorsorglich werde ich auf jeden Fall schon einmal Ihren Toilettenpapiervorrat aufstocken. Aber jetzt zurück zu dem, weshalb ich eigentlich hier bin. Lassen Sie mich herausfinden, wie diese Anrufe von Ihrem Zimmer aus getätigt werden konnten, während Sie gar nicht da waren.

»Komm rein, dann besprechen wir das in aller Ruhe.«

Eine Viertelstunde später stand der Portier, der in seiner Jugend viele Krimiserien gesehen haben musste, vor dem auf dem Sofa lümmelnden Martin Ladouceur und rieb sich verwirrt das Kinn.

»Fassen wir zusammen! Seit Ihrer Ankunft in unserem Haus haben Sie nichts bemerkt, was Sie auf den Gedanken gebracht hätte, dass jemand in Ihrem Zimmer gewesen sein könnte?«

»Das habe ich dir doch schon gesagt, Max. Nichts, ich habe wirklich nicht das Geringste bemerkt, was mich auf so einen Gedanken gebracht hätte.«

»Haben Sie auch genau nachgesehen? Sind Sie ganz sicher, dass niemand an Ihren Sachen war?«

»Max, wir haben das doch zusammen überprüft, ich bin mit dir dreimal alles durchgegangen. Entspann dich, so nervtötend, wie ich bin, hätte ich es dir doch gesagt, wenn jemand etwas angefasst hätte, oder nicht?«

»Da muss ich Ihnen recht geben.«

Martin Ladouceur klopfte sich auf den Bauch, ehe er ein anzügliches Lachen von sich gab, das komplizenhaft klingen sollte. Er stand auf, tat, als bekäme er keine Luft mehr, und legte eine Hand auf die Schulter des Portiers, ehe er sich gegen ihn lehnte.

»Da siehst du, wie gern ich dich mag! Du sagst mir ins Gesicht, ich sei nervtötend, und ich nehme es dir nicht mal übel. Wir zwei hatten wegen unseres kleinen Missverständnisses keinen so guten Start. Aber ich glaube, jetzt haben wir die besten Voraussetzungen, um gute Freunde zu werden. Was, Max?«

Die Körpersprache des Portiers verriet nicht gerade überschäumende Begeisterung angesichts dieses Friedensangebots. Maxime befreite sich brüsk aus dem Griff seines Gastes und reagierte auf dessen plötzliche Vertraulichkeit wie die große Lobby: kühl wie Marmor.

»Dieser rote Ball lässt mir keine Ruhe ...«

Auch Martin Ladouceur verriet sich durch seine Körpersprache, vor allem die seiner Hände. Das Einzige, was ihm einfiel, um seine Nervosität zu verbergen, war, sich die Schnürsenkel zu binden. Doch nachdem er niedergekniet war, fiel ihm auf, dass er Mokassins trug. Als er hastig aufstand, fand er sich Auge in Auge mit Maxime wieder.

»Denn als Sie mit diesem Ball nach unten an die Rezeption gekommen sind, haben Sie doch gesagt, dass da jemand gewesen sei ...«

»Ich glaube schon, ja ...«

»Ein Kind, nicht wahr?«

Die Gesichter der beiden Männer berührten sich beinahe. Und wie im Film – also in den Filmen, in denen sich die Gesichter berühren – wollte keiner von beiden den Blick senken. Aber in diesem kleinen Spiel demonstrierte der, dessen Lebensziel es war, immer und überall der Beste zu sein, seine Überlegenheit. Im entscheidenden Moment des Strafstoßes geht es zunächst darum, die Lücke zu finden, durch die der Puck hindurchgeht, damit man sich anschließend nur noch auf den Schuss zu konzentrieren braucht, den Todesstoß. Unweigerlich überkommt dann diejenigen, die sich einem in den Weg stellen wollten, die Gewissheit zu verlieren. Nach und nach entspannte sich das Gesicht von Martin Ladouceur, bis er schließlich lächelte.

»Schon gut, ich sag dir die Wahrheit. Aber du musst mir versprechen, das für dich zu behalten.«

»Das kann ich Ihnen nicht versprechen.«

»Max, wir sind doch Freunde, oder nicht?«

»Darauf möchte ich lieber nicht antworten. Nicht etwa, weil Freundschaft ein Gefühl wäre, das ich nicht kenne, sondern weil es in meiner Position keine Rolle spielt. Meine Gäste mag ich nicht um ihrer selbst willen, sondern einzig und allein deshalb, weil es meine Aufgabe ist, mich um sie zu kümmern.

»Max, du wirst mir immer sympathischer, denn im Grunde bist du genau wie ich, du hast einen Dickschädel.«

»Mag sein, aber jetzt nehmen Sie bitte Ihre Hand weg, und lassen Sie uns zum Wesentlichen zurückkehren. Was wollten Sie mir sagen?«

»Ich hoffe, du bist mir deswegen nicht böse, aber ich habe dir einen Streich gespielt, den ich seit Jahren anbringe. Ein Typ aus Winnipeg hat mir den Trick verraten.«

Martin Ladouceur holte seinen Mantel aus dem Garderobenschrank. Aus der Tasche zog er den roten Ball.

»Ich habe auf Reisen immer zwei oder drei davon dabei. Du weißt ja selbst, die Leute in den Hotels haben uns auf dem Kieker. Also lassen wir einfach einen Ball auf dem Boden rumliegen, und dann beschweren wir uns und behaupten, wir wären daraufgetreten und beinahe gestürzt und hätten uns um ein Haar verletzt. Da sie keinen Ärger wollen, spendieren sie uns als Entschuldigung Alkohol und Essen, oder sie verschließen die Augen vor unseren kleinen Ausrutschern. Aber du hast mich ja schön auflaufen lassen, du bist nicht eingeknickt, weil du mental richtig gut drauf bist. *The mental toughness*, wie ein Eishockeyspieler. Du bist ein harter Hund, was? Und das ganz ohne Helm!«

Selbst die kältesten Kaltblüter schmelzen dahin, wenn man sie richtig zu streicheln versteht. Aber wenn man es mit der Heuchelei übertreibt, verschreckt man die Beute, die den Köder dann nicht schluckt.

»Mit Verlaub, Sie glauben doch nicht im Ernst, dass ich Ihnen diese Geschichte abkaufe?«

»Ehrenwort, es stimmt! Ich kann es ja selbst kaum fassen, dass das immer noch funktioniert. Und deshalb bewundere ich dich ja so. Du hast den Trick sofort durchschaut!«

Der Portier traute seinen Ohren nicht und seinem Gast noch viel weniger. Martin Ladouceur ging zum Schrank und holte einen seiner Schläger heraus. Dann zog er einen dicken Filzschreiber aus dem Seitenfach einer der Hockeytaschen.

»Was hältst du von einem kleinen signierten Schläger, nur für dich? Ein Sammlerstück, das ist die neue Profiserie von Sherwood, maßgefertigt, mit meinem Namen in Gold, als Wiedergutmachung für meinen blöden Scherz. Ich bin dir nicht böse, wenn du ihn für teures Geld verkaufst. Ganz im

Gegenteil, wenn du verstehst, was ich meine. Wenn du noch einen zweiten willst, brauchst du es nur zu sagen.«

Der Portier stöhnte bei diesem Vorschlag unwillkürlich auf wie ein verwundetes Tier. Das war eine ungeheuerliche Beleidigung der Gastfreundschaft seines Hotels.

»Die Vorschriften unseres Hauses sind unmissverständlich. Wir dürfen von den Gästen keinerlei Geschenke annehmen.«

»Aber ich bin doch kein Gast, ich bin dein Freund!«

»Monsieur Ladouceur, ich lege keinen Wert darauf, Ihr Freund zu sein. Ich bin nicht hier, um eine wie auch immer geartete Beziehung zu Ihnen zu knüpfen, sondern um herauszufinden, was hier vor sich geht. Habe ich mich deutlich ausgedrückt?«

Wenn man sich zu sehr bemüht, seine wahre Natur zu unterdrücken, gewinnt sie unweigerlich irgendwann wieder die Oberhand. Martin Ladouceur biss vor Wut die Zähne zusammen – er wusste nicht, wie er sie sonst zurückhalten sollte. Zornig schleuderte er den Schläger in die Tasche.

»Au!«

Auf Martins Gesicht spiegelte sich Sorge. Hatte der Portier etwas gehört?

»Na gut, ich denke, es ist alles gesagt.«

»Haben Sie das gehört, Monsieur Ladouceur? Ihre Tasche hat ›Au‹ gesagt.«

»Nein, nein, die hat nicht ›Au‹ gesagt.«

»Doch, doch, hat sie!«

»Ich hatte in meinem Leben schon unzählige Hockeytaschen, und ich kann Ihnen versichern, dass ich noch nie erlebt habe, dass eine davon ›Au‹ gesagt hätte. Also wieso sollte das jetzt ausgerechnet die hier tun?«

»Aber ich habe es gehört.«

Statt des Zorns, der noch wenige Augenblicke zuvor Martin Ladouceurs Züge hatte erstarren lassen, verspürte er nun Angst. Doch große Champions geben sich niemals geschlagen, also versuchte er es mit einem Ausweichmanöver.

»Ich habe ›Ah‹ gemacht, als ich meinen Schläger zurückgelegt habe.«

»Aber ›Ah‹ ist doch nicht ›Au‹.«

»Hören Sie, ich sage noch mal ›Ah‹ … Und das ist ein ›Au‹ … Ah-au, ah-au, ah-au … Für mich ist da kein großer Unterschied!«

»Für mich schon.«

Der Portier musterte den berühmten Sportler, der zwar eine lebende Legende des Eishockey sein mochte, aber ein jämmerlicher Schauspieler war: Wie erstarrt lauerte er auf die Reaktion seines einzigen Zuschauers, der auf ihn zukam.

»Hätten Sie etwas dagegen, wenn ich einen Blick in Ihre Tasche werfe?«

Obwohl Martin Ladouceur ein miserabler Charakterdarsteller war, vor allem wenn es darum ging, die Guten zu spielen, bereitete es ihm keine Mühe, zurück in die Rolle des Bösen zu schlüpfen. Er baute sich vor seiner Hockeytasche auf, verschränkte die Arme vor der Brust und starrte den Portier herausfordernd an.

»Auf keinen Fall! Meine Hockeytasche ist meine zweite Haut. Sie zu öffnen wäre so, als würde man mich in einer Werbepause im Forum splitterfasernackt ausziehen, vor fünfzehntausend Zuschauern und den Kameras, die das Spiel live ins ganze Land übertragen. Du kannst das komplette Zimmer auf den Kopf stellen, wenn du willst, aber meine Tasche fasst du nicht an. Das könnte mir Unglück bringen!«

Das Gesicht knallrot und verschwitzt, wollte Martin Ladouceur nicht länger kämpfen, sondern nur noch raus aus der Arena.

»Ich muss mich hinlegen. Ich bin fix und fertig. Kannst du das Licht im Flur ausschalten, wenn du gehst …?«

In die Ecke getrieben, knöpfte er sein Hemd auf und warf es über die Rückenlehne des Sessels, ehe er sein T-Shirt auszog, das bis aufs Sofa flog. Mit nacktem Oberkörper ging er zur Eingangstür. Der Portier nahm ein ausgestecktes Telefon vom Couchtisch.

»Aber da ist noch etwas, was mir komisch vorkommt … Sie haben doch gesagt, das Telefon sei kaputtgegangen, als Sie es nach meiner Weigerung, Ihnen einen Korkenzieher zu geben, durchs Zimmer geworfen haben?«

Statt die verkrampften Kiefer zu lockern, öffnete Martin Ladouceur lediglich die Tür. Doch der Portier zog es vor, das Telefon in die Höhe zu halten und es seinem Hauptverdächtigen zu präsentieren, der die Klinke fest umklammert hielt.

»Wenn Sie tatsächlich den Hörer geworfen haben, wie kommt es dann, dass der Apparat fast vollständig eingedrückt ist? Durchbohrt sollte ich beinahe sagen. Während der Hörer so neu und glatt aussieht, als käme er gerade erst aus der Fabrik?«

Martin Ladouceur machte den Fehler, die Türklinke, an die er sich bis dahin geklammert hatte, loszulassen. Sofort begannen seine Hände unkontrolliert herumzufuchteln. Er besaß genügend Geistesgegenwart, nicht so zu tun, als wollte er sich die Schnürsenkel binden. Und nach hastiger Überlegung beschloss er, sich stattdessen am Kopf zu kratzen, um Haltung zu bewahren.

»Versuchen Sie nicht, mir weiszumachen, Sie dächten

nach, Monsieur Ladouceur. Das passt nicht zu Ihnen. Sie sind ein schlechter Lügner, ein sehr schlechter sogar …«

Doch nun beging auch Maxime einen Fehler. Man ist niemals stärker als sein Gegner, solange dieser nicht am Boden liegt. Selbst mit dem Rücken zur Wand bleibt ein verletzter Mann gefährlich. Bloß weil er sich nervös am Kopf kratzt, darf man nicht glauben, er sei besiegt. Doch der Portier dachte, er könne Martin Ladouceur den Todesstoß verpassen, indem er vorwurfsvoll einen Finger auf dessen Brust richtete.

»Dieses Telefon ist niemals auf den Boden gefallen, jemand hat es eingetreten! Schauen Sie sich Ihre Socken an, da, unter der Ferse! Alles voll kleiner gelber Plastikstückchen! Sie halten mich wohl für einen Trott…«

Martin Ladouceurs Hand, die offensichtlich genug davon hatte, eine schweißnasse Stirn zu kratzen, schoss unvermittelt vor und schloss sich um die Kehle des Portiers. Infolge dieses blitzschnellen, überwältigenden, nach Möglichkeit überraschenden Angriffs – eine unfehlbare Technik, die Martin Ladouceur schon so manches Mal erprobt hatte – fühlte sich sein Opfer unversehens gegen die Wand gedrückt. Zwar versuchte der bedauernswerte Maxime noch eine Weile zu zappeln, doch dann musste er sich mit der Tatsache abfinden, dass er nur noch ein in der Falle sitzender Schmetterling war. Die weitere Anklageschrift beschränkte sich auf einen einzigen Laut, der im juristischen Sprachgebrauch eher selten verwendet wurde, aber unter diesen Umständen durchaus angemessen war: *»Schluck.«*

Mit der nackten Schulter presste sich der stärkere der beiden Männer gegen den schwächeren, der jegliche Gegenwehr aufgegeben hatte, und lehnte sich für einen Moment mit seinem ganzen Gewicht gegen ihn. Dann löste Martin

Ladouceur seinen Körper von Maxime und entließ ihn aus seinem Griff.

»Halt endlich die Schnauze und verschwinde.«

Ohne einen weiteren Mucks floh der Portier hinaus in den Flur. Vor der Aufzugtür, in einer Distanz, die einen risikofreien strategischen Rückzug ermöglichte, reckte er einen Arm in die Höhe, um sicherzugehen, dass das Telefon auch gut zu sehen war.

»Sie denken doch wohl nicht, dass ich Ihnen geglaubt hätte, als Sie mir einreden wollten, dass ein Wackelkontakt diese ständigen Anrufe bei der Rezeption ausgelöst haben könnte? In diesem Apparat gibt es nicht ein einziges Kabel mehr, das irgendeinen Kontakt hätte!«

Martin Ladouceur schloss die Tür der Suite und verriegelte sie. Trotzdem hörte er noch, was Maxime ihm zurief.

»Da war jemand in Ihrem Zimmer, das weiß ich ganz genau! So leicht kommen Sie mir nicht davon. Wir sehen uns wieder, Monsieur Ladouceur. Verlassen Sie sich darauf! Ich setze mich jetzt auf der Stelle an meinen Bericht, und ich habe das Gefühl, dass es ein ziemlicher Roman werden wird!«

Martin Ladouceur wartete das *Bing* ab, das ihm verriet, dass der Aufzug ihre Etage erreicht hatte, ehe er zu seiner Hockeytasche zurückging. Er beugte sich vor und zog rasch den Schieber des großen Reißverschlusses zurück. Mit schweißnasser Stirn ging er zur Minibar, kniete sich hin und öffnete die Tür. Er hob den Deckel des winzigen Eiswürfelfachs und nahm drei Würfel aus dem kleinen Behälter, die er sich hastig an die Stirn drückte. Dann stand er wieder auf und ging zum Sofa. Mit einer Hand packte er sein T-Shirt und zog es an. Er setzte sich hin, um das nervöse Zittern seines Fußes abzustellen, der ihm immer noch nicht gehorchte. Die Eiswürfel zeigten Wirkung. Allmählich wurde er ruhiger. Sein Fuß klopfte nicht länger wie wild vor sich hin. Und da drehte sich Martin Ladouceur zu seiner Tasche um.

»Du kannst jetzt rauskommen. Wir sind allein.«

ZWEITER TEIL

Im Leben gilt es nichts zu fürchten,
sondern alles zu verstehen.

MARIE CURIE

DAS IST MEIN KIND!

Der Stoff der Hockeytasche wellte sich einige Male, ehe er sich langsam um ein paar Zentimeter hob. Zwei kleine, weit aufgerissene Augen wurden im Reißverschlussspalt sichtbar, ehe sie wieder verschwanden. Und die Tasche sich erneut schloss.

Dann, wie eine Eierschale, die von innen aufgepickt wurde, gab die Tasche einen Kopf mit verwuscheltem blondem Haar frei, einen Kinderkopf, dessen geblendete haselnussbraune Augen mehrmals zwinkerten, ehe sie sich auf den Mann auf dem Sofa richteten.

Martin Ladouceur betrachtete das kleine Wesen, das nun aufzustehen versuchte. Da es sich nirgendwo festhalten konnte, wäre es beinahe gestolpert, doch schließlich gelang es ihm, sich auf seinen Beinen zu halten, die erst noch ein wenig zitterten, bevor sie es trugen.

Der Mann und das Kind musterten einander neugierig, aber vor allem erstaunt darüber, sich gemeinsam in dieser unglaublichen Situation wiederzufinden. Dabei hatte Martin Ladouceur nicht das Gefühl zu träumen, eher kam es ihm vor, als stünde er an einem Wendepunkt in seinem Leben. Selbst wenn dieses Kind nicht vom Himmel gefallen war – es kroch ja aus seiner Eishockeytasche –, sah er darin ein Zeichen des Schicksals. Weil er dieses Kind niemals gewollt hatte, hatte er es sich immer nur vorgestellt, und zwar stets negativ. Aber ein Kind kann man nicht erfinden, man muss es anschauen. Und deshalb öffnete er die Augen ganz weit, um nichts von seinem zukünftigen Leben zu verpassen.

Der kleine Junge hob erst ein Bein aus seinem improvisierten Nest, dann das zweite und machte ein paar Schritte. Dabei strich er sein Poloshirt mit dem Logo der Canadiens de Montréal glatt. Martin Ladouceur sah darin ein weiteres Zeichen. Was er so sehr fürchtete, was er um keinen Preis in Betracht ziehen wollte, prallte unvermittelt auf ihn ein und verdrängte all seine Fragen – wie etwa die, was ein siebenjähriges Kind um diese Uhrzeit ganz allein in seinem Zimmer zu suchen haben mochte. Er zweifelte nicht eine Sekunde daran, dass er es war. SEIN SOHN. Eine Offenbarung ist die Antwort auf eine Frage, die man sich nie gestellt hat; wenn sie einem zuteil wird, trifft einen die Offenkundigkeit dessen, was bislang unerklärlich schien, wie ein Blitz.

Martin Ladouceur stand auf und holte die Mütze, die er vorhin im Zimmer gefunden hatte, aus seiner Manteltasche. Davon überzeugt, dass sie dem Jungen gehörte, setzte er sie ihm auf den Kopf und trat einen Schritt zurück. Dieses kleine, wie durch ein Wunder aufgetauchte Geschöpf war so schön, dass er sich wieder setzen musste.

»Wie heißt du?«

Das Kind zeigte keine Regung.

»Kannst du nicht sprechen?«

Keine Reaktion.

»Bist du taub?«

Das Kind schüttelte den Kopf.

»Also bist du stumm?«

Das Kind rührte sich nicht, und Martin Ladouceur war beunruhigt. Er wollte sich unbedingt mit diesem Kleinen verständigen, dem er sich bereits so nah fühlte, und erinnerte sich an die schon mehrere Jahre zurückliegende Begegnung mit einer jungen Frau mit braunem Haar und blauen Augen in einer mexikanischen Bar in Detroit. Sie hatte Zeichensprache studiert und noch ein paar Stunden lang ein eng anliegendes, weit ausgeschnittenes rotes Kleid getragen. Zwischen Bier, Tacos und Tequila rapido hatte sie ihm die Grundlagen dieser Sprache beigebracht, bei der sie sich ausschließlich ihrer Hände bediente. So hatte der große Spieler gelernt, sich ganz formlos vorzustellen.

»Hallo, ich bin Ladouce!«

Zwar erinnerte er sich nicht mehr an den Namen der jungen Dame, aber ihre kleine Lektion hatte er nie vergessen. Und so lächelte er den Jungen an und bemühte sich, jede Silbe, die er gestikulierte, gleichzeitig überdeutlich auszusprechen. Als Antwort erhielt er ein schüchternes Lächeln. Plötzlich schlug sein Herz sehr schnell. Der Mann spielte mit dem Gedanken, die Arme auszubreiten, aber der Junge schaute ihn schon nicht mehr an, sondern starrte fasziniert auf den Fernseher.

»Ich habe keine Lust, mit dir Indianer zu spielen, ich will einen Film gucken!«

»Du kannst ja sprechen!«

Das Kind antwortete nicht, denn es war vollauf damit beschäftigt, auf den Knöpfen des Fernsehers herumzudrücken. Sein Zimmergenosse, der mit gefalteten Händen und erhobenem Haupt dastand, hatte gerade erkannt, dass es möglicherweise Wichtigeres im Leben gab, als in der Verlängerung ein Tor zu schießen, und er dankte dem Himmel, besser gesagt der Zimmerdecke, für dieses Wunder.

»Warum geht dein Fernseher nicht?«

Martin Ladouceur fuhr zusammen, denn das Kind hatte eine erstaunlich laute Stimme, aber der selbstbewusste und leicht herrische Tonfall gefiel ihm. Er ging um den Sessel herum, hob sein zerknittertes Hemd hoch und griff nach der Fernbedienung, die darunter verborgen gewesen war. Dann kehrte er zu dem Jungen zurück, der immer noch vor dem Fernseher stand, und hockte sich neben ihn.

»Siehst du, das ist ein kleiner Zauberkasten. Mit dem kann ich auf dem Bildschirm machen, was ich will. Soll ich dir zeigen, wie man den Fernseher anzaubert?«

Der Kleine zeigte nicht die geringste Begeisterung, nicht einmal Enttäuschung, sondern etwas, was man bei jenen Kindern erkennt, denen man später einen eigenen Kopf und die Fähigkeit zuschreiben wird, auf andere herabzusehen.

»Ich bin schon sieben, und ich weiß, wie das funktioniert, du hattest sie nur nicht dahin gelegt, wo sie hingehört.«

»Ich wusste, dass du sieben bist.«

Der Kleine musterte Martin Ladouceur so abfällig, als hätte er einen Jungen vor sich, der das erste Schuljahr bereits einmal wiederholt hatte und dem die Lehrerin jetzt verkündete, dass er auch noch eine dritte Runde drehen würde, diesmal allerdings mit einem vereinfachten Pensum.

»Ich bin schon vor zwei Monaten sieben geworden.«

Das Kind riss dem Mann, dessen Blick vor Liebe überfloss, die Fernbedienung aus der Hand und drückte den roten Knopf. Sobald der Bildschirm zum Leben erwachte, fand der kleine Mann instinktiv die Pfeile, mit denen er die Programme vorbeiflimmern ließ. Nachdem er eine englischsprachige Zeichentrickserie gefunden hatte, ging er zum Sessel, setzte sich hin und versteckte mit einem herablassenden Blick die Fernbedienung hinter sich. Martin Ladouceur erkannte darin nur das Beste und flüsterte vor sich hin, was er am liebsten der ganzen Welt zugerufen hätte: »Was ist er doch intelligent für sein Alter!«

Schon bald war das Kind vollkommen in den Bann der *Teenage Mutant Ninja Turtles* gezogen und spielte den erbitterten Kampf zwischen Michelangelo und Shredder nach. Als sich der Kleine auf die Sitzfläche des Sessels stellte, um den mutierten Ratten, die Donatello von hinten angriffen – obwohl dieser nun wirklich niemandem etwas getan hatte –, imaginäre Fußtritte zu verpassen, genoss der Mann, der selbst den Ruf eines Raubeins hatte, die Darbietung noch. Aber als das Kind auf die Rückenlehne sprang und in wackligem Gleichgewicht darauf balancierte, spürte Martin Ladouceur zum ersten Mal in seinem Leben, wie sich in seinem Bauch ein Knoten bildete. Der Knoten wuchs und wurde zu einer Kugel, als das Kind, das von der erhöhten Lehne aus mit seinem Laserarm bereits vier mutierte Ratten niedergemacht hatte, den letzten der Bösewichte über das Schicksal informierte, das es ihm zugedacht hatte.

»Ich zerquetsche dich mit einem Supertodessalto!«

Nun spürte Martin Ladouceur keine Kugel mehr in seinem Bauch, sondern einen Fußball, den jemand so stark aufblies, dass er zu platzen drohte. Selbst die Drohungen der Schrecken der Liga, die ihn um zehn Zentimeter überragten und dreißig Kilo mehr auf die Waage brachten, hatten ihm nie Angst gemacht. Er kannte das Gefühl nicht, hatte keine Ahnung, wie es sich anfühlte, obwohl er selbst es durchaus zu verbreiten wusste. Angst ist eine heiße Kartoffel, die man immer dem anderen zuwerfen muss. Sie verleiht keine Flügel, sondern lähmt, so wie es in diesem Moment auch bei Martin Ladouceur der Fall war.

»Ich rette dich, Donatello!«

Der Absprung war nicht sonderlich beeindruckend, das Kind hatte sich einfach nur von der Lehne fallen lassen. Aber da Martin Ladouceur den Sturz in Zeitlupe beobachtete, kam es ihm so vor, als wäre der Kleine aus großer Höhe gesprungen. Es machte *bumm*, als seine Füße auf den Boden trafen. Die Mütze flog ihm vom Kopf. Dann fiel das Kind hin und blieb mit ausgebreiteten Armen regungslos auf dem Rücken liegen.

»Alles in Ordnung, Kleiner?«

Schon hockte Martin Ladouceur an der Seite des Verletzten. Vorsichtig nahm er die Hand des Jungen und legte sie auf seine geöffnete Handfläche. Mit der anderen Hand streichelte er behutsam die kleinen, heißen Finger.

»Hör auf, das kitzelt!«

Das Kind zog seine Hand zurück, sprang auf und kehrte in seinen Sessel zurück. Mürrisch verschränkte es die Arme vor der Brust und funkelte seinen Retter an.

»Ich hab doch nur so getan, als wär ich tot. Du verstehst aber auch gar nichts!«

Das stimmte. Martin Ladouceur musste einräumen, dass er Kinder niemals wirklich beobachtet, gemocht oder gar geliebt hatte und demzufolge auch reichlich wenig über sie wusste.

Das kleine Wesen war erneut in die Geschehnisse auf dem Bildschirm vertieft, wo sich Donatellos Lage nicht besserte. Nachdem es eine Weile herumgezappelt hatte, beschloss es, sich quer über den Sessel zu legen, den Rücken an die eine Armlehne gelehnt, die Beine über der anderen, und verdrängte so den Erwachsenen, der nun mit der Mütze in der Hand wieder aufstand, aus seinem Sichtfeld.

»Möchtest du sie wiederhaben?«

Ohne hinzuschauen, ja ohne überhaupt zu wissen, worauf sich die Frage bezog, schüttelte das Kind den Kopf. Martin Ladouceur legte die Mütze auf den Couchtisch, ging zum Fenster und legte seine Stirn an das Glas. *Pschitt.* Er zog den Kopf zurück, um in der Scheibe das Kind zu beobachten, dessen Blick am Bildschirm klebte.

»Schnell, Splinter! Du musst Donatello retten, sonst bringt Shredder ihn um!«

Während der junge Zuschauer wieder im Rhythmus der turbomagischen Schwerter, die in blitzendem Getöse aufeinanderprallten, mit den Beinen strampelte, erkannte Martin Ladouceur, dass etwas Seltsames in ihm vorgegangen war. Warum hatte er so große Angst gehabt, als er gesehen hatte, wie das Kind fiel, obwohl er um sich selbst noch nie Angst gehabt hatte? Er musste sich keine Sorgen machen, er musste nur lernen.

»Aber wo lernt man das?«

Er dachte daran, einen seiner früheren Teamkameraden in Los Angeles anzurufen, der bereits Vater war, und ihn zu bitten, ihm zu Hilfe zu kommen, aber dann hätte er ihm diese merkwürdige Situation erklären müssen, über die er so wenig zu sagen hatte, weil er nicht das Geringste darüber wusste. Natürlich hätten seine Eltern ihm die Grundlagen einer Eltern-Kind-Beziehung beibringen können, aber dazu hätte er mit ihnen reden müssen. Unvorstellbar. Und so fasste Martin Ladouceur den Entschluss, auf eigene Faust zu lernen, und zwar so schnell wie möglich, selbst wenn das bedeutete, dass er dazu Bücher kaufen müsste.

»Und das auch noch ohne Bilder!«

Doch die *Ninja Turtles* waren inzwischen beim Abspann angelangt, und es bestand dringend Handlungsbedarf. Was könnte er dem Kind vorschlagen? Das Einzige, was er selbst in diesem Alter gemacht hatte, außer mit seinem Vater Eishockey zu spielen, war, mit seinem Vater Eishockey zu spielen.

»Möchtest du ein bisschen Hockey spielen, wenn du fertig bist? Ich habe Schläger, und wir könnten deinen roten Ball dazu nehmen, was meinst du? Das macht Spaß, und wir bekämen ein bisschen Bewegung.«

»Hockey mag ich nicht.«

Durch das Fenster hindurch betrachtete Martin Ladouceur die Stadt. Als Kind hatten immer andere für ihn entschieden. Als Erwachsener hatte er sich auf die Trainer verlassen. Wenn man es genau betrachtete, hatte ihm immer jemand gesagt, was er tun sollte. Er kam zu dem Schluss, dass er nicht die leiseste Ahnung hatte, was er sagen, und noch weniger, welchen Zeitvertreib er dem Jungen vorschlagen könnte. Vielleicht weil sie ganz einfach nichts gemeinsam hatten.

»Ladouce?«

Zehntausende Fans hatten in seinen besten Jahren auf dem Eis schon seinen Namen skandiert, aber ihn von dieser unschuldigen Stimme ausgesprochen zu hören, die Martin Ladouceur jetzt schon unter tausend anderen erkannte, ließ eine neue Kugel in seinem Bauch anschwellen. Diesmal war sie warm und wundervoll. Ein dümmliches Lächeln breitete sich über sein Gesicht aus. Um es wieder auszuknipsen, lehnte er sich verstohlen gegen die Scheibe und drückte den Hinterkopf an das Glas. *Pschitt!*

»Was machen wir denn jetzt?«

Martin Ladouceur löste sich von der eisigen Fläche und hockte sich strahlend vor das Kind, das immer noch quer über dem Sessel lag.

»Du weißt noch, wie ich heiße? Du hast ja ein verdammt gutes Gedächtnis, nicht zu fassen. Aber du hast mir immer noch nicht gesagt, wie du heißt.«

»Du hast mich ja auch nicht gefragt.«

»Doch, habe ich. Vorhin.«

»Stimmt nicht!«

»Meinetwegen, dann frage ich dich eben jetzt. Wie heißt du?«

»Sag ich nicht!«

Martin Ladouceur wusste nicht, was er darauf erwidern sollte, und seine Fröhlichkeit verflog. Sobald sein Herz so wild zu klopfen begann, ging nichts mehr. Das Kind schien erkannt zu haben, dass es schnell weiterreden musste, sonst würde aus dem Mund des Erwachsenen nichts mehr herauskommen, und dann sähe es in puncto Freizeitbeschäftigung eher trist aus. Also nahm es die Dinge rasch wieder in die Hand.

»Mein Vorname ist viel zu hässlich.«

»Ach was, nein, ich bin sicher, er ist sehr schön.«

»Alle lachen mich aus.«

»Was?«

Martin Ladouceur wunderte sich selbst über seine heftige Reaktion auf eine solche Kleinigkeit. Aber in seinem Kopf war alles klar. Sollte es in Zukunft irgendjemand wagen, diesem kleinen Engel mit dem zerwuschelten Haarschopf und dem Schmollmund wehzutun, der ihn aus hübschen braunen Augen ansah, würde er Ärger bekommen. Großen Ärger. Aber ehe er die Sache selbst in die Faust nahm, wollte er lieber genauer nachforschen.

»Ich hoffe, du hast diesen kleinen Rotznasen ordentlich die Fresse poliert.«

»Ich bin zu klein, und ich habe Angst davor, mich zu prügeln. In der Schule verhauen sie mich, weil ich mich nicht wehren kann.«

Martin Ladouceur antwortete mit seinem schönsten Lächeln. Er freute sich nicht etwa über das Schicksal, das diese gemeinen Schulkameraden seinem Schützling bescherten, sondern darüber, dass er endlich eine Beschäftigung gefunden hatte. Besser gesagt etwas, was er dem Kind beibringen konnte. Er würde seinen jungen Schüler nicht in die Geheimnisse der Selbstverteidigung einweihen, sondern in die Kunst des Angriffs, des blitzschnellen, überwältigenden, nach Möglichkeit unerwarteten Angriffs. Denn wer angreifen kann, braucht sich nie wieder zu verteidigen.

»Na sag schon, wie heißt du?«

»Versprichst du, mich nicht auszulachen, wenn ich es dir verrate?«

»Ich dich auslachen, bist du verrückt? Das würde ich niemals tun!«

Voller Scham über das, was es ihm enthüllen würde, senkte das Kind den Kopf und flüsterte: »Martin …«

»Habe ich das richtig verstanden?«

Das Kind nickte, vergrub das Gesicht in beiden Händen und krümmte sich zusammen.

»Das kann nicht wahr sein, das kann doch nicht wahr sein? Du heißt nicht allen Ernstes Martin?«

»Ich wusste, dass du mich auslachen würdest.«

Martin Ladouceur dachte daran, zum Kühlschrank zu

rennen und sich zwei weitere Eiswürfel zu holen, aber zuerst musste er seine großartige Neuigkeit loswerden.

»Soll ich dir was verraten?«

Langsam zog das Kind die Hände von seinem Gesicht weg. Es drehte sich zu dem vor Aufregung zappelnden Mann um, sah ihn an und nickte.

»Ich heiße auch Martin!«

Wenn man diesem siebenjährigen Kind erzählt hätte, dass der Zinssatz der Schweizer Banken um null Komma fünf Prozent gesenkt worden sei, um den Kabeljaupreis auf den asiatischen Märkten zu stützen, wäre die Auswirkung auf seinen Gesichtsausdruck wohl die gleiche gewesen, nämlich inexistent. Bei Martin Ladouceur hingegen hatten die Indexwerte historische Höchststände erreicht.

»Ist das zu fassen, wir haben den gleichen Vornamen!«

Endlich schien der Junge zu begreifen. Das Leben kehrte in ihn zurück, doch in seinem plötzlich komplizenhaften Blick spiegelte sich eine große Frage.

»Haben sie bei dir in der Schule auch immer das Lied vom eselhaften Martin gesungen?«

»Nein, das hätte sich keiner getraut.«

»Nicht mal die Großen aus der zweiten Klasse?«

»Nicht mal die aus der dritten …«

»Wie hast du das gemacht? Gegen die aus der dritten Klasse zu gewinnen, ist absolut unmöglich!«

Martin Ladouceur brauchte nicht lange über seine Antwort nachzudenken. Er würde unverzüglich damit beginnen, dieses Kind in die Kunst des blitzschnellen, überwältigenden, nach Möglichkeit unerwarteten Angriffs einzuweihen! Er legte seine große Hand auf die schmalen Schultern des Jungen, der ihn mittlerweile bewundernd ansah.

»Komm mit, ich zeige es dir!«

Der Lehrer ging in die Mitte des Wohnzimmers und ließ dabei den Kopf kreisen, um seine Halswirbel zu lockern. Eilig hüpfte der Kleine hinter ihm her und bemühte sich unbeholfen, die Bewegungen seines neuen Lehrmeisters zu imitieren.

»Und funktioniert das auch bei denen aus der vierten Klasse?«

Um die Wirksamkeit seiner Lehren zu demonstrieren, stellte Martin Ladouceur sich breitbeinig hin und streckte die aneinandergelegten Arme nach vorn. Dann hob er sie langsam an, bis über den Kopf, und zog sie so weit wie möglich nach hinten. Diese Bewegung wiederholte er mehrmals.

»Eins, zwei, eins, zwei, eins, zwei, eins, zwei ...«, kommentierte er.

Diesen Text hatte das Kind schnell gelernt.

»Eins, zwei, eins, zwei, eins, zwei, eins, zwei ...«

Der kleine Martin hatte offensichtlich eher eine Begabung fürs Rezitieren als für körperliche Betätigung, denn schon nach kurzer Zeit hörte er auf, die Übungen des großen Martin nachzuahmen. Bald bewegte sich nur noch der Große, während der Kleine zählte.

»Eins, zwei, eins, zwei, eins, zwei, eins, zwei ...«

Als der Lehrer nach einer Weile zu seinem Schüler hinabschaute, erkannte er, dass sich in seiner Klasse möglicherweise ein Drückeberger befand.

»Äh ... na gut, jetzt die Liegestütze!«

Bäuchlings auf dem Boden liegend, die Beine lang ausgestreckt, stemmte sich Martin Ladouceur mithilfe seiner muskulösen Arme in die Höhe und ließ seinen Körper anschließend wieder herabsinken. Das Kind, das bei der ersten

Übung zumindest einen Teil seiner Lektion gelernt hatte, beteiligte sich eifrig.

»Eins, zwei, eins, zwei, eins, zwei, eins, zwei …«

»Nein, nein. Ich habe das nur einmal vorgemacht, um dir zu zeigen, wie es geht! Jetzt bist du dran. Los, versuch es mal! Ich sehe zu, ob du es auch richtig machst.«

Die Prüfung war schnell vorbei, denn als der kleine Martin erst einmal, auf seine Hände gestützt, am Boden lag, gelang es ihm nicht ein einziges Mal, sich von selbigem zu lösen, weil seine mageren Ärmchen einfach zu schwach waren, und das trotz eines Dopingversuchs, der von keiner Regel untersagt wird, da es sich um zaubermächtige Gedanken handelte.

»Ich habe die Superkräfte der Ninja Turtles!«

Martin Ladouceur konnte sich ein Lächeln nicht verkneifen, als er sich zu dem Kind hinunterbeugte. Als er ihm aufhalf, konnte er sich selbst davon überzeugen, wie zart und wenig muskulös seine Arme waren.

»Na gut, machen wir eine Pause. Sieh noch ein bisschen fern, während ich mir Gedanken über deine nächste Übung mache.«

Das Kind rannte zum Sessel und hüpfte hinein. Es nahm die Fernbedienung wieder in Besitz und ließ die Programme vorbeiflackern. Sein neuer Sportlehrer fand in einem Fach seiner Hockeytasche einen schwarzen Filzstift und ein Stück Papier, auf das er seinen Trainingsplan notieren wollte. Bei der Statur seines Schützlings und seinem unübersehbaren Mangel an Muskelkraft hieß das neue Trainingsziel ab sofort: der blitzschnelle, überwältigende, nach Möglichkeit überraschende Angriff, aber von hinten. Da sich Martin Ladouceur selbst jedem Kampf immer von vorn gestellt hatte, hatte er auf diesem Gebiet keinerlei Erfahrung. Um die Wahrheit zu sagen, empfand er für die Vertreter dieser Angriffstaktik eine abgrundtiefe Verachtung. Männer greifen nicht von hinten an. Aber wenn man jemanden liebt, der kleiner ist als man selbst, und ihn beschützen möchte, dann kann man seine Prinzipien ausnahmsweise schon einmal über Bord werfen.

»Diese Zweitklässler werden sich noch wundern!«

Martin Ladouceur setzte die Spitze des Filzschreibers auf das weiße Blatt, aber es kam nichts. Er kratzte sich am Kopf, doch der Filzstift bewegte sich nicht.

Klopf-klopf-klopf! Jemand stand vor der Tür.

Das Kind sprang aus dem Sessel. Zum Glück rannte es nicht besonders schnell, sonst hätte Martin Ladouceur es niemals einholen können, bevor es die Tür öffnete. Er nahm den kleinen Martin auf den Arm und hielt ihm mit seiner großen Hand den Mund zu, ehe er durch den Türspion linste und flüsterte: »Das ist der böse Mann von vorhin. Er darf dich auf keinen Fall hier sehen … Oh, weißt du was, wir spielen ein Spiel: Du versteckst dich, und er darf dich nicht finden.«

Zwei Minuten später entriegelte der Bewohner der Suite 919 die Tür. Der Portier, der sechs auf einer Schnur aufgefädelte Rollen Toilettenpapier in der Hand hielt, wartete nicht ab, bis er zum Eintreten aufgefordert wurde.

»Große Übel erfordern entsprechende Mittel!«

Er flitzte ins Bad, deponierte dort die Munition für den vermeintlich kranken Gast, kam genauso schnell wieder heraus und baute sich anschließend mitten im Wohnzimmer auf, um es gründlich zu inspizieren. Sofort blieb sein Blick am Fernseher hängen.

»*Sie* schauen Zeichentrickserien?«

»Das ist das Einzige, was mich entspannt.«

Maxime zuckte mit den Achseln und konnte sich ein höhnisches Grinsen nicht verkneifen. Er glaubte Martin Ladouceur kein Wort. Und dieser versuchte nicht, ihn zu überzeugen. Er wollte den Besucher bloß so schnell wie möglich loswerden.

»Ich will dich nicht länger aufhalten, du hast heute Nacht sicher noch viel zu tun.«

»Nein, nein, überhaupt nicht, im Gegenteil, es ist ziemlich ruhig …«

Der Portier griff nach der Fernbedienung, die auf der Sessellehne lag, ging damit zu Martin Ladouceur hinüber und flüsterte ihm ins Ohr: »Soll ich Ihnen zeigen, wie man die Erwachsenenprogramme einstellt? Ihnen stehen die neuesten amerikanischen Produktionen und die Klassiker des Genres zur Verfügung. Und nur zu Ihrer Information, falls Sie Unannehmlichkeiten mit den Herrschaften befürchten, die die Kosten für Ihren Aufenthalt in unserem Hause übernehmen. Diese Art von Dienstleistungen erscheinen auf unserer Rechnung als ›Wellnessbehandlungen‹. Raffiniert, was?«

»Nein, danke, ich wollte gerade schlafen gehen.«

Der Portier hörte gar nicht hin, er kannte die Antwort bereits. Er hatte seinen Gast lediglich ablenken und Zeit gewinnen wollen, um die Suite bis in die letzten Winkel auszuspähen. Unvermittelt rannte er zum Couchtisch hinüber, packte die kleine Mütze und musterte sie prüfend.

»Na so was …«

»Die gehört mir!«

»Sie scherzen wohl? Ich will gerne glauben, dass Ihr Kopf nicht gerade der am besten entwickelte Teil Ihres Körpers ist, aber erlauben Sie mir trotzdem zu bezweifeln, dass er unter eine so kleine Mütze passt.«

Martin Ladouceur riss dem Portier die Mütze aus der Hand und griff nach dem schwarzen Filzstift, der auf dem Blatt Papier lag. Hastig kritzelte er etwas auf den Schirm und setzte dann seinen Namen darunter.

»Ein Fan hat mich um ein Autogramm gebeten!«

Zum Beweis hielt er die Mütze dem Portier hin, der die Widmung laut vorlas.

»›Für meinen Freund Martin, sportliche Grüße‹, ach, das ist ja merkwürdig … Signieren Sie jetzt schon Mützen für sich selbst?«

»Die ist für den Sohn eines Freundes … und der heißt Martin.«

Maxime wäre eindeutig besser beraten gewesen, eine Detektivausbildung zu machen, statt auf die Hotelfachschule zu gehen, so wohl fühlte er sich in dieser Rolle, und er bemühte sich nach Kräften, seinen Gegner aus dem Konzept zu bringen.

»Ach was, es gibt also noch einen Martin … hi, hi, hi!«, kicherte er und summte leise das Lied vom eselhaften Martin vor sich hin.

Martin nahm es nicht persönlich, und trotzdem wurde er wütend. Erstaunlicherweise sah er jedoch nicht rot; stattdessen sah er, wie sich das Gesicht des Portiers in eine Diashow boshafter Zweitklässler verwandelte, die unter lauten »I-ah«-Rufen vorbeizogen.

Als der Portier bemerkte, wie Martin Ladouceur zu zittern begann, überkam ihn offenbar die Angst vor einem erneuten Angriff.

»Ich will Sie jetzt auch nicht länger stören.«

»Ist auch besser.«

Maxime trat den Rückzug an, doch als sein Blick auf die

Hockeytasche fiel, erstarrte er. Er drehte sich zu Martin Ladouceur um, dessen Stirn immer noch zu rauchen schien. Der Portier zögerte und musterte seinen Widersacher aus der Ferne. Schließlich konnte er der Versuchung nicht länger widerstehen und versetzte der Tasche einen kräftigen Tritt. Sofort fiel sie in sich zusammen. Sie war leer. Der Möchtegerninspektor schlich kleinlaut und mit hängendem Kopf zur Tür, doch er wollte nicht gehen, ohne das letzte Wort zu behalten.

»Wir beide sind noch nicht fertig miteinander!«

Martin Ladouceur war noch dabei, sich von diesem neuerlichen – und sicher nicht letzten – Überfall zu erholen, als er spürte, wie sich ein Kopf an seine Hüfte schmiegte und ein kleiner Arm sich um ihn legte. Ohne hinzuschauen, legte er die Hand ohne Mütze auf die schmale, warme Schulter, die sich an ihn drängte.

»Du hattest recht, als du mir gesagt hast, ich soll mich unters Bett legen, sonst hätte er mich in der Tasche gefunden!«

Martin und Martin blieben eine Weile eng aneinandergeschmiegt stehen. Der Größere der beiden dachte an jenen Abend im Forum zurück, als er vier Treffer erzielt und zwei Torvorlagen geliefert hatte, der heilige Gral eines jeden Spielers, das absolute Meisterstück, enthusiastisch gefeiert von einer tobenden Menge. Aber das Glück, das ihn an jenem Abend durchströmt hatte, war in keiner Weise mit dem vergleichbar, was er in diesem Moment empfand. Damals hatte er sein Glück hinausschreien, es ausdrücken, es aus seinem Körper herauslassen wollen, nun jedoch, an dieses Kind geschmiegt, wollte er es in seinem Herzen gefangen halten, das so schnell, vor allem aber so heftig klopfte.

»Wir beide sind schon ein tolles Team.«

Er kehrte so weit wie möglich in die Vergangenheit zurück, um sich daran zu erinnern, ob er jemals eine solch zärtliche Verbundenheit mit seinem Vater erlebt hatte. Oder eher, um sich daran zu erinnern, ob sein Vater womöglich das gleiche Glück empfunden hatte, wenn er auf ihn zustürmte. Doch er konnte diesen gnadenvollen Moment nicht wiederfinden – hatte es ihn überhaupt jemals gegeben? Die Worte jedoch kamen sofort wieder hoch. Er hatte sie nur freizulegen brauchen.

»Martin! Lass mich los, du bist doch keine zwei mehr, du bist schon fünf! Los, lauf, lauf!«

Die Wunden des Körpers kann man verbinden, sodass sie heilen, doch die Verletzungen der Kindheit bluten für alle Zeit. Man darf diese im Inneren lauernden Verletzungen auf keinen Fall wieder an die Oberfläche lassen, sonst drohen sie das zu zerstören, was man sich in der Zwischenzeit aufbauen konnte.

»Soll ich dir erzählen, mit welchem Trick ich den bösen Portier losgeworden bin?«

Der kleine Körper löste sich vom großen. Martin Ladouceur nutzte die Gelegenheit, um die Mütze hinter seinem Rücken zu verstecken.

»O ja! Ich liebe Geschichten!«

»Und außerdem habe ich noch eine Überraschung für dich!«

Außer sich vor Freude riss das Kind die Augen auf.

»Was denn für eine?«

Martin Ladouceur hielt dem Kind die Mütze vor die Nase, wobei er darauf achtete, dass die Widmung auch richtig herum zu sehen war.

Beim Anblick des Mützenschirms mit dem Autogramm

des Mannes, an den er sich noch eine Minute zuvor gekuschelt hatte, wich mit einem Schlag das Lächeln aus dem Gesicht des Kindes.

»Was hast du gemacht?«

»Wie, was habe ich gemacht?«

»Du hast auf meine Mütze geschrieben!«

Das Kind war nicht wütend, es hatte einen hysterischen Anfall. Es brüllte immer lauter und stampfte mit den Füßen auf, ehe es schließlich vorstürmte und dem Mann, auf den es so zornig war, einen kräftigen Tritt gegen das Schienbein verpasste.

»Das ist … meine Mütze!«

Es folgte ein weiterer Tritt. Aber diesmal wich Martin Ladouceur aus. Er beugte sich vor, packte das Kind um die Taille und hob es hoch.

»Ich kaufe dir eine neue Mütze. Sogar zwanzig neue! Und dazu noch ein Trikot, Hosen, Strümpfe, Schlittschuhe, zehn Schläger und ein nagelneues Hockeytor! Und ich verspreche dir, ganz bestimmt nicht darauf zu schreiben!«

»Das will ich alles nicht! Mein Papa hat mir die Mütze geschenkt! Mein Papa! Mein Papa!«

»Schau mal, ich gebe dir meinen Stanley-Cup-Ring. Du wirst das einzige Kind auf der ganzen Welt sein, das einen solchen Ring hat!«

Gesagt, getan. Doch das Kind riss sich den brillantbesetzten goldenen Ring vom Finger. Ohne ihn auch nur anzusehen, warf es ihn mit aller Kraft von sich. Er flog in Richtung Badezimmer, prallte von der Tür ab, knallte gegen eine Fliese, und es machte *platsch*!

»Mein Ring …«

Die Füße des Kindes strampelten immer noch in der Luft,

und Martin Ladouceur, dem das Atmen plötzlich schwerfiel, musste sich hinsetzen, ehe seine Beine ihm den Dienst versagten. Er ließ sich in den Sessel sinken und zog das zappelnde, brüllende Kind energisch auf seinen Schoß. Das war ein Fehler. Der kleine Satansbraten bewies ein ungeahntes Talent für den blitzschnellen, überwältigenden, nach Möglichkeit überraschenden Angriff. Er packte die Fernbedienung, die auf der Lehne lag, und schlug sie Martin Ladouceur mit voller Wut direkt neben die Augenbraue, dorthin, wo die Haut so dünn ist, dorthin, wo dieser bereits eine Narbe hatte. Das Blut spritzte auf sein T-Shirt und den Sesselbezug. Das Kind nutzte die Gelegenheit, um sich zu befreien und ans Fenster zu rennen, wo es wie in Trance immer weiter brüllte.

»Mein Papa kommt mich gleich holen! Mein Papa kommt mich gleich holen! Mein Papa kommt mich gleich holen!«

Martin Ladouceur kauerte sich zusammen und hielt sich die Ohren zu, um dieses monotone Kreischen nicht länger hören zu müssen, das ihn im Rhythmus seines rasenden Herzschlags wie mit Klingen durchbohrte.

»Mein Papa kommt mich gleich holen! Mein Papa kommt mich gleich holen! Mein Papa kommt mich gleich holen!«

Der Mann krümmte sich immer stärker zusammen. Er war nur noch eine Feuerkugel kurz vor der Explosion. Und dann explodierte sie. Mit einem Satz sprang er auf und marschierte zu dem Jungen hinüber, um ihm zu beweisen, dass er nicht der Einzige war, der über eine laute Stimme verfügte.

»So, das reicht jetzt! Ich kann auch wütend werden und rumschreien!«

Auf der Stelle verstummte das Kind. Stoisch starrten die beiden erhitzten Martins einander an, keiner wagte etwas zu sagen, weil sie beide hofften, in der Stille wieder abzukühlen.

Klopf! Klopf! Klopf! Es war kein lautes Klopfen gewesen, aber ein Klopfen.

Martin Ladouceur schlich auf Zehenspitzen zur Tür der Suite. Er schaute durch den Spion. Eine panische Stimme erklang.

»Bitte, machen Sie auf… Das ist mein Kind!«

DER WEIHNACHTSMANN PERSÖNLICH

Martin Ladouceur nahm die zwei Eiswürfel, die er auf den Rand des Waschbeckens gelegt hatte, in die Finger, hielt sie an seine Augenbraue, und das Blut hörte auf zu fließen. Er ließ die Eiswürfel auf das Porzellan fallen, griff nach der Rolle mit schwarzem Klebeband, das normalerweise dazu diente, seine Schläger vor dem Hartgummipuck zu schützen, und riss einen Streifen davon ab. Mit Daumen und Zeigefinger drückte er die Wundränder zusammen. Er neigte den Kopf, drehte sich ein wenig zur Seite, um die verletzte Braue direkt vor den Spiegel zu halten, und klebte mit einer präzisen Geste den Klebstreifen über den Riss. Fertig verbunden legte er die Hände auf den Waschbeckenrand und betrachtete sich lange nachdenklich im Spiegel.

Wie alt mochte sie wohl sein? Vielleicht so alt wie er selbst. Vielleicht jünger. Als sie hereingekommen war, hatte er keine Zeit gehabt, sie eingehender zu mustern, weil sie gleich zu ihrem Sohn gerannt war, der sich in ihre Arme gestürzt hatte.

Das Klackern der Absätze auf dem Boden beschleunigte sich und kam näher, ehe es vor der Badezimmertür anhielt.

»Alles in Ordnung, können wir jetzt reden?«

Martin Ladouceur drehte sich zu der Frau um. Sie trug

das Kind auf dem Arm. Es hatte die Augen geschlossen, und sein Kopf lag auf ihrer Schulter.

»Meine Güte, ist er schwer.«

»Soll ich ihn nehmen?«

»Davon wacht er nur wieder auf. Und dann gibt es womöglich neuen Ärger.«

An seine im Sessel sitzende Mutter gekuschelt, schlief der Junge nicht mehr, sondern verfolgte zerstreut die misslichen Abenteuer einer Gnuherde in der trockenen afrikanischen Savanne. Umschalten konnte er nicht, weil die Fernbedienung kaputt war – trotz allen guten Willens war es Martin Ladouceur nicht gelungen, sie zu reparieren.

»Da stecken ja tatsächlich Muskeln in diesen dünnen Ärmchen!«

Während ein junges Gnu, das aus einem beinahe ausgetrockneten Fluss trank, vom mächtigen Kiefer eines im schlammigen Wasser verborgenen Krokodils gepackt wurde, betrachtete der Mann die Frau, die ihren Sohn an sich drückte. Ihre Falten waren fein gezeichnet, ihre Züge angespannt, Zeichen einer Müdigkeit, die schon lange ihr ständiger Begleiter zu sein schien.

»So geht das schon, seit er drei Jahre alt ist. Ein paar Tage, ein paar Wochen lang ist alles gut, und dann fängt es wieder an. Sobald es dunkel wird, verlangt er nach seinem Vater und schläft erst im Morgengrauen ein …«

Martin Ladouceurs Blick wanderte zu dem Kind hinüber, das ungerührt zusah, wie das arme kleine Gnu, eine hilflose Marionette im Maul des Krokodils, ertrank.

»Tagsüber war noch alles in Ordnung. Als ich zur Arbeit gegangen bin, spielte er mit seiner Babysitterin unter dem

Weihnachtsbaum. Später habe ich dann noch einmal angerufen, um zu hören, wie es ihm geht. Da lag Martin vor dem Fenster, wartete auf seinen Vater und weigerte sich, mit ihr zu reden. Sie wusste nicht mehr weiter, also blieb mir nichts anderes übrig, als ihn zu mir zu holen.«

»Und ein Taxi hat ihn hergebracht …«

»Ja, ich habe von Ihrem Zimmer aus angerufen, nachdem Sie das Hotel verlassen hatten, um zur *Maison des vins* zu fahren. Ich habe Zugang zu allen Zimmern, aber in denen, die nicht bewohnt sind, ist das Telefon abgeschaltet. Ihr Zimmer war also das einzige, von dem aus ich anrufen konnte … Martin hat mir geholfen, die Scherben rings um den Weihnachtsbaum aufzusammeln, aber dann wurde ihm langweilig. Ich hatte nicht bemerkt, dass er auf den Flur gegangen war, um mit seinem Ball zu spielen. Sie können sich vorstellen, dass ich in Panik war, als Sie plötzlich aus der Sauna hochkamen … nackt. Ich habe ihn dann auf der Feuertreppe wiedergefunden, und nachdem Sie wieder fort waren, wollte er zurück in Ihr Zimmer, um da zu spielen.«

Das Kind saß wie in einer Blase und achtete gar nicht auf die beiden Erwachsenen. Es reagierte auch nicht, als das Gnuweibchen, das bereits sein Junges verloren hatte, von einem Geparden gerissen wurde. Das Männchen war vielleicht fleischiger und mochte auf das Raubtier appetitlicher wirken, aber es war viel schneller gelaufen und ohne einen Blick zurück in den Weiten der Savanne verschwunden.

»Martin hat also einen Vater?«

Das Zimmermädchen hätte um ein Haar laut aufgelacht.

»Natürlich hat er einen Vater, alle Kinder haben einen Vater …«

Martin Ladouceur biss sich auf die Lippe. Seine Hand, die

an dem Klebeband an seiner verletzten Augenbraue herumspielte, zuckte. Die Frau bemerkte nichts, sie hatte den Kopf gesenkt.

»Es ist nicht seine Schuld, sondern meine. Ich habe mir nicht den Richtigen ausgesucht. Er wollte ihn nicht, aber ich dachte, das Kind würde ihn verändern. Manche Männer werden erwachsen, wenn sie Vater werden, andere nicht. Er ruft an, sagt mir, dass er mich noch liebt, verspricht zu kommen und kommt dann doch nicht. Einmal habe ich den Fehler gemacht, Martin zu sagen, dass sein Vater zu Besuch kommen würde, er hatte es mir geschworen. Und seitdem sitzt Martin die ganze Zeit über am Fenster und schaut hinaus, während ich nachts arbeite, um tagsüber studieren zu können …«

Die Frau wandte sich ab. Martin Ladouceur konnte ihr Gesicht nicht sehen, doch an ihrer verstohlenen Geste erkannte er, dass sie eine Träne weggewischt hatte. Noch vor ein paar Stunden hätte das traurige Leben dieses Kindes und seiner Mutter ihm lediglich eine beiläufige Floskel entlockt: »Ach je, Sie Arme … nur Mut! Tja, ich muss jetzt weiter.«

Weil aber in dieser Heiligen Nacht die innersten Türen seines Wesens aufgestoßen oder, besser gesagt, aufgebrochen worden waren und sich bis jetzt noch keine davon wieder geschlossen hatte, spürte Martin Ladouceur einen gewaltigen warmen Luftstrom in seinem Inneren.

»Was kann ich tun, um Ihnen zu helfen?«

Überrascht wischte sich das Zimmermädchen eine letzte Träne aus dem Gesicht. Auf dem Bildschirm war das mittlerweile einsame Gnumännchen aus seinem Versteck gekommen. Es starrte zum Horizont hinüber, in der Hoffnung, sein Weibchen und sein Junges zu entdecken. Dann verfiel es auf den Gedanken, denselben Weg zurückzulaufen, ohne zu begreifen, dass es mit großen Schritten auf den schlammigen, von Krokodilen bevölkerten Fluss zusteuerte, die unter der Wasseroberfläche lauerten.

Martin Ladouceur ließ die Frau nicht aus den Augen und wartete auf ihre Antwort. Plötzlich piepte das Walkie-Talkie auf ihrem Wagen, den sie im Eingang hatte stehen lassen, und eine Stimme durchbrach die Stille.

»Eins-zwei-eins-zwei, hier spricht die Rezeption. *I repeat, one-two-one-two, the reception calling!* Hören Sie mich, Louise?«

Vorsichtig stand sie auf, das Kind wandte den Blick nicht vom Fernseher. Das Gnu hatte beim Anblick des trüben Wassers doch noch kehrtgemacht, hauptsächlich jedoch, weil es ein einsames Weibchen entdeckt hatte, das es leid war, allein vor sich hin zu grasen.

»Ich wiederhole! Eins-zwei-eins-zwei, hier spricht die Rezeption. *The reception calling!* Hören Sie mich? Kommen!«

Auf Zehenspitzen schlich Louise zu ihrem Wagen, auf dem neben einem großen Korb voller Orchideen ein Stapel gelber Satinbettlaken lag. Sie griff nach dem Funkgerät, das darauf deponiert war.

»Ja, ich höre Sie!«

»Bitte identifizieren Sie sich. Kommen!«

Die Frau verdrehte die Augen. Sie hatte in ihrem Leben schon viele Trottel kennengelernt, aber solche wie den nur selten.

»Hier ist das Zimmermädchen. Ich empfange Sie klar und deutlich. Rezeption, kommen!«

»Wo stecken Sie denn? Ich habe gerade von 812 bis 827 alles

abtelefoniert, um Ihre Position zu ermitteln, aber niemand geht ran. Kommen!«

»Ich bin auf der Toilette. Kommen.«

Der Portier schien kurzfristig die Frequenz verloren zu haben – man hörte sogar ein leises Rauschen –, aber schon bald war er wieder klar und deutlich zu empfangen.

»Sobald Sie Ihre aktuelle Position verlassen haben, machen Sie die Betten im achten fertig. Ich darf Sie daran erinnern, dass hier morgen früh achtundvierzig liebestolle Japaner ankommen. Wenn Sie also Ihren Auftrag zügig erledigen und zur Basis zurückkehren, könnte ich vielleicht darüber nachdenken, die Verwarnung zurückzunehmen, die Sie bekommen haben, weil Sie den Ball vor der Tür dieses Kretins haben liegen lassen. Habe ich mich deutlich ausgedrückt? Kommen!«

»Verstanden ... Ich verlasse jetzt die Toilette.«

Louise schaltete den Ton ihres Walkie-Talkies ab, um Maxime nicht länger ertragen zu müssen, der die Detektivlaufbahn aufgegeben und sich stattdessen einer Karriere als Feldwebel in der Fernmeldetruppe, Abteilung Bodenfunk, zugewandt hatte.

»Warum hat er gesagt, du wärst eine Kröte?«

Die beiden Erwachsenen drehten sich gleichzeitig zu dem kleinen Martin um, dessen Aufmerksamkeit mittlerweile nicht mehr ausschließlich auf den Fernseher gerichtet war. Umso besser, denn das brünstige Gnu besprang gerade seine neue Gefährtin, die währenddessen ungerührt weitergraste.

»Du bist eine Kröte!«

Das Kind begann zu lachen und deutete auf Martin Ladouceur, der erstaunlich ruhig und gelassen, ja sogar ein wenig belustigt reagierte.

»Er hat nicht gesagt, ich sei eine Kröte, er hat gesagt, ich sei ein Kretin.«

Enttäuscht hörte das Kind auf zu lachen. Aber es wollte wissen, wieso.

»Und was heißt das, Kretin?«

Martin Ladouceur versuchte sich zunächst diejenigen in Erinnerung zu rufen, die nach einer solchen Beleidigung eine Begegnung mit seinen Fäusten überlebt hatten. Ihm fiel niemand ein. Keine Überlebenden. Aber seltsamerweise verspürte er nicht den Wunsch, Maximes Kopf ungespitzt in den Schlüsselkasten zu rammen. Stattdessen suchte er nach einer passenden Antwort für das Kind.

»Äh … na ja … hm … also … äh …«

»Ein Kretin ist ein netter Mann, der gefragt hat, was er tun kann, um Maman zu helfen, und dem du jetzt antwortest, dass es die Rettung für Maman wäre, wenn er auf dich aufpassen könnte, während sie nach unten geht und die Zimmer der japanischen Turteltäubchen im achten Stock herrichtet!«

»Äh … na ja … hm … also … äh …«

Louise, die einen kleinen Rucksack in der Hand hielt und Aufzug und Feuertreppe nicht aus den Augen ließ, falls der Portier eine Boden-Luft-Invasion planen sollte, gab kurz darauf Martin Ladouceur die letzten Anweisungen, während dieser sich auf einem Blatt Papier Notizen machte. Er nutzte die Zimmertür als Schreibunterlage.

»Im Notfall rufen Sie Maxime an und sagen ihm, Sie hätten etwas zerbrochen. Dann wird er mich sofort mit seinem neuen Spielzeug anfunken, und ich komme, so schnell ich kann. Ansonsten versuche ich, ab und zu vorbeizuschauen, um zu sehen, ob alles in Ordnung ist.«

»Können Sie noch einmal wiederholen, was er gerne macht. Ich bin vorhin beim Notieren nicht ganz mitgekommen.«

»Er ist neugierig und interessiert sich für alles. Er redet gern, also versuchen Sie, sich mit ihm zu unterhalten. Es ist wichtig, ständig Kontakt zu halten. Er malt auch gern, mag Geschichten und liebt es, wenn man ihm etwas vorliest. Und er spielt gerne … Aber das Wichtigste ist, dass Sie sich mit ihm beschäftigen. Wenn Sie ihn zu sehr sich selbst überlassen, kann er sich urplötzlich wieder verschließen.«

»Fär… su… chen … mich mit iem zu un… ter… hal… ten.«

Martin Ladouceur konnte ganz offensichtlich besser mit dem Eishockeyschläger umgehen als mit Stift und Papier. Gerührt beobachtete Louise diesen starken, gefürchteten Mann, der schutzlos seine Schwäche offenbarte, während er sich bemühte, hübsch geschwungene Buchstaben zu zeichnen. Er strahlte nicht nur ein offenkundiges Bemühen aus, seine Sache gut zu machen, sondern vor allem den Wunsch, noch immer mehr über dieses Kind zu erfahren.

»Wenn er sich verschließt, macht er das eher in einem Zimmer oder in einem Schrank … oder im Bad?«

Louise musterte ihr Gegenüber. Er scherzte nicht. Sie war so höflich, nicht zu lächeln.

»In sich selbst.«

»In … sich … selbst! Ich schreib mir das auf, damit ich es nicht vergesse.«

Louise reichte dem Sekretär, der endlich sein umfangreiches Dokument vollendet hatte, den kleinen Rucksack.

»So, ich glaube, damit wissen Sie schon eine ganze Menge. Da drin sind seine Sachen, Spielzeug, sein weißer Lieblingsteddybär… Aber ich muss jetzt los, sonst kommt Maxime uns noch auf die Schliche.«

Martin Ladouceur nahm den kleinen Rucksack und warf einen traurigen Blick auf seine Liste mit den empfohlenen Aktivitäten.

»Stimmt was nicht, Martin?«

»Doch, doch. Alles in Ordnung. Es ist bloß schade, dass er Eishockey nicht mag. Das hier sind alles geistige Beschäftigungen…«

»Aber er liebt Eishockey!«

»Vorhin hat er das Gegenteil behauptet.«

»Sie dürfen nicht vergessen, dass Martin noch ein Kind ist… Wenn er etwas zu Ihnen sagt, bedeutet das nicht notwendigerweise, dass er es auch so meint. Es kann sein, dass er Ihnen widersprechen will, weil er gerade schlechte Laune hat, oder einfach nur aus Spaß.«

Martin Ladouceur starrte Louise an, als hätte sie ihm gerade mitgeteilt, dass die Erde quadratisch sei, dass Babys tatsächlich vom Storch gebracht würden und Pommes frites nicht von der Kartoffel abstammten. Eine wahre Offenbarung!

Das Zimmermädchen schob seinen Wagen in Richtung Aufzug, gefolgt von dem Babysitter-Azubi, der noch eine letzte theoretische Frage hatte, ehe er sich den praktischen Aufgaben zuwandte.

»Warum vertrauen Sie mir?«

»Weil ich spüre, dass ich Ihnen vertrauen kann. Aber täuschen Sie sich nicht, und machen Sie sich keine falschen Hoffnungen: Ich bin Mutter. Ich denke einzig und allein an meinen Sohn…«

Vom Sessel aus beobachtete das Kind die ersten Schritte des kleinen Gnus, Frucht der in sicherer Entfernung zum Fluss vollzogenen Paarung des seit Kurzem wieder ledigen Männchens und des einsamen Weibchens, das sich beim Grasen so furchtbar gelangweilt hatte. Martin Ladouceur warf einen Blick auf Louises Liste, um ihre erste Beschäftigung auszuwählen. Danach zögerte er nicht lange, es galt, ständig Kontakt zu halten, oder in seinem Fall vielmehr, Kontakt aufzunehmen.

»Deine Mutter hat gesagt, du redest gern. Bei mir ist das genauso, weißt du, ich unterhalte mich wahnsinnig gerne mit anderen. Also, wenn du Fragen hast oder es etwas gibt, worüber du gerne reden möchtest, dann können wir … äh … also … darüber reden.«

Martin Ladouceur hätte lieber schauen sollen, was am Bildschirm gerade eine solche Faszination auf das Kind ausübte, ehe er diesen Zeitvertreib vorschlug.

»Warum macht er das die ganze Zeit?«

Das Gnu, Inbegriff der unmoralischen Robustheit der Natur, hatte sein neues Weibchen und sein Junges bereits wieder verlassen, um ein anderes, jüngeres Exemplar zu bespringen, dessen einzige Gemeinsamkeit mit seiner Ex darin bestand, dass es trotz der kraftvollen Stöße ihres vor Energie strotzenden Männchens gierig weitergraste. Als das Weibchen, des Kauens überdrüssig und zweifellos satt, den Kopf hob, ließ das Männchen unverzüglich von ihrem Hinterteil ab, um sich einer ihrer Artgenossinnen zuzuwenden, die gerade ihr Maul ins Gras hinabgesenkt hatte.

»Warum macht er das mit allen?«

»…«

»Willst du jetzt nicht mehr reden?«

»Doch, doch, sehr gern …«

»Warum sagst du dann nichts?«

»Na ja, weil ich nicht weiß, warum er das mit allen macht. Ich versuche nachzudenken, um nichts Falsches zu sagen.«

Das unermüdliche Gnu stürzte sich inzwischen auf seine nächste Eroberung, die noch nichts von ihrem Glück ahnte – sie hatte lediglich den Fehler begangen, ihren Heißhunger zu stillen, ohne sich umzuschauen. Normalerweise hätte Martin Ladouceur über dieses unersättliche Männchen mit seinem offenkundigen Fetischismus Tränen gelacht. Doch jetzt hätte er am liebsten gebrüllt.

»Ich fasse es nicht, dass sie so etwas an Heiligabend zeigen! Und das, wenn noch Kinder vor dem Fernseher sitzen!«

Der Kleine rückte näher ans Ohr seines sachkundigen Babysitters heran und flüsterte ihm etwas zu.

»Ich weiß, was er da macht … Er macht Babys!«

In den lachenden Kinderaugen sah Martin Ladouceur ein junges Gnu, das seinen Vater nicht kannte. Am liebsten hätte er ihn in die Arme genommen. Nicht um ihm zu sagen, dass er endlich einen Vater hatte, sondern damit er wusste, dass jemand ihn liebte und immer an ihn denken würde.

»Und was ist mit dir, hast du ein Kind?«

Das Gnu hatte inzwischen ernsthafte Probleme. Es wackelte nicht mehr hinter einem Weibchen herum, sondern sah sich einem anderen Männchen gegenüber, das nicht nur sehr viel größer war als es selbst, sondern auch ausgesprochen wütend, weil es ihn am Hinterteil seiner Liebsten erwischt hatte, die grasend auf seine Rückkehr wartete. Der Kampf war schnell entschieden. Der schwächere Kontrahent, zweifellos erschöpft, nachdem er seine ganze Manneskraft an die

Gefährtinnen so ziemlich aller seiner Geschlechtsge
verschenkt hatte, nahm feige die Beine in die Hand und
schwand im hohen Gras.

»Hast du jetzt Kinder oder nicht?«

»Äh … vielleicht.«

Der Junge schaute zu Martin Ladouceur auf, doch in seinem Blick konnte er keine Spur von der beruhigenden Sicherheit der Älteren entdecken, die Dinge wissen, von denen die Jüngeren noch nichts ahnen.

»Mit dir zu reden, ist total langweilig.«

Martin Ladouceur stimmte ihm zu – in dieser Disziplin hatte er nicht gerade seinen besten Tag erwischt. Aber schuld daran waren offensichtlich Faktoren, die nicht seinem Einfluss unterlagen, hauptsächlich dieses Gnu aus der afrikanischen Savanne, dessen unentschuldbares Verhalten ihn sprachlos gemacht hatte. Um seine Unzulänglichkeit schnellstmöglich wiedergutzumachen, zog er die zusammengefaltete Liste aus seiner Tasche. Er ging die Punkte einzeln durch, ohne zu bemerken, dass er laut vorlas. Und wie ein wählerischer Gast im Restaurant zog das Kind es vor, à la carte zu speisen, statt einfach das Menü zu bestellen.

»Meine Geschenke!«

»Wie?«

»Na, ich will meine Geschenke.«

Martin Ladouceur fühlte sich, als stünde er hoch oben auf dem Sprungturm des großen Beckens im Olympiastadion, ohne Badehose, mitten im Juli und bei glühender Sommerhitze.

»Deine Geschenke?«

Das Kind sah den Schrecken im Gesicht des Mannes und half ihm aus der Patsche.

»Ich weiß, dass der Weihnachtsmann welche für mich gebracht hat. Ich habe sie schon gesehen.«

Die rettende Stange, an der sich Martin Ladouceur, wenn auch immer noch nackt, herunterhangeln konnte. Kaum unten angekommen und wieder angezogen, suchte der Erlöste die Schuld als Erstes bei sich: »Die Geschenke! Wie konnte ich die bloß vergessen?«

Voller Vorfreude bei der Aussicht, sie gleich auszupacken, setzte das Kind noch einen drauf.

»Ich bin ganz sicher, dass sie für mich sind, sonst wäre ich doch jetzt nicht hier. Stimmt's?«

In diesem kleinen Kopf steckte eine ganze Menge drin. Und das Kind war auch nicht zufällig da. Das Schicksal hatte es hergeführt. Unwillkürlich bedankte sich Martin Ladouceur im Geiste bei dem Betrunkenen in der *Maison des vins*, der ihn zum einzigen noch geöffneten Spielzeugladen in ganz Montréal geschickt hatte, beim Centre Eaton und seinem gesamten Personal für die kompetente Beratung, bei Georges D'Amour dafür, dass er keine Nachricht im Hotel hinterlassen hatte, und bei seiner Frau Julie, weil sie ihm die Tür gewiesen hatte, erneut bei Georges D'Amour, weil er vor seiner Frau eingeknickt war, und schlussendlich bei Pierre-Léon, weil er sich geweigert hatte, die Päckchen anzunehmen. Das Schicksal, als dessen Herr man sich oftmals wähnt, ist meist nur die Folge der Handlungen anderer. Aber man darf niemals glauben, bloß weil man selbst nichts dazu beigetragen habe, schenke es einem nicht das Beste im Leben.

»Natürlich sind sie für dich!«

»Ich hab's gewusst!«

»Rühr dich nicht vom Fleck, ich hole sie!«

»Nein!«

»Wie, nein?«

»Der Weihnachtsmann soll sie mir bringen.«

Und wieder sah sich Martin Ladouceur ohne Badehose auf dem Sprungbrett des olympischen Beckens, an einem brütend heißen Feiertag. Aber zu allem Überfluss – oder besser gesagt, zu allem Mangel – war diesmal kein Wasser im Becken.

»Er war vorhin schon hier. Ich habe ihm gesagt, dass du noch nicht da bist und ich sie dir stattdessen geben werde.«

»Ich will aber, dass der Weihnachtsmann sie mir bringt!«

Hoch oben auf seinem Sprungturm wartete er erneut auf Rettung. Das Kind zuckte nicht mit der Wimper.

»Bist du sicher? Es muss unbedingt der Weihnachtsmann sein … Der echte?«

»Gibt es denn auch nicht echte?«

»Nein, nein, natürlich ist der Weihnachtsmann immer echt! Das wollte ich damit nicht sagen … Na schön, einverstanden, dann bringt er dir eben deine Geschenke … Der Weihnachtsmann persönlich.«

ICH WILL DICH HIER NICHT MEHR SEHEN, KAPIERT?

Im Aufzug bereitete sich Martin auf harte Verhandlungen mit dem Portier vor. Koste es, was es wolle, er würde alles mit hochnehmen, was er von unten brauchte. Um nicht wieder seinen typischen Stimmungsumschwüngen und unüberlegten Entscheidungen zu erliegen, hatte er eine weitere Liste gemacht – diesmal allerdings ohne jede Hilfe –, auf der stand, warum und wie er sich verhalten solle.

»Keine Frage, so ein Kind verwandelt einen Mann!«

Aber zunächst einmal war es der Weihnachtsmann, in den er sich verwandeln musste. Aus Freude daran, Freude zu bereiten. Und Martin strebte den perfekten Auftritt an.

Als er vorhin auf dem Sofa gesessen und dem Kind zugesehen hatte, das unter dem Weihnachtsbaum mit kleinen Ninja-Turtles-Figuren aus seinem Rucksack spielte, hatte er tief in die Trickkiste seiner Fantasie gegriffen, von der er bis dahin nicht einmal gewusst hatte, dass er sie besaß.

»Umhang und Kapuze mache ich mir aus den Vorhängen. Den Gürtel nehme ich von meinem Bademantel. Der weiße Saum an der Kapuze, die Bettlaken. Mein Sack, die Hockeytasche. Und der Stab, einer von meinen Hockeyschlägern … Aber der Bart … keine Ahnung!«

Der Aufzug war fast im Erdgeschoss angekommen. Ladouceur hatte seinen kleinen Martin allein im Zimmer gelassen, und das stand nicht auf der Liste, die Louise ihm diktiert hatte. Um sie nicht zu beunruhigen oder zu riskieren, dass sie ihm die Aufsicht über das Kind wieder entzog, hatte er einen kurzen Zwischenstopp im achten Stock eingelegt.

»Louise, es ist etwas dazwischengekommen!«

Während sie einen rosafarbenen und einen blauen Kimono auf den gelben Satinlaken drapierte und Orchideen darüberstreute, hatte sie Martin Ladouceur aufmerksam zugehört. Erst war sie besorgt gewesen, als sie erfuhr, dass ihr Kind allein war, aber dieser vom Himmel gesandte Babysitter hatte wirklich an alles gedacht.

»Ich habe den Fernseher ausgeschaltet. Erstens ist zu viel Fernsehen nicht gut für Kinder. Zweitens hängen wir beim Dokukanal fest, und ich hatte wirklich Angst, dass dieses Gnu wieder kommt.«

Mit erstaunlicher Sicherheit hatte der etwas gestresste Mann mit immerhin dreißigminütiger Erfahrung in der Kinderbetreuung verkündet, dass der kleine Martin brav dasitze und male. Er hatte gestanden, dazu auf ein verbotenes Mittel zurückgegriffen zu haben: emotionale Erpressung. Besser gesagt auf emotionales Doping.

»Du würdest mir eine unglaubliche Freude machen, wenn du mir eine Ninja-Schildkröte malen würdest.«

»Welche möchtest du denn?«

»Äh …«

»Schon gut, ich male sie dir alle vier! Dann hast du überall welche!«

»Das würdest du wirklich für mich tun?«

Als Martin Ladouceur Louise den Grund für sein raffiniertes Manöver genannt hatte, wären ihr beinahe die Tränen gekommen.

»Sie wollen sich extra für ihn als Weihnachtsmann verkleiden?«

Wie viele alleinerziehende Elternteile hatte sie ständig Schuldgefühle, denn selbst wenn sie ihrem Kind dreimal so viel gäbe, bekäme es doch niemals mehr als die Hälfte dessen, was die anderen hatten. Während sie sich die Freude ihres Sohnes vorgestellt hatte, wenn er plötzlich den Weihnachtsmann vor sich sah, hatte sie einen Kimono verkehrt herum zusammengelegt. Sorgsam hatte sie ihn noch einmal neu gefaltet und dabei nicht sehr überzeugend geflüstert: »Aber verwöhnen Sie ihn nicht zu sehr …«

Als Martin Ladouceur ihr erklärt hatte, wie er seine Weihnachtsmannverkleidung zusammenzustellen gedachte, war sie dennoch ein wenig besorgt gewesen.

»Vielleicht ist es keine so gute Idee, sich an den Vorhängen zu vergreifen?«

»Überlegen Sie mal, Louise. Um diese Uhrzeit noch irgendwo ein Kostüm auszuleihen, ist vollkommen unmöglich. Ich werde die Vorhänge morgen früh bezahlen. Entweder wir machen es so, oder Martin bekommt keinen Weihnachtsmann.«

»Glauben Sie nicht, dass er Sie erkennen wird?«

»Wie kommen Sie denn darauf?«

Angesichts seiner bekümmerten Miene hatte Louise ihn sofort wieder beruhigt, auch wenn sie sich im Stillen fragte, ob es von beiden Martins nicht der Größere war, der heute Abend fester an den Weihnachtsmann glauben wollte.

Der Aufzug verlangsamte seine Fahrt. Das leise *Bing* verkündete, dass das Erdgeschoss erreicht war, und die Türen öffneten sich zur großen Lobby, wo jemand viel zu laut redete.

»Eins, zwei, eins, zwei, hier spricht die Rezeption. *I repeat, one, two, one, two, the reception calling!* Empfangen Sie mich klar und deutlich? Kommen!«

Man hörte ihn zwar am anderen Ende, doch der Empfang im achten Stock war maximal mittelprächtig.

»Jetzt reicht's aber langsam! Ich komme ja kaum dazu, ein Bett zu beziehen oder einen Kimono zu drapieren, ohne dass Sie mich anfunken!«

Rasch versteckte sich Martin Ladouceur hinter einer der dicken Säulen. Strategisch betrachtet, war es sicher besser, den Portier nicht zu unterbrechen, während er sich gerade so aufplusterte. Als er sich vorbeugte, um besser sehen zu können, entdeckte er Charles-David, der unbehaglich vor dem Oberkommandierenden der Schlüssel stand. Dieser hatte einen großen Plan vor sich ausgebreitet.

»Ich habe meine Strategie noch einmal überdacht. Sie haben die Japaner von Osten angegriffen und dabei völlig den Westflügel außer Acht gelassen. Damit Sie Ihre Mission erfolgreich abschließen können, schicke ich Ihnen Charles-David zur Verstärkung. Laut Tarifvertrag darf er keine Betten machen, daher habe ich ihn angewiesen, Ihren Wagen zu schieben. Außerdem wird er die Schlachtordnung der Kimonos und das Orchideenbombardement überwachen. Er wird mein drittes Auge sein, eine Art Laserkamera oder, besser noch, ein eingeschleuster Spionagetrupp. Nennen Sie mir bitte Ihre Position, damit er sich unverzüglich an seinen Zielort begeben kann. Kommen.«

Mit einem Schlag sackte die direkte Kommunikation

zwischen gewerkschaftlich organisierten Mitarbeitern auf minimale Signalstärke ab. Aber da Soldatin Louise laut genug gebrüllt hatte, hallte ihre Stimme durch die gesamte Lobby: »Ich warne dich, Alter, wenn du mich noch einmal anfunkst, bin ich weg, und dann kannst du zusehen, wie du morgen früh mit deinen notgeilen Japanern zurechtkommst!«

Der Portier, der trotz allem das letzte Wort behalten wollte – was nicht nur eine Frage des Prestiges, sondern vor allem der Hierarchie war –, rieb sich die Stirn und suchte eine Erwiderung. Und ihm fiel tatsächlich etwas ein, auch wenn er im Gegensatz zu Louise nicht schrie.

»Äh, Louise, Sie haben nicht ›Kommen‹ gesagt.«

Stille senkte sich auf die Hotellobby herab. Martin Ladouceur wollte gerade die Gelegenheit nutzen und aus seinem Versteck hervorkommen, als ihn ein Geräusch innehalten ließ, das er unter tausend anderen wiedererkannt hätte – schließlich hatte es ihm zahlreiche Abende versüßt, die erst im Morgengrauen geendet hatten. Es war das Geräusch eines Korkens, der aus der Flasche gezogen wurde. Das erfahrene Ohr zweifelte nicht einen Tropfen lang: Der Portier schenkte sich ein Glas ein. Und die Angst würde unweigerlich die Seiten wechseln. Ohne zu zögern, löste sich Martin Ladouceur von seiner Säule und ging entschlossenen Schrittes zur Rezeption. Dieser hinterrücks erfolgte Angriff erwischte den Portier eiskalt, als er gerade in einem Zug ein Glas Rotwein leerte und sich dabei im Spiegel neben dem Schlüsselkasten betrachtete. Beim Klang der Schritte drehte er sich um. Angesichts seines Gastes bemühte er sich, Flasche und Glas noch in der Hand, die Contenance zu wahren. Er suchte sein Heil in einem Ablenkungsmanöver.

»Oh, Monsieur Ladouceur, welch angenehme Überraschung! Sie haben da ein Stück Klebeband am Auge, soll ich Charles-David bitten, es abzuziehen?«

»Zeig mir die Flasche!«

»Was? Welche Flasche?«

Die Beweislast war erdrückend, die Ermittlung zügig abgeschlossen. Im Abfallkorb lag bereits eine leere Flasche. Der Verdächtige legte ein umfassendes Geständnis ab und bekannte sich schuldig, wobei er allerdings einige mildernde Umstände anzuführen versuchte.

»Es tut mir unendlich leid, Monsieur Ladouceur, dieser Stress … Und da bin ich einfach schwach geworden. Ich habe Ihre Flaschen im Tresor gesehen, eine davon war bereits geöffnet, und ich weiß auch nicht, was in mich gefahren ist. Eins gab das andere, erst ein Glas, dann noch eins … Ein vorübergehender Anfall geistiger Umnachtung. Wir sehen jeden Tag diesen Luxus, ohne selbst etwas davon zu haben … Cheval Blanc, mein Gott, so einen Wein hatte ich noch nie … Ich war offensichtlich nicht bei klarem Verstand, was ich jetzt zutiefst bedaure. Ich bitte Sie inständig, mir zu vergeben, und flehe Sie an, das für sich zu behalten … *Hicks.*«

Martin Ladouceur gestattete dem Portier, sich zu setzen und sich ein letztes Mal nachzuschenken, sein Henkersglas gewissermaßen. Während er sich anschickte, sein Urteil zu verkünden, genoss er im Stillen das Glück, sein allerschönstes Weihnachtsfest zu erleben, mit Geschenken und Überraschungen, aber vor allem mit Wünschen, die in Erfüllung gingen.

»So, Maxime, jetzt hör mir gut zu, du wirst Folgendes für mich tun …«

Zehn Minuten später betrat Martin Ladouceur den Aufzug, gefolgt von Charles-David, der auf seinem goldenen Wagen den großen Weihnachtsbaum balancierte, der noch kurz zuvor in der Lobby gestanden hatte.

»Also ehrlich, hast du schon mal eine Weihnachtsfeier mit einem derart mickrigen Drecksbäumchen gesehen, wie ihr es mir da oben hingestellt habt?«

Bevor sich die Türen schlossen, bog der Portier vorsichtig noch einen Ast zurück, der dazwischen abgeknickt zu werden drohte. Anschließend wollte sich Maxime selbst in den Aufzug zwängen, doch aus Angst, ein paar Weihnachtskugeln zu zerbrechen, gab er diesen Versuch bald wieder auf.

»Ich nehme dann mal die Treppe … und warte oben auf Sie. *Hicks*!«

Charles-David drückte auf den Knopf Nummer 9, und der Aufzug machte sich an seinen langsamen Anstieg. Durch die Zweige des Weihnachtsbaums hindurch betrachtete Martin Ladouceur den jungen, knallrot angelaufenen Pagen, der sich zusammenreißen musste, um nicht laut loszulachen.

»Dem hast du ja ganz schön den Schnabel gestopft, als du ihm gesagt hast, wie viel er dir für die zwei Flaschen schuldet.«

Als Ladouceur vom Portier verlangt hatte, ihm auf der Stelle das Geld zurückzuzahlen, und zwar nicht per Scheck, sondern bar auf die Hand, war dieser buchstäblich zusammengebrochen. Er hatte ihm sein Herz ausgeschüttet, von seinem Leben erzählt, mit drei Katzen und unter einem Dach mit seiner alten, stocktauben Mutter.

»Das Schlimme ist, dass sie ihr Leben lang Opern geliebt hat. Also läuft von morgens, wenn ich nach Hause komme, bis abends, wenn ich wieder zur Arbeit gehe, *Carmen*. In meinen Träumen sehe ich nur noch Stiere mit dem Kopf von Maria Callas und einem einzigen, aber dafür gewaltigen Hoden, die auf ein großes schwarzes Loch zustürmen, in dem Toreros in paillettenbesetzten Badehosen schwimmen, während am Rand Flamencotänzerinnen mit einer einzigen, riesigen Brust verschwinden, sobald ich mich ihnen nähere!«

Während seiner Schilderung hatte der Portier die Flamencotänzerinnen nachgeahmt. Martin Ladouceur hatte sich gekniffen – nein, er träumte nicht. Dabei hatte diese Situation durchaus surreale Züge. Aber wenn er es recht bedachte, war alles, was ihm seit seiner Ankunft hier widerfahren war, surreal. Also hatte er einfach weiter die Klagen des Portiers angehört.

»Natürlich hat das Auswirkungen auf meinen Charakter und mein Verhalten am Arbeitsplatz. Und ich gestehe, dass ich dazu neige, mich hinreißen zu lassen, wenn eine Flasche nicht richtig verschlossen wurde. Wenn der Direktor mich rauswirft und ich Ihnen diesen Schatz des französischen Weinbaus ersetzen muss, wird mir nichts anderes übrig bleiben, als die Bestellung eines hochentwickelten elektronischen Hörgeräts zu stornieren, das fünfundvierzig Prozent der Hörfähigkeit im rechten Ohr meiner Mutter wiederherstellen würde. Stunden Schlaf für mich. Ich flehe Sie an. Bitte, bitte, bitte, Monsieur!«

Martin Ladouceur hatte Maximes tristes Dasein am Tag berücksichtigt, welches seinen Drang nach Licht in der Nacht erklärte. Ein mildernder Umstand, den er besser verstand als jeder andere. Aus diesem Grund hatte er ihm seine Schulden erlassen.

»Reichen Sie mir Ihre Hand, Monsieur, damit ich Ihren Stanley-Cup-Ring küsse! Na so was! Sie tragen ja gar keinen Ring mehr!«

Es war nicht Maxime, der Charles-David und Martin Ladouceur im neunten Stock in Empfang nahm, sondern eine Art Stier, dessen Nasenlöcher sich in geräuschvollem Schnaufen blähten, nachdem er die neun Stockwerke im Laufschritt erklommen hatte.

»Man muss sagen, das nüchtert aus …«

Während der Page vorsichtig den Wagen aus dem Aufzug bugsierte, trat der immer noch dampfende Maxime auf Martin Ladouceur zu.

»Falls Sie den Wunsch verspüren sollten, ein wenig zu feiern, Gäste einzuladen, was auch immer, wen auch immer, dann zögern Sie nicht. Vergessen Sie, was der Direktor oder ich selbst gesagt haben. Von jetzt an höre und sehe ich nichts mehr. Ich werde schweigen wie ein Grab!«

Martin Ladouceur überraschte sich bei dem Gedanken, dass ihm dieser unterwürfige Mann sympathischer gewesen war, als er ihm noch Widerstand geleistet hatte. Maxime bemerkte nichts – oder wollte nichts bemerken. Er kam noch näher heran und flüsterte im zischenden Ton der schändlichsten Verschwörer: »Und hier ist Ihre Tasche, es ist alles drin! Schere, Sekundenkleber, Hefter, Sicherheitsnadeln, Nähgarn … Sie haben Glück, Orangensaft und einen Schokoriegel habe ich aus dem Spind unseres Trainers für Kampfsport und Selbstverteidigung geklaut. O mein Gott, lassen Sie uns beten, dass er es nicht bemerkt! Wenn Sie noch irgendetwas brauchen, wissen Sie ja, an wen Sie sich wenden können. Es liegt auch eine neue Fernbedienung bei. Im Übrigen möchte ich mich im Namen des Direktors und des gesamten Personals für diesen unerklärlichen Defekt entschuldigen und hoffe, dieser Vorfall hat Ihnen nicht den Aufenthalt in unserem Haus verdorben!«

Martin Ladouceur fand nicht mehr die Kraft, dem um Streicheleinheiten bettelnden Mann zu danken. Er wandte sich ab und ging mit Charles-David, dem Wagen und dem Weihnachtsbaum im Gefolge zu seiner Suite. Maxime wäre in diesem Moment gut beraten gewesen, einfach die Klappe zu halten und zu verschwinden, aber dazu war er nicht in der Lage. Jene wahre Natur, die immer wieder hervorbricht. Und in seinem Fall so unbeherrschbar wie ein Vulkan.

»Nur einfach so, aus persönlicher Neugier, keine Sorge, das bleibt natürlich unter uns. Aber wozu brauchen Sie das alles überhaupt? Ich meine, Sie müssen zugeben, ein bisschen merkwürdig ist das schon …«

Martin Ladouceur blieb stehen und stieß zwischen zusammengebissenen Zähnen hervor: »Mister Nervensäge …«

»Zu Ihren Diensten!«

»Wie teuer waren noch mal meine beiden Weinflaschen, die du dir hinter die Binde gekippt hast?«

Schluck …

Der Gast atmete so tief ein, dass seine Lungen zu platzen drohten. Dann entleerte er sie abrupt, wobei er die Lautstärke bis zum Anschlag aufdrehte.

»Ich will dich hier nicht mehr sehen, kapiert?«

ÜBERRASCHUNG!

Martin Ladouceur betrachtete sich im Spiegel gegenüber dem Aufzug. Charles-David stand neben ihm, ein aufgeschlitztes Kopfkissen zu seinen Füßen, und klebte ihm eine letzte Daunenfeder auf die Wange.

»Im Ernst, wenn ich nicht wüsste, dass ich es bin, würde ich selbst dran glauben!«

»Kannst du mal aufhören zu reden, jetzt klebt die Feder am Ohr! Vorsicht, ich ziehe sie wieder ab…«

»Au!«

Beim Aufschrei des für seine Schmerzunempfindlichkeit berühmten Eishockeyspielers zuckte der Page zusammen. Er klebte die Feder auf die Wange, und die schwarzen Barthaare des Mannes in Rot waren vollständig verschwunden. Während er den Sekundenkleber wieder zuschraubte, schaute er diskret auf die Tube, um nachzulesen, ob ihm etwas Wichtiges entgangen war. Der Hersteller war so sehr von der Wirkung seines Produkts – extra-superstark – überzeugt, dass er dem Verbraucher zehn gratis nach Hause gelieferte neue Tuben versprach, sollte der Kleber nicht ein Jahr lang halten.

»Fühl bloß mal, wie weich mein Bart mit den Federn geworden ist, Charles-David. Gut, dass wir nicht das Rosshaar aus den Matratzen genommen haben … Stell dir vor, er will dem Weihnachtsmann einen Kuss geben.«

Charles-David ließ den Kleber hastig in seiner Tasche verschwinden. Er zupfte ein paar lose Federn von den Vorhängen, die als Mantel dienten. Das Gleiche tat er auch bei der Mütze – bis er an die weiße Troddel kam, die ebenfalls aus Gänsefedern geklebt war. Dort musste er feststellen, dass der Hersteller nicht gelogen hatte.

»Hast du den Weihnachtsbaum auch dahin gestellt, wo ich es dir gesagt habe?«

»Ja, neben den Sessel, damit du dich hinsetzen kannst, wenn er sich auf deinen Schoß setzen möchte.«

»Hast du alle Spielsachen in die Hockeytasche gepackt?«

»Ja, alle.«

»Und hast du ihm gesagt, dass er in aller Ruhe seine Bilder von den Ninja Turtles zu Ende malen soll, bis der Weihnachtsmann kommt?«

»Ähm … also … na ja … er war schon fertig damit.«

»Was ist los? Wollte er nicht mehr weitermalen?«

»O doch … Er hat überhaupt nicht mehr aufgehört zu … äh … malen … Ich musste ihm sogar sagen, dass es vielleicht ganz gut wäre, wenn er nicht mehr weitermacht.«

»Wieso das denn?«

Der Gong rettete Charles-David oder, besser gesagt, ein lautes Hämmern von der Tür zur Suite 919, hinter der eine gewisse Aufregung herrschte. Vor allem, als zu dem Klopfen noch laute Rufe hinzukamen.

»Weihnachtsmann! Weihnachtsmann! Weihnachtsmann!«

Rasch packte Martin Ladouceur die langen Henkel seiner von Geschenken überquellenden Hockeytasche. Er hob den improvisierten Sack hoch und hielt ihn dem Pagen hin, damit dieser ihm half, ihn überzustreifen.

»Los, beeil dich, steck meine Arme durch die Griffe, damit ich sie mir über den Rücken hängen kann!«

Das heikle Hochhieven dessen, was eher nach einer Kiepe als nach einem Geschenkesack aussah, gelang gleich beim ersten Versuch. Der Mann in Rot drehte sich zu dem Pagen um, der selbst mit seiner Kappe auf dem Kopf neben einem derart eindrucksvollen Weihnachtsmann wie ein Wichtelmännchen wirkte.

»Na, sag, ist alles in Ordnung.«

Charles-David studierte aufmerksam die Verkleidung. Das Ergebnis war bemerkenswert, auch wenn sich durchaus die Frage aufdrängte, ob der Weihnachtsmann diesmal vielleicht nicht durch den Kamin gekommen war, sondern den Zugang durch die Waschmaschine gewählt hatte – bei maximalem Schleudergang. Nach seiner Inspektion blickte der Page hoch und sah Martin Ladouceur direkt in die Augen.

»Hey, du machst mich nervös, wenn du so guckst. Was ist los?«

»Ich wollte dir nur sagen, dass ich es wirklich toll finde, was du machst.«

Der Federbart rettete Martin Ladouceur. So konnte Charles-David nicht sehen, wie seine Wangen nach diesem Kompliment rosa anliefen. Als der Weihnachtsmann nicht antwortete, wollte der Page noch einen draufsetzen.

»Ich kenne Louise noch nicht so lange, aber sie ist wirklich nett.«

Der Mann in Rot wusste nicht, wie er diese Worte interpretieren sollte. Im Zweifel zog er es vor, seine Motive näher zu erläutern.

»Ja, ja, sie ist nett. Aber weißt du, ich mache das für den Jungen ... Okay, dann geh jetzt runter und richte ihr aus, dass ich alles unter Kontrolle habe.«

»Viel Glück, Ladouce.«

Der Page öffnete die Tür zur Feuertreppe und rannte die Stufen hinunter zu den künftigen Liebesnestern im achten Stock. Martin Ladouceur hingegen oder, besser gesagt, der Weihnachtsmann, marschierte zur Suite 919 hinüber, wobei er kräftig mit den Füßen aufstampfte, um sein Kommen anzukündigen. Hinter der Tür erreichte die Aufregung ihren Höhepunkt.

»Der Weihnachtsmann ist da! Der Weihnachtsmann ist da! Der Weihnachtsmann ist da!«

Als der Mann in Rot mit seinem schweren Sack auf dem Rücken die Suite betrat, rollte das Kind mit den Augen und erstarrte zur Salzsäule. Nach und nach löste sich seine Starre, und in seinen Zügen spiegelte sich erst Neugier, dann Sorge. Es wich ein paar Schritte zurück und platzierte sich hinter dem Sessel, um sich notfalls dahinter zu verstecken.

»Bist du auch wirklich der Weihnachtsmann?«

Der, an dem niemand je zweifelte, und schon gar nicht ein Kind neben einem Weihnachtsbaum, geriet einen Augenblick lang selbst ins Wanken.

»Aber natüüürlich, mein Kind. Ich bin der Weihnachtsmann. Wer sollte ich denn sooonst sein?«

Als der kleine Martin die tiefe, raue Stimme hörte, die man im Dezember auch im Radio oder in den großen Kaufhäusern vernimmt, war er beruhigt. Er setzte sich unter den großen Weihnachtsbaum, dessen Spitze sich unter der immerhin recht hohen Zimmerdecke bog.

»Hast du mein Spielzeug mitgebracht, Weihnachtsmann?«

»Duuu hast es ja eilig, mein Kind… Erst muss ich dir noch ein paar Fraaagen stellen, um zu erfaaahren, wer du bist und ob du deine Geschöönke auch verdient hast. Also saaag mir…«

Der Weihnachtsmann hatte sich seine Rede zurechtgelegt, aber er kam nicht dazu, auch nur eine Zeile davon anzubringen, denn auch das Kind hatte sich vorbereitet. Ohne noch länger zu warten, deklamierte es in monotonem Tonfall, wie ein kleiner Roboter: »Ich heiße Martin, ich bin sieben Jahre alt, ich wohne in Montréal, ich habe keine Geschwister, ich bin sehr fleißig in der Schule, ich bin nett zu all meinen Freunden, vor einem Monat war ich ein bisschen krank, aber jetzt geht es mir wieder besser, ich räume immer mein Zimmer auf, und ich mache mein Bett selbst, ich gehe oft mit dem Hund meiner alten Nachbarin Gassi, weil sie nur ein Bein hat, ich putze mir jeden Abend die Zähne, ich helfe meiner Mama immer, die Einkäufe zu tragen! Und vor einer Woche habe ich die fünfundzwanzig Cent, die ich als Taschengeld bekomme, einem armen Mann auf der Straße gegeben, der Hunger hatte!«

Das verschlug dem Mann mit dem Geschenkesack die Sprache. Es kam zu einer Unterbrechung im Programm. Einem Schweigen. Er spielte mit dem Gedanken, ein Weihnachtslied anzustimmen, aber er konnte sich nicht mehr an die Texte erinnern. Und so wandte er den Blick von dem Kind ab, um anderswo Inspiration zu finden. Der Anblick der weißen Blätter auf dem Couchtisch sorgte dafür, dass die Tonspur wieder dazugeschaltet werden konnte.

»Ich habe gehööört, dass du sehr schön maaalen kannst, aber ich sööhe hier gar keine Bilder…?«

»Die sind ja auch hinter dir.«

»Aaahh! Ich kann es kaum erwarten zu sööhen, wie schön du maaalst.«

Mit einem strahlenden Lächeln drehte sich der Weihnachtsmann um. Doch dann stockte ihm der Atem, und er sackte gut zwanzig Zentimeter in sich zusammen. Er musste sich dringend setzen, ohne sich vorher noch die Zeit zu nehmen, den Sack abzulegen.

»Die habe ich für meinen Freund Martin gemalt.«

Der Weihnachtsmann rieb sich nervös über den Bart, besser gesagt über die Federn. Keine davon löste sich ab.

»Was ist denn ... das?«

»Ein Wandfresko!«

»Aha ...«

»Das habe ich ganz allein gemacht!«

»Wow ...«

Und er hatte auch allen Grund, beeindruckt zu sein. Vier gewaltige Ninja Turtles bedeckten die freien Flächen zwischen den Bildern an der großen weißen Wohnzimmerwand. Der angehende Künstler bewunderte einen Moment lang sein Werk und trat dann näher heran, um die Abgebildeten vorzustellen.

»Das ist Donatello, und das ist Leonardo, der hier ist Michelangelo, und da am Ende, das ist Raphael!«

»Wow ...«

Das Werk, eine gekonnte Mischung aus abstrakter und naiver Kunst, beeindruckte durch seine Ausmaße, insbesondere durch die übermäßige Größe der Figuren, die im wahren Leben immerhin auf einen Fernsehschirm passten.

»Warum hält Leonardo einen Stock mit seinem Fuß?«

»Das ist nicht sein Fuß, das ist seine Hand. Und das ist auch kein Stock, sondern ein Ninjatō, seine magische Waffe!«

Man konnte dem Kind nicht vorwerfen, dass es sich keine Mühe gegeben hätte. Martin hatte die Augenbinden, die Gürtel und die Panzer der Schildkröten sorgfältig ausgemalt, ohne über die Außenlinien hinauszugehen. Angesichts des sprachlosen Weihnachtsmanns fühlte sich das Kind genötigt, seinen kreativen Ansatz zu erläutern, einen auf Kollektivismus gründenden Humanismus, der nach einem höheren Ideal strebte.

»In den däpagogischen Gruppenaktivitäten in der Schule malen wir Fresken, damit wir alle gute Freunde werden.«

»Was für eine gute Idee … äh … Idöö …«

»Das hier habe ich für meinen Freund Martin gemalt!«

Der Weihnachtsmann sackte noch ein bisschen tiefer in den Sessel, weil sein Herz vor lauter Hämmern plötzlich so schwer wurde. Da das Glück keinen Preis hat und Geld allein nicht glücklich macht, kam er zu dem Schluss, dass, ganz gleich, wie hoch die Rechnung für die Renovierung des Zimmers auch ausfallen mochte, es den Preis wert war, so schön und vor allem uneigennützig war die Geste des Kindes. Mit feuchten Augen betrachtete er das Fresko, und es dauerte eine Weile, bis er die kleine Hand bemerkte, die ihm auf die Schulter klopfte. Er wischte sich eine Träne aus dem Augenwinkel, wandte sich dem Kind zu und sah, dass dessen Blick unverwandt auf den Sack mit den Geschenken gerichtet war.

»Möchtest du sehen, was ich dir mitgebracht haaabe?«

Fasziniert genoss Martin Ladouceur die freudigen Rufe des Kindes, die jedes Mal das Zimmer erfüllten, wenn seine kleine Hand ein Geschenkpapier zerriss und durch die Luft fliegen ließ, ohne sich die Zeit zu nehmen, es zusammenzuknüllen.

»Noch eine Nintendo-Konsole, jetzt habe ich zwei!«

Der Anblick des Kindes rechtfertigte alle Mühen, alle Unannehmlichkeiten, ja selbst die leichten Schmerzen. Der Weihnachtsmann, dessen Rolle mittlerweile auf die des reinen Beobachters reduziert war, strich sich mit einer Hand durch den Bart – die Haut an seinen Wangen juckte fürchterlich. Vielleicht war der Kleber noch nicht vollständig getrocknet, vielleicht war er ja auch allergisch auf Gänsefedern.

»Noch eine Nintendo-Konsole, jetzt habe ich drei!«

Die Unschuld der Kinder ist nichts anderes als die Überzeugung, dass nichts auf der Welt unmöglich sei, ihre Fähigkeit, an Magie zu glauben, ohne dass sich der Verstand ständig einmischt.

»Da hat meine Sekretäääarin für meine Runde heute Aaabend wohl dreimal die gleiche Bestellung kopiiiert …«

Die Unschuld der Kinder ist nichts anderes als die Fähigkeit, sich niemals im Konkreten zu verfangen, weil sonst die Magie verfliegt.

»Der Weihnachtsmann hat gar keine Sekretärin, die kleinen Elfen machen die ganze Arbeit für ihn!«

Während der Mann versuchte, sich diskret eine Feder vom Kinn zu zupfen, beobachtete er das Kind, das weitere mit Schleifen verzierte Päckchen aus der schier bodenlosen Hockeytasche zog.

»Oh, ein Gewehr!«

»Oh, eine Maschinenpistole!«

»Oh, noch ein Gewehr. Und ein Schwert!«

Unwillkürlich kehrte Martin Ladouceur in die Vergangenheit zurück. Er erinnerte sich an seine eigenen überraschungslosen Weihnachtsfeste, bei denen das einzige Paket, das er auspackte, ein Paar Schlittschuhe enthielt. Jedes Jahr täuschte er Überraschung und Freude vor, um seinen Vater nicht zu enttäuschen, und stürzte sich dann auf die Pralinenschachtel seiner Mutter.

»Oh, eine Cowboy-Ausrüstung!«

»Oh, eine Maschinenpistole!«

»Oh, ein Gewehr!«

Inmitten dieses freudigen Trubels spürte der Weihnachtsmann plötzlich, dass noch jemand da war. Die Tür der Suite hatte sich geöffnet, und in dem schmalen Spalt war Louises Gesicht zu sehen. Sie winkte dem Mann in Rot mit ihrem Generalschlüssel zu, damit er verstand, wie sie die Tür hatte öffnen können. Dann richtete sie den Blick wieder auf ihren Sohn, der inmitten von Geschenkpapierfetzen im Glück schwamm.

»Ein Videospiel!«

»Noch ein Videospiel!«

»Und noch ein Videospiel!«

»Wow, so viele Videospiele!«

Nachdem sie den Anblick eine Weile genossen hatte, schaute die Mutter zu dem Mann hinüber, der ihrem Kind diesen einzigartigen Moment bescherte. Sie betrachtete ihn mit einer Dankbarkeit, die ohne jeden Zweifel ewig währen würde. Als sie die Gänsefedern in seinem Gesicht bemerkte und die Finger, die sich vergeblich bemühten, eine davon abzurupfen, biss sie sich auf die Lippen, um einen Lachkrampf zu unterdrücken. Sie zog sich lieber wieder zurück und verabschiedete sich mit einem anmutigen Winken. Unter dem Weihnachtsbaum hatte der Geschenkesack gerade sein letztes Geheimnis preisgegeben.

»Oh, eine schmutzige Socke … Was soll das denn, Weihnachtsmann?«

Martin Ladouceur fiel auf, dass er zwar seinen Auftritt und die Verteilung der Geschenke genauestens geplant, aber vergessen hatte, sich Gedanken über den Rückzug zu machen.

»Also gut, dann will ich mal wieder gööhen …«

»Gute Reise zum Nordpol!«

»Ich darf nicht trööödeln, ich habe noch einen weiten Wöög vor mir, und das im Duunkeln …«

»Flieg vorsichtig, da oben am Himmel!«

Der Weihnachtsmann antwortete mit einem Zwinkern und ging zur Tür. Das Kind rannte hinter ihm her und warf sich in seine Arme. Es klammerte sich an seine Schultern und legte sogar den Kopf darauf.

»Das war das allerschönste Weihnachten in meinem ganzen Leben!«

»Für mich auch …«

»Kommst du nächstes Jahr wieder?«

»Na, klar, wenn du das möchtest!«

»Ich hab dich lieb, Weihnachtsmann!«

Die sich wellenden Gänsefedern auf den Wangen von Martin Ladouceur verrieten, dass die Rührung ihn zu überwältigen drohte. Die Dankbarkeit des Kindes war mehr wert als tausend Belohnungen, fast so viel wie ein Stanley Cup. Nein, sie war mehr wert als ein Stanley Cup. Den Cup teilt man, Dankbarkeit hingegen genießt man in seinem tiefsten Inneren. Seine muskulösen Arme drückten das Kind noch fester.

»Du tust mir weh, Ladouce!«

Der Weihnachtsmann lockerte seine Umarmung, doch er versuchte, den Moment festzuhalten und zu jener magischen Sekunde zurückzukehren, in der alles so schön gewesen war.

»Ich bin nicht Ladouce, ich bin der Weihnachtsmaaann.«

»Nein, ich weiß doch, dass du das bist.«

Der Weihnachtsmann ließ den kleinen Detektiv auf den Boden hinunter, setzte sich mit hängenden Schultern hin und grübelte darüber nach, was ihn verraten haben mochte.

»Du hast dir keine anderen Schuhe angezogen.«

Martin Ladouceur schlug sich gegen die Stirn. Wie hatte er das bloß vergessen können?

»Und ich habe deine Stimme trotzdem erkannt.«

Martin Ladouceurs Schultern sackten ein Stück tiefer.

»Außerdem warst du nicht da, das war nicht normal.«

Vor Ärger und Enttäuschung blies Martin Ladouceur sämtliche Luft aus seinen Lungen und ließ die Schultern noch ein Stockwerk tiefer sinken.

»Und der Weihnachtsmann hat keinen Bart aus Federn.«

Geräuschvoll atmete Martin Ladouceur die gleiche Menge Luft, die er vorhin ausgestoßen hatte, wieder ein, während seine Schultern inzwischen das Erdgeschoss erreicht hatten.

»Und außerdem hatte ich die Geschenke schon gesehen, als ich mit meiner Mama hergekommen bin und du nicht da warst.«

Beim Anblick des mittlerweile untröstlichen Weihnachtsmannes streichelte das Kind mit seiner kleinen Hand das weiche Bartgefieder.

»Ich helfe dir, ihn wieder abzumachen!«

Es packte eine Feder auf der linken Wange und zupfte vorsichtig daran. Sie ging nicht ab. Also riss es fester, sehr fest.

»Au!«

Genau wie das Kitzeln, ein grundlegender Akt, der allen Kindern Freude bereitet, bringt auch der einem Größeren zugefügte Schmerz, solange er nicht ernsthaft ist, Kleinere unweigerlich zum Lachen. Und so machte sich das Kind sehr schnell einen Spaß daraus, immer mehr und mehr Federn von den Wangen des Mannes zu ziehen.

»Au! Au! Au! Au! Au! Au!«

Jeder leise Aufschrei des einen löste ein Lachen des anderen aus, bis der Kleine für einen Moment innehielt.

»Warte, das ist nicht bequem!«

Das Kind stellte sich hinter die Rückenlehne des Sessels.

»Wir machen das jetzt so wie beim Zahnarzt!«

Der seines Amtes enthobene Weihnachtsmann verstand sofort, was von ihm erwartet wurde. Er lehnte sich noch weiter in seinem Sessel zurück, streckte die Beine aus, legte den Nacken auf die Lehne und neigte den Kopf nach hinten, um seinen Bart dem Blick und vor allem den beinahe erfahrenen Fingern des Doktors der Rupfkunde zu präsentieren.

»Au! Au! Au! Au! Au! Au!«

In diesem Tempo war die rechte Seite schnell von Federkielen befreit. Trotzdem dominierte auch weiterhin das Weiß, da der festgeklebte Daunenflaum sowohl an den schwarzen Barthaaren als auch an der geröteten Haut haftete. Das Ganze erinnerte an einen alten orientalischen Teppich mit karmesinroter Grundfarbe, der in einem verlassenen, seit anderthalb Jahrhunderten dem Staub anheimgefallenen Haus entdeckt worden war.

»Dreh den Kopf, dann mache ich auf der anderen Seite weiter.«

»Au! Au! Au! Au! Au! Au!«

Martin Ladouceurs Wangen brannten, die rechte zwar nicht so sehr wie die linke, aber das würde nicht mehr lange auf sich warten lassen. Das Kind hingegen schien allmählich die Lust zu verlieren, denn das Rupfen verlor merklich an Tempo.

»Au … Au … Au …«

»Hör auf zu schreien, sonst kannst du allein weitermachen!«

Stumm ließ der Erwachsene sich weiterrupfen. Das Kind war überrascht. Es fand den Spaß an seiner Aufgabe wieder und versuchte, die Federn schneller und fester abzureißen, um herauszufinden, ob das Schreien dann wieder einsetzte. Aber sein an heimtückische, schmerzhafte Schläge und größere Wehwehchen gewöhnter Patient zuckte nicht mit der Wimper. Der kleine Martin erkannte, dass er bei diesem Spiel nicht gewinnen würde. Er fuhr noch eine Weile schweigend fort, die Federn abzuziehen, dann hielt er unvermittelt inne. Martin Ladouceur öffnete die Augen und sah, dass das Kind nicht mehr lächelte.

»Soll ich wieder ›Au‹ machen?«

»Nein.«

»Was ist denn los? Möchtest du lieber etwas anderes spielen?«

Das Kind ging zu dem ausgepackten Spielzeug hinüber, das in einem wilden Durcheinander unter dem Weihnachtsbaum lag. Lange betrachtete es seine Geschenke und drehte sich dann zu Martin Ladouceur um.

»Den Weihnachtsmann gibt es gar nicht, oder?«

»Doch, das würde ich schon sagen.«

»Ich weiß, dass es ihn nicht gibt!«

»Warum hast du dann ›Da ist der Weihnachtsmann! Da ist der Weihnachtsmann‹ gerufen?«

»Das war nur gespielt.«

Martin Ladouceur senkte den Kopf und wusste nicht, was

er darauf erwidern sollte. Er schaute auf seine Mokassins, während er darauf wartete, dass das Kind weitersprach.

»Hast du die Geschenke gekauft?«

Die passende Antwort darauf war einfach, aber Martin Ladouceur hatte keine Lust zu lügen. Ja, er hatte die Geschenke gekauft, aber sie waren für andere Kinder bestimmt gewesen. Wenn der Sack so prall gefüllt gewesen war, dann nur deshalb, weil man sie ihm vor die Füße geknallt hatte. Langsam hob er den Kopf und antwortete das, was ihm die beste der Wahrheiten zu sein schien.

»Äh, nein … Ich habe sie nicht gekauft.«

Das Kind wurde wieder munterer, und das Leuchten kehrte in seine Augen zurück.

»Dann war es ganz bestimmt mein Papa!«

Die Federchen auf den Wangen des Weihnachtsmanns zitterten.

»Stell dir nur mal vor, er hat mir drei Nintendo-Konsolen gekauft! Vielleicht hatte er Angst, dass ich unterwegs eine verlieren würde … oder sogar zwei … Mein Papa ist echt super, was?«

Voller Hoffnung rannte das Kind ans Fenster und schaute hinaus auf die Stadt. Martin Ladouceur reagierte nicht. Er wusste nicht, wie er reagieren sollte. Der Kleine rührte sich nicht mehr, und sein Blick verlor sich in den verschneiten Straßen.

Der kraftlose Weihnachtsmann drückte sich so tief in den Sessel, bis er mit ihm verschmolz. Halb liegend flehte er um Hilfe, ohne zu wissen, an wen er sich wandte. Als er den Schlüssel im Schloss hörte, wusste er gleich, wer da zu seiner Rettung kam. Das musste der Mutterinstinkt sein. Erleichtert darüber, nicht mehr allein zu sein, kündigte der einsame

Mann die Gemeinschaft mit seinem Sessel auf und wandte sich zur mittlerweile geöffneten Tür um.

Martin Ladouceurs Kiefer klappte herunter. Ein paar Federchen lösten sich von seiner Wange und schwebten um ihn herum.

»Ich hatte Ihnen doch versprochen, heute Nacht ist alles erlaubt, *hicks*!«

Nicht das unerwartete Auftauchen des launigen Portiers hatte zu dieser Reaktion geführt, sondern der Anblick der Person, die Maxime gerade in die Suite einließ.

»Überraschung!«

WAS WÄRE DEIN ALLERGRÖSSTER TRAUM?

Mit weit aufgerissenen Augen, als hätte es gerade festgestellt, dass es den Weihnachtsmann doch gibt, rannte das Kind auf den Neuankömmling zu.

»Das gibt's doch nicht, das ist Georges D'Amour. In echt!«

Martin Ladouceur erhob sich aus seinem Sessel, doch der Mann fürs Grobe der Canadiens de Montréal überragte ihn immer noch um gut sieben Zentimeter. Er hatte breite Schultern, aber verglichen mit denen von Georges D'Amour, in echt, wirkten sie geradezu lächerlich.

»Er sieht ja noch stärker aus als im Fernsehen!«

Der Neuankömmling trug einen hellgrauen Anzug mit zwei Knöpfen und darunter ein blaues Hemd, das den Blick auf eine goldene Kette auf dunklem Brusthaar freigab. Er fuhr dem Kind, das bewundernd vor ihm stehen geblieben war, mit einer Hand durch das zerstrubbelte Haar.

»Er hat mich berührt!«

Martin Ladouceur musste den Tatsachen ins Auge sehen. In seinem Weihnachtsmannkostüm – oder dem, was davon noch übrig war – konnte er dem Vergleich mit seinem ehemaligen Kabinenkameraden, der offensichtlich entschlossen war, sich vor dem Altar ewiger Freundschaft zu versöhnen, nicht standhalten.

»Einmal Canadiens, immer Canadiens!«

Ohne große Begeisterung ließ sich Martin Ladouceur umarmen. Auch wenn es ihm so vorkam, als wäre seit seiner krachenden Niederlage auf der Île-des-Sœurs ein ganzes Leben vergangen, hatte er die schmerzhafte Demütigung noch nicht vergessen. Natürlich hatte sie es ihm überhaupt erst ermöglicht, mit den Geschenken zurückzukehren, in deren Genuss sein kleiner Schützling nun gekommen war – so spielt das Leben –, aber das änderte nichts an der Tatsache, dass er von dem Mann zurückgewiesen worden war, den er für einen wahren Freund gehalten hatte.

»Was, du kennst Georges D'Amour?«

Zum ersten Mal seit der Eindringling die Suite betreten hatte, zeigte der Junge ein gewisses Interesse an dem Mann, der sich seit Stunden um ihn kümmerte. Aber es hielt nicht lange an. Bewundernd folgte der Blick des kleinen Fans dem Eishockeyspieler, der seine hundertzwanzig Kilo Muskelmasse auf das Sofa hatte fallen lassen.

Martin Ladouceur wurde bewusst, dass er dem Kind zu keinem Zeitpunkt gesagt hatte, wer er wirklich war. Er hätte ihm die unglaubliche Geschichte des Stanley Cups erzählen können, dem er jenen Ring zu verdanken gehabt hatte, der nun irgendwo in den Abwasserrohren des Hotels ruhte. Er hätte die zwei Spielzeiten erwähnen können, in denen er über vierzig Tore geschossen hatte, die vier Spielzeiten mit über dreißig Toren und die fünf Spielzeiten mit über zwanzig Toren. Die beiden letzten, in denen er nur mühsam zehn Treffer erzielt hatte, hätte er diskret unter den Tisch fallen lassen. Dann hätte das Kind gewusst, wer da vor ihm stand, und hätte nicht länger so fasziniert Georges D'Amour angestarrt, der in keinem einzigen Jahr mehr als drei Tore geschossen hatte und dessen einziges Talent darin bestand, auf Befehl die Gesichter seiner Gegner zu Brei zu schlagen.

»In der Schule sagen einige, er sei der stärkste Mann der Welt! Sogar die aus der zweiten Klasse haben Angst vor ihm!«

Martin Ladouceur hätte sich in einen langen, mit Zahlen und Fakten gespickten Monolog stürzen können, um ihm zu beweisen, wer der wahre Star in diesem Raum war. Aber da er nicht wusste, ob Statistik im ersten Schuljahr schon auf dem Lehrplan stand, und ahnte, dass diese Tabellen für den jungen Martin einen Hauch zu abstrakt sein könnten, sah er davon ab, sich mit dem härtesten Schläger der Canadiens de Montréal anzulegen. Stattdessen entschied er sich für eine Strategie der Entspannung und Abrüstung.

»Ob ich Georges kenne? Ja, was glaubst du denn, das ist mein bester Freund.«

Das Kind konnte es nicht fassen. Um seinen Worten Nachdruck zu verleihen, hielt Martin Ladouceur dem Idol des Kleinen seine Handfläche hin, und dieser nahm die Einladung an, indem er mit aller Kraft einschlug. Ein weiteres Mal und wie aus einem Mund grölten die beiden Recken: »Einmal Canadiens, immer Canadiens!«

Dann verstummten sie ein wenig unsicher, und es herrschte Schweigen, wie immer, wenn alles gesagt ist. Diesen Moment wählte der Portier, der immer noch an der Tür stand, um sich lautstark zurückzumelden.

»Hab ich's doch gewusst! Als ich Monsieur D'Amour ankommen sah, habe ich mich gleich daran erinnert, dass Sie beide eng befreundet sind, und ich habe nicht gezögert, ihn einzulassen. Der Direktor kann uns mal! Ich war noch Page, als Sie damals in genau diesem Zimmer hier Ihre denkwürdige Feier veranstaltet haben. Also wirklich, Monsieur Ladouceur, was für eine Ungerechtigkeit, dass Sie wegen derart lächerlicher Schäden gehen mussten … Ich kann Ihnen versichern, wenn ich in jener Nacht das Sagen gehabt hätte, hätte niemand jemals etwas davon erfahren.«

Der kleinere der beiden NHL-Spieler warf dem allerkleinsten Anwesenden – dem Kind – einen besorgten Blick zu, ehe er sich wieder dem trotteligsten Anwesenden – dem Portier – zuwandte und ihm ohne Tonspur, lediglich durch seinen stahlharten Blick, nahelegte, sich nicht weiter über dieses Thema auszulassen. Endlich die Klappe zu halten, um es deutlich zu sagen. Maxime verstand den Wink, hielt ohne Widerrede den Mund und schloss gleich darauf auch die Tür hinter sich. Leider nicht für lange. Doch wenigstens öffnete er die Tür nicht ganz, sondern schob sie nur einen Spalt weit auf. Den Mund hingegen …

»Ladouce, falls Sie irgendetwas brauchen, zögern Sie nicht, Sie wissen, wo Sie mich finden. Aber nur mal so aus Neugier, ehe ich verschwinde, das bleibt natürlich unter uns, aber mir scheint, ich hätte da ein Kind in Ihrer Suite gesehen, übrigens steht es gerade vor mir und schaut mich an. Wäre es indiskret, Sie zu fragen, was es hier macht?«

»Verzieh dich endlich an deine Rezeption! Los, ab ins Körbchen!«

»Sie sind aber auch zu witzig, zum Schießen, ehrlich. *Wuff! Wuff!* Ich verschwinde. Kein Maxime mehr! Ab ins Körbchen. Aber ich bin immer da, falls Sie irgendetwas brauchen. *Wuff, wuff!*«

Diesmal schloss der Portier tatsächlich brav die Tür und

ward nicht mehr gesehen. Georges D'Amour musterte das Kind, das ihn mit Blicken verschlang, ehe er sich wieder seinem alten Kumpanen zuwandte.

»Stimmt, was hat der Kleine hier zu suchen? Und wieso läufst du als abgebrannte Prinzessin durch die Gegend?«

Das Kind, das sich mit ihm anzufreunden versuchte, rang sich ein Lachen ab, doch sein Idol würdigte ihn keines Blickes. Martin Ladouceur hingegen biss die Zähne zusammen, kassierte schweigend den Stich und bestimmte Herz zu seiner Trumpffarbe.

»Das erkläre ich dir später. Aber was machst du eigentlich hier? Warum bist du nicht zu Hause, im Warmen, bei deiner Familie? Ihr saht so glücklich und zufrieden aus …«

Georges D'Amour senkte den Kopf, um die Erinnerung daran abzuwenden, wie Martin Ladouceur schneebedeckt vor seiner Tür gestanden und ihn angefleht hatte, ihn einzulassen.

»Können wir uns irgendwo in Ruhe unterhalten?«

Zehn Minuten später lag der Umhang des Weihnachtsmanns auf den weißen Fliesen des Badezimmerbodens, während durch die geschlossene Tür der scheppernde, quälende Soundtrack eines Videospiels hereindrang, ab und an unterbrochen durch martialische Rufe. Die Wangen mit einer dicken Schicht Rasierschaum bedeckt, schien Martin Ladouceur ebenfalls Höllenqualen zu durchleiden, während er sich abmühte, Barthaare und unauflöslich mit seiner Haut verklebte Federkiele gleichermaßen abzurasieren. Georges D'Amour saß unterdessen auf der Toilette und hatte so einiges über sein Leben zu erzählen, das nicht ganz dem entsprach, was die Zeitungen darüber schrieben. Und schon gar nicht dem, was er Journalisten darüber anvertraute.

»Ich halte diese Weihnachtsfeierei einfach nicht mehr aus … Sie schreien, sie brüllen … Ich schwör dir, Kinder … Seit heute Morgen rennen die vier durchs ganze Haus, um rauszukriegen, durch welche Öffnung der Weihnachtsmann hereinkommen wird. Heute Nachmittag haben sie sich um den Föhn geprügelt, jede wollte die Schönste sein, wenn er kommt … Als sie ihre Geschenke ausgepackt haben, nachdem du wieder weg warst, hat Julie gemerkt, dass sie vergessen hatte, Batterien zu kaufen, damit sie überhaupt funktionieren. Also bin ich schnurstracks zum Laden an der Ecke gefahren und durfte all den Obdachlosen, denen es draußen zu kalt war und die nicht wussten, wo sie sonst hinsollten, Autogramme geben. Als ich eine halbe Stunde später wieder nach Hause kam, war Julie mit den Nerven am Ende, weil die Mädchen immer noch wegen der Batterien rumheulten. Und dann hat sie mir verkündet, dass es an der Zeit sei, sie ins Bett zu bringen, während sie ins Bad geht und ihre Gurkenmaske auflegt …«

Auf dem Bürgersteig der Île-des-Sœurs hatte Martin Ladouceur einen neidvollen Stich verspürt, als er sich vorstellte, wie sein Kumpel diesen Heiligabend in seinem gemütlichen, warmen Heim verbrachte, während er selbst bereit war, bis in alle Ewigkeit ziellos durch den Schnee zu stapfen. Jetzt genoss er beinahe die Klagen seines Freundes, dem er noch immer nicht verziehen hatte.

»Armer Kerl … Und was ist dann passiert?«

»Seit sie in irgendeinem Buch gelesen hat, dass es Kinder, die Angst vor Ungeheuern haben, beruhigt, wenn der Vater sie ins Bett bringt, soll ich ihnen Geschichten erzählen … jeden Abend, außer wenn ich ein Spiel habe. Also lege ich ihnen eine Kassette mit einer Geschichte von Prinzen und Prinzessinnen ein, bleibe fünf Minuten bei ihnen, stehe auf, und dann wollen sie alle noch einen Gutenachtkuss, das nimmt überhaupt kein Ende mehr, aber gut, irgendwann schaffe ich es dann doch immer raus ... Und weil heute Abend Weihnachten ist, habe ich mir gedacht: ›Und was ist mit mir? Wo bleibt mein kleines Geschenk?‹ Ich gehe also zu Julie ins Schlafzimmer und sehe, wie sie gerade ihre zwei Schlaftabletten schluckt. Da war mir klar, dass ich mein Geschenk abhaken kann. Also hab ich mir gesagt, meinetwegen, schläfst du eben wieder mal wie der letzte Trottel auf dem Sofa ein. Ich schalte den Fernseher ein, zappe ein bisschen rum ... Und jetzt rat mal, was ich da gesehen habe. Na, kommst du drauf? Hallo? Ich rede mit dir, Ladouce! Weißt du, was ich da gesehen habe?«

Martin Ladouceur war zusammengezuckt und hatte sich mit dem Rasiermesser geschnitten, als Georges D'Amour die Stimme erhoben hatte. Hastig griff er nach einem weißen Handtuch, hielt es unter den Wasserhahn und drückte es auf das, was im Grunde nur ein kleiner Kratzer war.

»Nein, natürlich nicht. Woher soll ich das wissen?«

»Pass auf, du wirst es nicht glauben. Beim Zappen stoße ich auf diese Tierdoku. Tiere sind genau wie Kinder, die ertrage ich einfach nicht. Aber da sehe ich doch tatsächlich ein Gnu, das alles bespringt, was ihm in die Quere kommt. Mitten in der Savanne. Das kümmert sich einen Dreck um die Krokodile, die Geparden, seine Kinder, seine Frau oder die anderen Gnus, die ihm dabei zusehen. Er will sie nur alle miteinander durchvögeln! Und da hat es in meinem Kopf klick gemacht! Wir beide, du und ich, wir sind Gnus! So ein Gnu ist vielleicht nicht besonders clever, aber zumindest weiß es, was im Leben am meisten Spaß macht, hab ich recht?«

Im Spiegel beobachtete Martin Ladouceur, der immer noch mit den hartnäckig klebenden Federkielen an seinem Kinn kämpfte, Georges D'Amour in seinem maßgeschneiderten grauen Anzug, der nach Worten suchte und sich dabei im Schritt kratzte.

»Ladouce, erinnerst du dich noch daran, wie Julie war, als wir sie kennengelernt haben?«

»Mhm … vage.«

»Mach mir nichts vor, Ladouce! Ich weiß, dass du dich daran erinnerst, sie hat mir alles erzählt … Du würdest doch auch sagen, dass sie damals auf Sex stand?«

»So genau weiß ich das nicht mehr.«

Die Hand mit dem Rasiermesser, das sich seinen Weg durch Barthaare und Federn bahnte, erhöhte ihr Tempo. Martin Ladouceur trat näher an den Spiegel heran, um besser sehen zu können. Aber der Rasierschaum verdeckte alles. Natürlich erinnerte er sich an Julie, besser gesagt an Bambi, deren Schönheit, Kurven und Lebensfreude der gesamten Partyszene von Montréal bekannt waren. Diese Stripperin mit dem großen Herzen, die Königin der Tanzflächen, hatte ihn vor sich herumtanzen lassen, bis sie ihm schließlich einen Pas de deux vorgeschlagen hatte.

»Ladouce? Wir zwei, das gäbe doch tolle Kinder, meinst du nicht? Dein Talent auf dem Eis und meine Schönheit. Stell dir das mal vor.«

Er hatte es sich niemals vorstellen wollen. Die berüchtigten Unterhaltszahlungen … Aber er war verrückt gewesen nach Bambi mit ihrem Motto: »Ein Spieler der Canadiens, sonst nichts.« Er hatte sogar mit seinem Freund Georges darüber gesprochen.

»Wenn sie das nicht von mir verlangen würde, ich schwör

dir, dann würde ich das mit uns offiziell machen. Zu schade … Was soll's, komm, wir gehen was trinken.«

Aber letztlich hatte D'Amour Julie getröstet. Im Gegenzug hatte sie ihm alles gegeben, und zwar ohne lange zu warten.

»Ich will dir mal was verraten, ehe die Kinder kamen, war Julie eine Frau, die ihren Mann liebte. Sie kümmerte sich um mich, kochte das Essen, räumte meine Hockeytasche weg, faltete meine Trikots … verwöhnte mich, wenn mir danach war … Und jetzt, nichts mehr! Immer nur die Kinder!«

Das triste Leben dieser Hochglanzikone der gelungenen Verbindung von Liebe, Eishockey und Familie wollte Martin Ladouceur nicht geschenkt. Er hatte eindeutig nichts verpasst, als er Julies, besser gesagt Bambis Angebot, zusammen ein Kind zu zeugen, abgelehnt hatte. Jene Bambi, die Julie endgültig begraben hatte, um sich ausschließlich ihren Kindern zu widmen. Aber was war mit Georges, der sich erneut im Schritt kratzte? Hatte es ihn verändert, Vater zu sein?

»Und wenn es abends nicht geht, dann macht man es eben tagsüber, wenn die Kinder nicht da sind, oder? Tja, bei mir nicht! Neulich hatte ich einen trainigsfreien Tag. Da hat sie mich als Begleiter für einen Schulausflug in den Zoo eingetragen, dabei hätten wir beide gemütlich zu Hause bleiben und es in aller Ruhe treiben können. Glaub mir, ich bin an dem Tag durch die Hölle gegangen. Schon vier von denen machen mich fertig, aber da hatte ich zwanzig verwöhnte kleine Prinzessinnen von der Île-des-Sœurs am Hals, die nicht hören wollten! Zum Glück waren eine Journalistin von *Famille Québec* und ihr Fotograf dabei, die mich wegen eines Porträts begleiteten. Die waren mir wirklich eine große Hilfe …«

Martin Ladouceur hatte sein Kinn und seine rechte Wange von Federn befreit. Jetzt nahm er die linke Wange in Angriff, aber das Schwierigste würden die Augenbrauen werden. Bei der einen, die er mit Klebeband verbunden hatte, würde er lediglich den behelfsmäßigen Verband zu wechseln brauchen. Aber die andere, schneeweiße, stellte ein größeres Problem dar.

»Echt, Ladouce, du weißt gar nicht, wie froh du sein kannst, dass du keine Kinder hast.«

Martin antwortete nicht. Und auch sein Gegenüber saß schweigend auf dem Toilettendeckel, als hätte er alles herausgelassen, was er auf dem Herzen hatte.

Klopf-klopf-klopf!

Mit einem Satz sprang Georges D'Amour auf und verriegelte die Tür.

»Besetzt!«

»Aber mir ist langweilig allein ...«

Georges D'Amour kannte den Ratgeber für Eltern, die sich nicht von ihren Kinder nerven lassen wollen, auswendig und brauchte nicht lange nach einer Erwiderung zu suchen.

»Wir kommen gleich!«

»Ja, aber mir ist so langweilig!«

»Ich warne dich, wenn du nicht hörst, spielen wir nachher überhaupt nicht mit dir!«

»Ich mach nur noch schnell die letzten Federn weg, dann komme ich!«

»Spielst du dann mit mir, Georges?«

Gekränkt unterbrach Martin Ladouceur einen Moment seine Tätigkeit. Ohne sich die Mühe zu machen, dem Kind zu antworten, stand Georges D'Amour auf und streckte seine langen Glieder, während er Martin gleichzeitig einen Schnellkurs in angewandten Vaterwissenschaften verpasste.

»Siehst du, jetzt hast du Ja gesagt, und er wird nicht aufhören zu quengeln, bis du endlich nachgibst.«

»Er ist doch noch ein Kind …«

»Wenn du so etwas magst, leihe ich dir gerne meine.«

Martin Ladouceur reagierte auf den Vorschlag seines ehemaligen Teamkameraden mit einem schwachen Lächeln, jener etwas gezwungenen Grimasse, die vorgibt, ein Angebot ins Lächerliche zu ziehen, das man angeblich nicht ernst nimmt, obwohl man im Stillen ahnt, dass es sehr wohl ernst gemeint ist. Für Martin Ladouceur konnte sich Vaterschaft – die wahre, die den Erzeuger in einer Erweiterung seiner selbst in die nächste Generation fortsetzt – unmöglich in einem Mädchen verkörpern.

»Hättest du nicht lieber Jungs gehabt? Ich meine, wenigstens einen?«

»Klar, jedes Mal habe ich gehofft, es wäre ein Junge. Aber mittlerweile weiß ich gar nicht mehr, ob das so einen großen Unterschied gemacht hätte. Mein Problem sind Kinder ganz allgemein. Du hast eine Frau, dann hast du Kinder, und irgendwann hast du keine Frau mehr, weil sie sich nur noch um die Kinder kümmert.«

Auf halber Wange angekommen, fragte sich Martin Ladouceur, wieso er diese flammende Anklage seines Exzimmergenossen gegen Kinder, Familie und Vaterschaft über sich ergehen lassen musste. Georges D'Amour schaute zu Boden, als wäre das, was er sich zu sagen anschickte, vollkommen belanglos.

»Ach, übrigens, du hast mir immer noch nicht verraten, wer dieses Kind ist?«

»Ich passe für eine Freundin auf ihn auf.«

»Erzähl das jemand anderem, Ladouce! Als du vorhin weggegangen bist, sahst du nicht aus wie jemand, der gleich eine Annonce aufgibt, weil er einen Job als Babysitter sucht!«

In dem vernichtenden Blick, der ihn traf, erkannte selbst Georges D'Amour die Bitterkeit, die die Erwähnung dieses schmerzlichen Treuebruchs wachrief.

»Es tut mir leid, ich schwöre dir, das war nicht einfach für mich. Du hast ja gesehen, ich entscheide nichts in diesem Haus. Außerdem, ich bin ja trotzdem noch hergekommen. Na los, raus damit, sag mir, was der Kleine hier zu suchen hat. Ich erzähle dir doch auch alles.«

Martin Ladouceur zögerte kurz. Was würde es bringen, nicht zu antworten? Draußen wartete das Kind, und die Frage würde sich erneut stellen. Also erzählte er ihm alles. Von dem roten Ball, der kleinen Mütze, von Ginette. Nur die Visionen, die er in der Sauna gehabt hatte, verschwieg er dem überzeugten Heterophilen, der bereit war, als Gnu wiedergeboren zu werden, falls das Universum eine Savanne war. Stattdessen schilderte er voller Rührung das wundersame Erscheinen des Kindes aus der Hockeytasche.

Dann erwähnte er seine flüchtige Hoffnung und den brutalen Absturz, als Louise aufgetaucht war, um das Rätsel aufzulösen.

»Ehrlich, ich habe tatsächlich geglaubt, er sei meiner.«

»Du bist dunkel und der Kleine strohblond, da hätten dir doch ein paar Zweifel kommen können, oder nicht?«

Martin Ladouceur gestand die Zuneigung ein, die er – wider jede Vernunft – für dieses Kind empfand. Als verkörpere sie etwas Lebenswichtiges. Verwirrt kratzte sich Georges D'Amour nun nicht mehr im Schritt, sondern am Kinn.

»Bist du sicher, dass du Michel Mercier richtig verstanden hast?«

»Wenn dir ein Typ, der gerade Zwiebelringe verdaut, die in acht Tage altem Fett frittiert wurden, sagt, dass du möglicherweise Vater bist, dann vergisst du das nicht.«

»Und dieses Mädchen … Louise. Hast du sie wirklich nicht wiedererkannt?«

»Nein, ich habe sie nicht wiedererkannt, wie sollte ich auch, ich erinnere mich ja kaum noch an diese Nacht. Die sahen damals alle gleich aus. Ich erinnere mich nur noch daran, wie der Präsident vor mir stand, als ich aus dem Aufzug gekommen bin.«

Martin Ladouceur fuhr noch ein paarmal mit der Klinge über seine Wange, ehe er sich daranmachte, seine immer noch mit Federn verklebte Augenbraue abzurasieren – die würde schon irgendwann wieder nachwachsen. Hinter ihm kratzte sich Georges D'Amour nicht länger am Kinn.

»Wie ist sie denn so?«

»Was meinst du?«

»Interessiert mich bloß. Reine Neugier.«

Martin Ladouceur drehte sich um und schaute seinen Freund unendlich traurig an, bis dieser aus der Fassung geriet. Zumindest so weit, dass er aufhörte, sich im Schritt zu kratzen.

»Was denn? Darf man unter Kumpels nicht mal fragen?«

Martin Ladouceur fühlte sich zum Teil mit dafür verantwortlich, was aus Georges D'Amour geworden war, der inzwischen ein Gnu als Guru hatte. Als seine Eltern dem ruhmreichen Verein diese kaum zwanzigjährige Naturgewalt anvertraut hatten, war er ein wohlerzogener, disziplinierter junger Mann gewesen. Stolz darauf, Martin Ladouceur die

Hand zu schütteln, hatte sein Vater ihm die Schlüssel zu seinem Leben überreicht.

»Er ist ein braver Junge, achten Sie gut auf ihn. Ich verlasse mich auf Sie.«

Noch am selben Abend hatte Martin Ladouceur seinen neuen Schüler ins *Sex Paradisio* geführt und sich darüber amüsiert, wie der junge Mann bei jedem neuen Mädchen, das sich auf der Bühne zur Schau stellte, mit den Augen rollte.

»Meine Damen und Herren, begrüßen Sie zum zweiten Teil ihres Auftritts ... Bambiiiii!«

Er hatte sie ihm alle vorgestellt, sogar Bambi. Es hatte ihm Spaß gemacht, das Versprechen, das er dem Vater gegeben hatte, zu brechen, und da es sehr viel leichter ist, jemanden nach unten zu ziehen, als ihn nach oben zu heben, hatte das Resultat nicht lange auf sich warten lassen. Georges D'Amour war der Komplize seines Mentors geworden. Aber an jenem bewussten Abend hatte der junge Schüler Julie zum ersten Mal zu einem romantischen Dinner eingeladen und Martin Ladouceur daher nicht auf seine schicksalhafte Tour ins Hotel begleitet.

»Jetzt sag schon! Ich will hier nicht noch ewig sitzen und warten.«

Zwar schreibt man von oben nach unten, doch Männer, die Frauen lieben, beschreiben immer von unten nach oben.

»Sie sieht ziemlich gut aus, glaube ich.«

Martin Ladouceur bewies damit nicht etwa eine plötzliche Schamhaftigkeit, es war nur so, dass seine ganze Aufmerksamkeit dem Kind gegolten hatte. Natürlich hatte er Louise angeschaut, aber ganz sicher nicht von Kopf bis Fuß. An die Farbe ihrer Augen erinnerte er sich nicht. Die Gegenwart des kleinen Martin hatte seine Sensoren durcheinandergebracht.

»Aber sie ist wirklich nett, das ist sicher.«

Georges D'Amour hakte nicht weiter nach. Aber seine Neugier wurde nicht enttäuscht. Während Martin Ladouceur seine Wange fertig rasierte, klopfte es an die Tür.

»Besetzt!«

»Martin, ich bin's, Louise, warum haben Sie sich im Bad eingeschlossen?«

Mit einem Satz drängte sich Georges D'Amour vor den Spiegel und richtete seinen Anzug, sein Hemd und seine Haare, während Martin Ladouceur sich Wasser ins Gesicht spritzte, um seine Wangen von Rasierschaum zu befreien. Noch bevor er nach dem Handtuch greifen konnte, hörte er schon das Hauchen eines Gnus, das seinen Atem prüft, gefolgt vom Quietschen eines zurückgeschobenen Riegels.

»Entschuldigen Sie, Monsieur.«

»Nenn mich nicht Monsieur, nenn mich Labarre, wie alle anderen auch.«

Louise atmete scharf aus – nicht vor Ärger, sondern vor Abscheu – und verdrehte die Augen, ehe sie ihren Blick wieder auf Martin Ladouceur lenkte, der aus dem Bad kam und sich dabei das Gesicht fertig abtrocknete.

»Als ich reingekommen bin, stand er am Fenster …«

Ein Schauer erfasste den Mann mit den rosigen Wangen. Vor Schreck schlug er sich sogar eine Hand vor den Mund. Dann zog er sie wieder weg, um zu sprechen.

»Georges musste unbedingt mit jemandem reden, und die Federn juckten so stark, dass ich es nicht mehr ausgehalten habe.«

»Entschuldigen Sie, ich verstehe schon.«

»Aber wo wir gerade von Federn reden, wussten Sie, dass er nicht mehr an den Weihnachtsmann glaubt?«

Die Frau konnte sich ein verlegenes Lächeln nicht verkneifen. Doch es verflog rasch wieder, als sie hinter sich jemanden spürte, der sie mit Blicken auszog. Sie drehte sich um, und es machte Peng! Peng! Peng! Getroffen, aber nicht tot, verwarf Georges D'Amour den direkten Ansatz und entschied sich für die indirekte, möglichst emotionale Variante. Er wandte sich dem Kind zu, das jetzt vor dem Fernseher saß und sein Videospiel weiterspielte, und breitete die Arme aus.

»Hey, mein kleiner Martin, du bist mir sympathisch. Sollen wir zusammen spielen? Ich bin unschlagbar!«

»Maman, sieh nur, das ist Georges D'Amour, in echt! Und er will mit mir Nintendo spielen!«

Louise ließ sich nicht täuschen, sie hatte das Manöver durchschaut. Schon saß der Aufreißer neben ihrem Kind auf dem Boden und hatte einen der Joysticks gepackt. Martin Ladouceur bewunderte ihren Scharfblick und überraschte sich dabei, wie er sie zum ersten Mal mit anderen Augen sah. Ihr hellbraunes Haar war hochgesteckt, nur ein paar Strähnen lösten sich in ihren Nacken. Sie hatte zarte Gesichtszüge. Tatsächlich war sie sehr hübsch. Vor sieben Jahren hatte das Leben sicher noch nicht die Zeit gehabt, diese Ringe unter ihre Augen zu zeichnen, und ihre Fältchen mussten weniger ausgeprägt gewesen sein. Wenn sie an jenem Abend auf dem Spielerparkplatz des Forums an die Autoscheibe geklopft hätte, hätte er ihr aufgemacht. Frauen verfügen über die Gabe, einen auf sie gerichteten Blick zu spüren, und über die Macht, dessen Dauer zu bestimmen. Langsam drehte sich Louise zu Martin Ladouceur um. Diesmal verdrehte sie nicht die Augen, sondern musterte ihn mit leiser Traurigkeit im Blick.

»Bitte, Martin, sehen Sie mich nicht so an.«

Hatte er absichtlich verloren, oder mangelte es ihm an Übung – immerhin hatte er vier Töchter? Was auch immer der Grund dafür war, der Schrecken des Eises war in diesem Kampf virtueller Monster schon wieder niedergemacht worden.

»Du bist einfach super! Und was du für schöne Augen hast, genauso schön wie die deiner Mutter!«

»Hast du gehört, Maman? Er hat gesagt, ich wäre super!«

»Und seine Augen sind genauso schön wie die seiner Mutter!«

Der breitschultrige Hüne in seinem Markenanzug stand auf und streckte sich. Geistesabwesend ließ er den Blick durch den Raum schweifen. Als dieser auf die Wand hinter dem Sofa fiel, riss er die Augen auf. Aber diesmal war seine ekstatische Überraschung nicht gespielt, sondern hundertprozentig echt.

»Hast du das gemalt?«

»Ja, ganz allein!«

»Wahnsinn! Ich bin beeindruckt!«

Martin Ladouceur wartete darauf, dass das Kind erwähnte, wem dieses Kunstwerk gewidmet war, aber vergeblich. Louise hielt es für angebracht, sich ebenfalls einmal anzuschauen, was ihren Sohn so stolz machte. Sie ging vom Flur in die Mitte des Wohnzimmers und drehte sich um. Auch sie brauchte ihre Überraschung nicht vorzutäuschen. Sie schwankte kurz und lehnte sich gegen die Rückenlehne des Sessels, um die Bilder besser betrachten zu können.

»Mein Gott …«

Unterdessen erklärte ihr Sohn seinem Mitspieler, der von einer urplötzlichen Faszination für Ninja Turtles erfasst worden war, begeistert, was er gemalt hatte. Louise wandte sich dem kleinlauten Martin Ladouceur zu. Mit der unverkennbaren Absicht, ihr alles zu gestehen und sie um Verzeihung zu bitten, kam er auf sie zu.

»Machen Sie sich keine Sorgen, ich lasse das auf meine Rechnung setzen. Es war, als ich mein Kost…«

»Psst… Es bedeutet mir sehr viel, was Sie für meinen Sohn getan haben.«

Die Worte drangen ihm geradewegs ins Herz, aber sie vermochten nicht den Ärger oder, besser gesagt, die Eifersucht zu lindern, die er fühlte, weil der kleine Martin jegliches Interesse an ihm verloren hatte. Er hatte Georges D'Amour zu seinem Helden erkoren, der Martin Ladouceur im Umgang mit Kindern meilenweit voraus war.

»Na, was könnten wir denn jetzt noch Schönes machen?«

In diesem Moment hätte Martin Ladouceur damit leben können, nicht in dem gleichen Maße geliebt zu werden, wie er das Kind zu lieben glaubte. Aber er wäre zumindest gerne sein Favorit gewesen. Georges D'Amour warf erst Louise einen Blick zu – und dieser beschränkte sich beileibe nicht nur auf ihre Augen –, dann wandte er sich wieder an seinen kleinen Bewunderer, der sich mittlerweile als sein bester Freund wähnte.

»Sag mal, kleiner Mann… was wäre dein allergrößter Traum?«

HALT DIE HÄNDE GERADE UND STRECK DIE ARME AUS!

Die Scheibenwischer fegten den Schnee weg, der immer noch auf Montréal fiel. So spät am Abend waren die leeren Straßen genauso weiß wie die verwaisten Bürgersteige. Pierre-Léon, der am Steuer des Taxis saß, fuhr vorsichtig. In der Ferne sprang eine Ampel auf Gelb, und er drückte unverzüglich das Bremspedal. Ganz sanft, ohne dass die Räder blockierten und ins Rutschen gerieten, kam das Taxi, einige Sekunden bevor es rot wurde, mehrere Meter vor der Ampel zum Stehen.

»Hey, da wären wir doch noch locker drübergekommen!«

Im Rückspiegel sah Pierre-Léon, wie Georges D'Amour hinten rechts auf der Rückbank den Arm hob und auf das Zifferblatt seiner Armbanduhr klopfte.

»Bei dem Tempo brauchen wir ja zwei Stunden!«

»Wenn ich ein Kind im Wagen habe, fahre ich immer langsamer. Und Ihr Freund hat mir gesagt, dass er der Mutter versprochen hat, vorsichtig zu sein, also fahre ich noch langsamer.«

»Aber ich habe Familie, ich kann nicht erst mitten in der Nacht nach Hause kommen!«

Die beiden Martins, der kleine auf dem Schoß des großen, drehten sich gleichzeitig zu Georges D'Amour um, der nun aus dem Fenster schaute, um dort ungeduldig vor sich hin zu brüten.

»Was seht ihr zwei mich so an?«

Man glaubt oft, Kinder bekämen nichts mit, dabei durchschauen sie die Dinge ganz genau. Und wenn es heißt, ihr Mund tue Wahrheit kund, so liegt das daran, dass sie die Wahrheit selbst zwar nicht unbedingt kennen, aber dafür häufig die richtigen Fragen stellen.

»Warum bist du überhaupt mitgekommen, wenn du gar keine Lust hast?«

»Das ist Erwachsenensache. Hat deine Mutter dir nicht beigebracht, dass man keine Fragen stellen soll?«

Die Ampel wurde grün. Langsam nahm der große, weiße Wagen seine Fahrt durch die Nacht wieder auf. Die Räder hatten sich noch nicht dreimal gedreht, als die Ampel an der nächsten Kreuzung auf Gelb umsprang. Unverzüglich wurde der Chevrolet Caprice wieder langsamer.

»Hey, Fahrer, das hast du doch jetzt hoffentlich nicht an jedem Block vor, oder?«

»Halt die Klappe, Georges. Habe ich mich im Hotel nicht deutlich genug ausgedrückt?«

»Schon gut, Ladouce, beruhige dich.«

Wer sich in einer misslichen Lage befindet, hat sich diese oft genug selbst zuzuschreiben. Wenn der Koloss der Canadiens nun widerwillig mitten in der Nacht in diesem Taxi saß, dann nicht, weil es seine Idee oder seine Entscheidung gewesen wäre, und trotzdem war es ganz allein seine Schuld.

Als Georges D'Amour Martin zuvor in der Hotelsuite gefragt hatte, was dessen allergrößter Traum sei, hatte dieser ihm seine Antwort ins Ohr geflüstert.

»Das würde dir wirklich Freude machen?«

»O ja!«

»Du willst wirklich mit mir Hockey spielen?«

Martin Ladouceur hatte die Weigerung des Kleinen, sich mit ihm auf die gleiche Weise die Zeit zu vertreiben, noch genau im Ohr. Statt seinem ehemaligen Teamkameraden – einem ernst zu nehmenden Gegner in diesem traurigen Wettstreit um die Zuneigung des Jungen – das Scheinwerferlicht allein zu überlassen, hatte er beschlossen, in den Kampf einzusteigen. Dabei sein ist schließlich alles.

»Ich habe ein Dutzend Schläger, du hast deine roten Bälle. Alles, was wir brauchen, um eine Menge Spaß zu haben! Was sagst du dazu? Wir drei zusammen …«

»Ja!«

Louise hatte gelächelt, und das Kind war mit einem Satz aufgesprungen und in den Flur der Suite gerannt, wo die mit Klebeband umwickelten Schläger lagen, jenem Klebeband, das auch die Augenbraue von Martin Ladouceur bedeckte. Davon überzeugt, dass es schon reichen würde, das Kind zu umgarnen, damit die Mutter mit ihm in die Federn sank, hatte Georges D'Amour den Einsatz erhöht.

»Ich hatte gedacht, wir gehen raus und spielen auf richtigem Eis!«

»O ja, richtiges Eis!«

»Na gut, dann los, zwei Blocks von hier gibt es eine Freilufteisbahn!«

Lag es am schäbigen Verhalten von Georges D'Amour, oder trieb ihn jene typisch männliche Dummheit, die darin besteht, immer und um jeden Preis der siegreiche Hahn auf dem Mist zu sein? Wie auch immer, Martin Ladouceur hatte nicht klein beigeben wollen, sondern all seine verbliebenen Chips gesetzt.

»Was würdest du sagen, wenn ich mit dir ins Forum fahre?«

Und schon war Martin Ladouceur wieder der Favorit. Georges D'Amour hatte zwar noch Anstalten gemacht, den Einsatz ein weiteres Mal zu erhöhen, doch sein Rivale hatte ihm dazu keine Gelegenheit mehr gelassen. Erbarmungslos hatte er seinen Royal Flush ausgespielt.

»Da, wo ich über zweihundert Tore geschossen habe!«

»…«

»Zweihundert Tore? Hast du das gehört, Maman, Martin hat zweihundert Tore geschossen!«

Von Georges D'Amour, der auf diesem mythischen Eis lediglich sieben mickrige Treffer, davon drei Eigentore, erzielt hatte und dem keine Chips mehr blieben, die er in dieser Partie Lügenpoker hätte einsetzen können, hatte man kein Wort mehr vernommen. Louise hatte die Partie beendet und den Sieger gekürt, ohne verhehlen zu können, dass dieser auch ihr Favorit war.

»Ins Forum zu fahren, ist eine sehr gute Idee. Dort ist das Eis wenigstens überdacht. Besser, als bei dieser Kälte draußen zu spielen.«

»Maman, ich fasse es nicht, ich werde im Forum spielen!«

Auch die Mutter konnte nicht fassen, was sie da gerade erlaubt hatte. Aber wie hätte sie dieses Angebot ablehnen können – eine einzigartige Erfahrung für ihren Sohn, der ebenfalls wie beiläufig im besten Moment einen Royal Flush auszuspielen verstand.

»Maman, auch wenn es jetzt Nacht ist, das ist der schönste Tag in meinem Leben!«

Die Ängste und Befürchtungen der Erwachsenen bringen Kinder um viele Freuden, während Vertrauen ihnen den Zugang zu Feldern öffnet, auf denen sie glücklich umhertollen. Louise war so nah an Martin Ladouceur herangetreten, dass sie ihn beinahe berührte. Vor Überraschung war er erstarrt.

»Ich gebe ihn in Ihre Obhut, Martin. Nur Sie sind für ihn verantwortlich.«

»Sie können sich auf mich verlassen.«

»Bleiben Sie nicht zu lange, früher oder später wird er doch müde.«

»Wir drehen nur ein paar Runden auf dem Eis und schießen ein paarmal aufs Tor. Ich nehme den Orangensaft und den Schokoriegel mit, die ich für ihn hatte hochbringen lassen, falls er Hunger bekommt.«

»Sie denken wirklich an alles. Martin hat großes Glück, dass er Sie kennengelernt hat.«

Martin Ladouceur hatte in seinem Leben schon einige Komplimente bekommen, aber dieses erreichte sofort Platz eins. Er war nicht mehr dazu gekommen, diesen ersten Platz der Kategorie »Beiläufige Sätze, die einfach guttun«, zu genießen, denn ein Blick auf Louise, die plötzlich besorgt dreinschaute, hatte seine Freude gedämpft.

»Gibt es ein Problem, Louise?«

»Es ist mir sehr unangenehm, Sie darum zu bitten, aber ich habe meine Betten immer noch nicht gemacht, und Martin muss schlafen, wäre es möglich, dass er vielleicht hier bei Ihnen schläft, wenn Sie wieder zurück sind?«

»Ja, natürlich! Er kann ins Schlafzimmer, und ich schlafe auf dem Sofa … Ich schlafe unheimlich gern auf Sofas!«

Louise hatte gelächelt. Kein Zweifel, je länger sie diesen

Mann kannte, umso mehr schätzte sie ihn. Ohne jede Berechnung oder verborgene Absichten offenbarte er seine besten Seiten, indem er sich um ihren Sohn kümmerte, wie es niemand zuvor jemals getan hatte.

»Würden Sie ihn dann gleich nach Ihrer Rückkehr zu Bett bringen? Bei meinem Rückstand werde ich bestimmt keine Zeit haben, noch einmal hochzukommen und ihm einen Gutenachtkuss zu geben.«

»Sie können sich auf mich verlassen!«

»Passen Sie auf, dass er vorher noch einmal auf die Toilette geht, sonst wacht er bald wieder auf. Am besten erzählen Sie ihm eine Geschichte. Und vergessen Sie vor allem nicht, ihm seinen weißen Teddybären zu geben, sonst bekommt er Albträume.«

»Das kriegen wir schon hin.«

Georges D'Amour hatte vielleicht eine Schlacht verloren, aber nicht den Krieg. Mit großen Schritten war er auf die Frau zugegangen und hatte sich mit ernster Miene als Retter in der Not aufgespielt.

»Vielleicht können die beiden ja allein fahren, und ich helfe Ihnen?«

Wenn ein Bild mehr sagt als tausend Worte, dann war der Blick, mit dem Louise das Gnu bedachte, zehntausend wert. Eine Art Anthologie der Verachtung in zehn Bänden.

»Georges, mein Sohn wäre sehr enttäuscht, wenn Sie Ihr Versprechen nicht halten würden. Da ich nicht glaube, dass wir noch einmal Gelegenheit haben werden, uns wiederzusehen, sage ich Ihnen gleich hier Lebewohl und Danke.«

Louise hatte ihm nicht einmal die Hand gegeben. Georges D'Amours Hoffnung, kurz zu verschwinden, um dann umso siegreicher wiederzukehren – nach Möglichkeit auf ein satinbezogenes Bett –, war zerstoben, ja geradezu pulverisiert worden.

»Also gut, na ja, dann … *bye* … und gern geschehen.«

Martin Ladouceur hatte nicht riskieren wollen, dass das Gnu sich eine neue Strategie ausdachte, und so hatte er ihm rasch die Hockeyschläger in die Hand gedrückt. Dann hatte er eilends seine Ausrüstung zusammengerafft und das Kind aufgefordert, ihm zu folgen.

»Aber was ist mit mir, Ladouce, wie soll ich spielen?«

»Mach dir keine Sorgen, mein kleiner Martin, ich habe da schon eine Idee. Du bekommst die schönsten Schlittschuhe der Welt.«

Das Forum war nur noch drei Ampeln entfernt. Während der Blick von Georges D'Amour die Erschöpfung eines Arbeiters verriet, der mit hängendem Kopf zu einer Überstunden-Nachtschicht in die Fabrik zurückkehrt, funkelten Martin Ladouceurs Augen, als er das Kind betrachtete, das fasziniert jenes Mekka des Eishockey entdeckte, wo die Canadiens de Montréal ihre eigene Legende geschrieben hatten. Die Legende vom besten Eishockeyverein aller Zeiten, der dreiundzwanzigmal den Stanley Cup gewonnen hatte.

»Wahnsinn, ich darf ins Forum!«

Einen Fuß in diesen Tempel zu setzen, und sei es auch nur, um von den Stehplätzen über den Rängen aus ein Spiel zu sehen, war kein Glück, sondern ein Privileg. Die Plätze wurden für das ganze Jahr, das ganze Jahrzehnt, das ganze Leben reserviert. Saisonabonnements wurden vererbt. Auch nur für einen Abend einen Platz zu ergattern, glich einem Wunder. Das Forum de Montréal war weder die Lunge eines ganzen Volkes noch sein Herz, es war seine Seele.

»*Go, Habs, go!*«

Das Kind blinzelte nicht mehr, um jedes Detail des Bauwerks zu erfassen, das nun vor ihm auftauchte. Martin Ladouceur sah sich selbst wieder, im gleichen Alter, als sein Vater ihn hierher mitgenommen hatte.

»Hör gut zu, was ich dir jetzt sage, mein kleiner Martin. Es gibt zwei Sorten von Menschen, diejenigen, die im Forum gewesen sind, und die anderen, die nie dort waren.«

Über allen, die das Privileg hatten, die Helden in ihrem Tempel zu sehen, schwebt der Schatten derer, die dort gespielt haben. Wenn sie das dreifarbige Trikot überstreifen, dieses veritable Ruhmesgewand, werden sie zu Göttern, schon zu Lebzeiten geheiligt. Sechs Fuß unter Eis begraben, erheben sich manche noch höher als andere, weil sie sich mit ihren Treffern in die Herzen der Menschen gespielt haben.

»Ladouce, stimmt es, dass es hier Geister gibt?«

Für diese Götter unter den Göttern bedeutet es die höchste Weihe, in den Stand der »Geister des Forums« erhoben zu werden. Die Legende besagt, dass diese durch ihre Triumphe unsterblich gewordenen Ahnen im Forum umgehen, um das Glück stets zum Vorteil der glorreichen Canadiens zu wenden. Denn der Glaube, vor allem wenn er uns glücklicher macht, liefert immer eine Erklärung für das, was unmöglich scheint.

»Geister mit Superkräften, so wie bei den *Ninja Turtles*?«

»Ja, so ungefähr.«

»Wirst du auch ein Geist, wenn du mal tot bist?«

Martin Ladouceur war eine Zeit lang das Idol der Massen gewesen, aber er würde niemals ein Geist werden. Damit der Tod dir dieses Glück beschert, musst du zu Lebzeiten zum großen Tor hinausgegangen sein, nicht durch die kleinste und schändlichste Pforte, die der Flucht. Was sollte er dem Kind darauf antworten, ohne es zu belügen? Georges D'Amour, der verächtlich schnaufte, als Pierre-Léon an der letzten Ampel vor dem Forum hielt, obwohl sie gerade erst Gelb zeigte, nahm ihm die Antwort ab.

»Die Geister beschützen dich auf dem Eis, nicht in den Nachtclubs!«

Das Kind verstand nicht. Martin Ladouceur verzichtete darauf, es ihm zu erklären, und bedachte lediglich seinen einstigen Freund mit einem finsteren Blick. Gereizt, weil das Taxi für seinen Geschmack nicht schnell genug fuhr, machte dieser seinem Ärger Luft.

»Hey, beeil dich gefälligst, du Schnecke! Ich werde erwartet!«

Während Louise gerührt ihrem Sohn nachgesehen hatte, der vollkommen aus dem Häuschen war bei der Aussicht, dort Schlittschuh zu laufen, wo keiner seiner Plagegeister aus der zweiten Klasse jemals einen Fuß hinsetzen würde, hatte Charles-David die beiden Martins mit seinem blitzenden Kofferwagen vor der Suite erwartet.

»Monsieur D'Amour hat uns gesagt, dass ihr gleich mit Gepäck nachkommen würdet, und da hat Maxime darauf bestanden, dass ich euch abhole.«

»Darf ich mitfahren?«

Der junge Page hatte die Hockeytasche auf den roten Samtboden seiner prächtigen Karosse gelegt und den kleinen Martin vorne aufspringen lassen. Er war sogar so nett gewesen, den Wagen im Laufschritt vor die Türen des Aufzugs zu schieben.

»Den Knopf drücke ich!«

Als sich die Türen im Erdgeschoss geöffnet hatten, legte der Portier gerade den Telefonhörer auf und wandte sich wieder dem zappeligen Georges D'Amour zu, der an der Rezeption stand.

»Gute Neuigkeiten, Monsieur D'Amour! Ihre Bestellung müsste gleich eintreffen. Wir erwarten morgen früh eine größere Gruppe Japaner, die in den Genuss unserer hochklassigen Bettwäsche kommen werden, und da wir immer großzügig planen, sind noch mehrere Sets Satinlaken übrig. Es freut mich sehr, Ihnen eines davon als Geschenk des Hauses zur Verfügung zu stellen.«

Als er Schritte und den Kofferwagen hörte, hatte sich Georges D'Amour hastig zu der Prozession umgedreht, die in Richtung Ausgang strebte.

»Ladouce, ich muss mit dir reden!«

»Das machen wir im Taxi.«

»Nein, komm her, ich muss *jetzt* mit dir reden. Es gibt eine Programmänderung!«

Martin Ladouceur hatte bereits verstanden, aber um Gewissheit zu haben, war er hinter eine der großen Marmorsäulen getreten, wo ihn das Kind nicht sehen konnte. Sofort war der heftig schnaufende Koloss zu ihm herübergekommen.

»Dein Portier ist echt stark. Ich habe ihn um eine kleine Lieferung gebeten, eine Blondine, eine Brünette, und es hat nicht mal zwei Minuten gedauert, da hatte er alles geregelt. Er setzt das als ›Wellnessbehandlung‹ auf deine Rechnung. Julie kriegt nichts mit. Ich gebe dir das Geld am Montag beim Training. Sie sind schon unterwegs, ich bin spitz wie Nachbars Lumpi! Und weißt du, was das Beste ist? Er spendiert uns die Satinbettwäsche!«

Es war Martin Ladouceur vielleicht nicht gelungen, dem

Kind die Kunst des blitzschnellen, überwältigenden, nach Möglichkeit überraschenden Angriffs beizubringen, aber er selbst beherrschte sie immer noch aus dem Effeff. Georges D'Amour hatte noch kein *Schluck* herausgebracht, als er schon mit dem Nacken an der Marmorsäule klebte. Natürlich kannte er seinen eigenen Ruf, der sich auf unzählige gebrochene Nasen gründete, aber er wusste auch um den seines brutalen, kompromisslosen Angreifers.

»Ladouce, ich kriege keine Luft mehr.«

Eine Prügelei hätte Spuren hinterlassen. Wie hätte er Julie ein blaues Auge oder eine aufgeplatzte Lippe erklären sollen? Daher hatte Georges D'Amour gar nicht erst versucht, sich zu befreien, sondern es vorgezogen, Martin Ladouceur daran zu erinnern, was überhaupt erst zu dieser Situation geführt hatte.

»Als du bei mir warst, hast du gesagt, du würdest ein paar Mädchen ins Hotel bestellen. Glaubst du im Ernst, ich wäre hergekommen, um den Babysitter zu spielen?«

»Du hast es versprochen, also bestell die Mädchen gefälligst wieder ab.«

»Gar nichts werde ich! Du kannst ja meinetwegen mit dem Kleinen *Holiday on Ice* aufführen, ich beziehe das Bett. Da siehst du, was ich für ein netter Kerl bin, ich verlange nicht mal von der Mutter, das zu übernehmen.«

Obwohl sich Georges D'Amours Nacken bereits dicht an der Marmorsäule befand, hatte Martin Ladouceur lediglich fester gegen seinen Hals zu drücken brauchen, um festzustellen, dass noch ein wenig Spielraum blieb. Diesmal hatte sein Opfer die erste Strophe eines Liedes angestimmt, das an diesem Abend im Hotel ziemlich in Mode war.

Schluck!

»Du hast es dem Jungen versprochen, nicht nur seiner Mutter. Danach kannst du machen, was du willst, aber jetzt hältst du gefälligst die Klappe und fährst brav mit.«

Georges D'Amour hatte seinen Körper entspannt, als gäbe er auf. Dann hatte er sich in der Kunst der blitzschnellen, überwältigenden, nach Möglichkeit überraschenden Verteidigung versucht. Aber Martin Ladouceur hatte damit gerechnet. Sofort war seine Hand zwischen die Beine des Hünen gefahren und hatte mit festem Griff jene Attribute gepackt, die ein Gnu, das davon träumt, durch die Savanne zu tollen, um keinen Preis zerquetscht sehen möchte.

Schluck! Schluck!

Martin Ladouceur ließ nicht locker. Seelenruhig wartete er die Wirkung der Behandlung ab.

»Einverstanden, Ladouce … Einverstanden … Ich komm ja mit, aber dann lässt du mich mit deinen verdammten Geschichten in Ruhe.«

Martin Ladouceur hatte das Gnu losgelassen. Im selben Moment durchzog ein Pfeifen die Lobby wie von einer Luftmatratze, aus der langsam die Luft entwich. Georges D'Amour hatte sich von der Säule gelöst, seinen Anzug zurechtgezogen und war, ohne seinem Folterknecht zu danken, zum Portier hinübergegangen, der so tat, als hätte er von alldem nichts mitbekommen.

»Guten Abend, Monsieur D'Amour, was verschafft mir erneut die Ehre?«

Der Koloss mit den tönernen Hoden hatte sich über den Tresen gebeugt, um dem Portier seine neuen Anweisungen zuzuflüstern. Das Kind war auf Martin Ladouceur zugegangen, hatte ihn bei der Hand genommen und ihn zur großen Ausgangstür gezogen, die Charles-David für sie geöffnet hielt.

»Euer Taxi wartet.«

»Leg die Tasche in den Kofferraum, wir kommen gleich.«

Martin Ladouceur hatte das ungeduldige Kind zurückgehalten und sich zur Rezeption umgedreht, um sich zu vergewissern, ob Georges D'Amour sein Versprechen auch hielt.

»Verstehen Sie doch, Monsieur D'Amour, ich urteile nicht, ich habe Ihnen ja sogar geholfen, Ihr dringendes Bedürfnis zu befriedigen, aber wenn ein Gast zufällig Ihren Freundinnen hier begegnen würde, könnte er einen völlig falschen Eindruck von unserem Haus gewinnen. Es ist mir unmöglich, sie hier warten zu lassen, ich weiß nicht, woher sie kommen, und es wäre mir sehr viel lieber, wenn sie sich hier nur in Begleitung aufhielten ...«

Martin Ladouceur spürte die kleine Kinderhand in seiner eigenen, und es schien ihm, als wäre sie eine Erweiterung seiner selbst, als wären sie beide untrennbar miteinander verbunden. Martin und Martin ergaben eins. Aber um eins zu bekommen, musste man vorher zu zweit gewesen sein. Unglücklicherweise erkannte er weder Louise wieder, noch gab es auch nur den geringsten Hinweis darauf, dass diese so sehr um das Glück ihres Sohnes besorgte Mutter ihn anlog. Dabei wünschte er sich nichts sehnlicher, als dass der kleine Martin von ihm wäre.

»Wir beide sind schon ein tolles Team!«

Mit ein paar über den Tresen geschobenen Scheinen hatte Georges D'Amour endlich das geeignete Argument gefunden, um Maxime zu überzeugen. Diskret hatte der Portier sie in seiner Tasche verstaut.

»Fahren Sie ruhig, Monsieur D'Amour, ich regle das schon. Vielleicht könnte ich ihnen etwas zu trinken anbieten, um ihnen die Wartezeit zu verkürzen?«

Georges D'Amour war kaum ein paar Schritte durch die Lobby gegangen, als auch schon die süße Melodie des in Strömen fließenden Nektars und das Geräusch auf den Boden fallender Tropfen erklangen – die gierige, wenig erfahrene Hand hatte den Grand Cru überschwappen lassen. Martin Ladouceur hatte nicht einmal mit der Wimper gezuckt, als sich Maxime schamlos erneut an seinem Cheval-Blanc-Vorrat vergriffen hatte. Er war lediglich zur Seite getreten, um Georges D'Amour vorbeizulassen.

»Okay, Leute, Beeilung!«

Als die Ampel an der Ecke Avenue Atwater und Rue Sainte-Catherine auf Grün umsprang, fuhr der Chevrolet Caprice langsam los.

»Fahr geradeaus weiter bis zur Ecke De Maisonneuve.«

Der Wagen fuhr an dem gewaltigen Glasbau entlang, dessen große Fenster den Blick in das mit alten Trikots, alten Schlittschuhen und Fotos von legendären Spielern dekorierte Innere freigaben. Pierre-Léon trat ein letztes Mal auf die Bremse, und der Wagen hielt direkt vor einem Diensteingang am Ende des Gebäudes. Von der Rückbank drang ein lautes, erleichtertes Stöhnen.

»Keine Gefahr, dass wir heute irgendeinen Geschwindigkeitsrekord brechen!«

Georges D'Amour schälte sich aus dem Wagen und holte hastig die Hockeytasche aus dem Kofferraum, während Pierre-Léon das Taxameter anhielt.

»Fünf Dollar fünfzig.«

»Lass den Zähler laufen, stell das Auto ab und komm mit, wir brauchen einen Tormann.«

»In meinem Alter, sind Sie noch bei Trost?«

»Au ja, ich habe noch nie mit einem richtigen Torhüter gespielt ... In der Schule haben wir keine Ausrüstung.«

Anfangs schüttelte der Taxifahrer noch den Kopf, doch als er bemerkte, wie das Kind die Finger kreuzte, um das Glück zu beeinflussen, konnte er nicht länger widerstehen. Er sprang aus dem Auto und verlor mit einem Schlag jegliche Ruhe und Zurückhaltung.

»Nicht zu fassen, ich werde im Forum spielen!«

Ohne zu zögern, trommelte Martin Ladouceur mit der Handfläche gegen die stählerne Tür.

»Bist du verrückt, Ladouce? Du weckst noch das ganze Viertel auf!«

»Halt die Klappe, Labarre!«

Niemand reagierte. Sollte dieses Versprechen nur ein Traum gewesen sein? Das Kind schaute zum Initiator dieses Ausflugs hinüber, und dessen besorgter Blick verhieß ihm nichts Gutes. Georges D'Amour hingegen hatte seine gute Laune wiedergefunden.

»Okay, keiner da. Wir kommen ein anderes Mal wieder. Los, Dingsbums-Léon, mach den Kofferraum auf, damit ich den ganzen Krempel wieder einräumen kann.«

Martin Ladouceur hämmerte so fest gegen die Tür, dass er sich nach einer Weile bücken und etwas Schnee aufheben musste, um seine Handfläche damit zu kühlen.

»Was ist? Machst du mir jetzt den verdammten Kofferraum auf oder nicht?«

Enttäuscht, wenn auch nicht ganz so sehr wie das Kind, zog Pierre-Léon den Schlüssel aus der Tasche.

Georges D'Amour riss ihn an sich, rannte zum Auto, öffnete den Kofferraumdeckel des Chevrolet und warf die Tasche hinein.

»So, und zurück fahre ich, das geht schneller, Opi ruht sich erst mal aus.«

Martin Ladouceur wollte nicht aufgeben. Das Taxi hupte. Georges D'Amour saß hinter dem Steuer und hatte bereits den Motor angelassen. Der kleine Martin hatte seinen Traum mittlerweile begraben, genau wie Pierre-Léon, der schon Anstalten machte, mit dem Kind wieder einzusteigen. Plötzlich brüllte hinter der Stahltür ein Mann los, noch halb verschlafen und unüberhörbar wütend darüber, dass man ihn aus dem Bett geholt hatte.

»Du hast genau zwei Minuten, um zu verschwinden, sonst rufe ich die Polizei!«

»Ich bin's, Ladouce!«

»Ja, klar, und ich bin Wayne Gretzky!«

Martin Ladouceur sah kurz zu den Wartenden. Keiner wagte, ihn anzuschauen. Er näherte seine Lippen dem Spalt in der Tür, um sicher zu sein, dass der andere ihn auch hörte.

»Gaëtan? Wer außer einem Typen aus Sainte-Claire weiß, dass bei Romuald jeden Montag von fünf bis sieben Bingo gespielt wird?«

Sofort wurde die schwere Metalltür aufgeschlossen. Ein Mann Anfang sechzig in einer marineblauen Uniformjacke über einem zerknitterten Schlafanzug breitete die Arme aus und zog Martin Ladouceur an seine Brust, der in den Augen zweier seiner Begleiter unverzüglich seinen alten Glanz wiederfand.

»Hättest du nicht gleich sagen können, dass du das bist! Wie soll ich dich denn erkennen, eine Augenbraue abrasiert, die andere zugeklebt? «

Der dritte Begleiter hingegen stieg aus, holte die Hockeytasche aus dem Kofferraum und schlug den Deckel mit einem lauten Knall wieder zu.

»Das gibt's doch nicht, jetzt macht dieser Vollidiot auch noch auf!«

In der Spielern, Mitgliedern des Hockeyverbands, VIPs und Journalisten vorbehaltenen Eingangshalle feierten der Nachtwächter des Forum de Montréal und der einstige Star dieses Ortes ein überschwängliches Wiedersehen, wie es nur Verwandtschaft oder eine gemeinsame Herkunft ermöglichen.

»Soll ich dir was verraten, Pierre-Léon? Gaëtan und ich kommen aus demselben Dorf!«

Martin Ladouceur drückte den alten Mann noch fester an sich. Abgesehen von ihrer gemeinsamen Herkunft war er genau genommen auch der Erste seit seiner Rückkehr, der sich offensichtlich darüber freute, ihn wiederzusehen.

»Alles klar, ihr Schwuchteln?«

Sofort lösten sich die beiden Männer voneinander. Georges D'Amour grinste hämisch, ohne den Nachtwächter zu begrüßen, der seine Höflichkeit erwiderte, indem er voller Zuneigung eine Hand auf Martin Ladouceurs Schulter legte.

»Weißt du, Martin, du hast dir hier ja wirklich einiges geleistet. Aber die ganzen Jungs vom Forum mögen dich, weil du dir immer die Zeit genommen hast, Hallo zu sagen. Nicht wie heute, wo sich manche für Stars halten!«

Die Worte verhallten ungehört bei Georges D'Amour, der keine große Lust hatte, sich auf ein Gespräch mit dem niederen Volk einzulassen, vor allem da seine ganze Aufmerksamkeit auf den kleinen Zeiger seiner Armbanduhr gerichtet war.

»Hast du gesehen, wie spät es ist? Im Hotel läuft mein Taxameter, und sogar doppelt!«

Gaëtan zeigte ebenso wenig Interesse an Georges D'Amour, wie dieser ihm entgegengebracht hatte. Stattdessen richtete er den Blick auf das Kind, das sich hinter Pierre-Léon versteckte.

»Ach, dann stimmt es ja, was ich gehört habe, du hast tatsächlich einen Sohn …«

Martin Ladouceur spürte, wie sich plötzlich sein Kiefer verkrampfte und sein Fuß nervös auf den Boden klopfte. Der Nachtwächter ging auf den Jungen zu.

»Wie heißt du denn?«

»Martin.«

»Wie dein Papa?«

»Nein, wieso? Mein Papa heißt doch nicht Martin.«

Selbst nachdem er am Heiligabend mitten in der Nacht aus dem Schlaf gerissen worden war, also nicht gerade in sonderlich klarem Zustand, begriff der Nachtwächter, dass er auf sumpfiges Terrain geraten war.

»Also gut, was habt ihr denn hier Schönes vor?«

Die Kabine der Spieler, die die ganz besondere Ehre haben, das dreifarbige Trikot der Canadiens zu tragen, ist ein wahrer Tresor, der hinter verschlossenen Türen die Schätze des Forums birgt. Nur diejenigen, die auf dem Eis Blut und Schweiß opfern, dürfen sie betreten. Hier pflegen die lebenden Legenden ihren Teamgeist, der sie eint und untrennbar miteinander verbindet.

»Setz dich dahin, das war damals mein Platz!«

»Nein, Ladouce, du und D'Amour, ihr könnt reingehen. Der Kleine und dein Freund dürfen mal gucken, aber nichts anfassen und sich nicht hinsetzen. Sie müssen sich in den Toiletten umziehen.«

Auf der Stelle drehte sich Martin Ladouceur zu dem Kind um, das, gefolgt von Pierre-Léon, mit hängendem Kopf wie ein Paria Richtung Flur schlich. Teamgeist, das bedeutet auch gegenseitige Treue und Solidarität. Martins hitziges Blut begann zu brodeln.

»Wenn sie sich dort umziehen, dann ich auch!«

Gaëtan erstarrte. In fast achtzig Jahren Geschichte hatte sich noch nie ein Spieler der Canadiens in den Toiletten umgezogen. Seine schmalen Schultern könnten die Verantwortung für ein solches Sakrileg niemals tragen. Ohne noch länger zu zögern, deutete er auf die roten Holzbänke, auf die sich sonst die verschwitzten Hintern der Eishockeylegenden niederließen.

»Na gut, meinetwegen. Aber nur, weil ich dich mag, Ladouce … Du stammst aus meinem Dorf, und ich bin mit deinem Vater zur Schule gegangen. Und dein S… äh … ich meine, der Kleine da … sieht ja auch wirklich nett aus.«

Das laute Freudengeheul, in das der Junge und Pierre-Léon gleichzeitig ausbrachen, hallte durch die Kabine. Martin Ladouceur jedoch lächelte nicht, er war viel zu sehr damit beschäftigt, den Nachtwächter zu beobachten, dem es schwerfiel zu glauben, dass der Kleine nicht der Sohn des Großen sein sollte.

»Tja, dann geh ich mal das Licht einschalten und ein Tor aufstellen!«

Gesagt, getan. Schon war er verschwunden.

»Hey, Gaëtan! Warte!«

Der alte Zerberus in seiner Uniformjacke über dem Schlafanzug drehte sich nicht einmal mehr um. Durch den Flur klang eine bereits ferne Stimme.

»Ja …«

»Der Kleine hat keine Schlittschuhe. Sei so gut und tu mir einen Gefallen …«

Ein paar Minuten später band Martin Ladouceur, einen Helm auf dem Kopf, ein Trikot der Canadiens am Körper und seine Schlittschuhe an den Füßen, die Schnürsenkel des Kleinen, der mittlerweile genauso angezogen war wie er. Besser gesagt, fast genauso.

»Stell dir nur mal vor, alles, was du jetzt anhast, hat früher Dickie Moore getragen!«

Beim Anblick der Miene des Kindes fragte er sich, in welcher Zeichentrickserie der kleine Martin diesen Namen schon einmal gehört haben mochte. Gaëtan kam seinem Dorfgenossen zu Hilfe.

»Die Sachen habe ich extra für dich aus einer der Legendenvitrinen im ersten Stock geholt.«

»Als ich so alt war wie du, träumte ich davon, eines Tages so zu sein wie er!«

Die Wirkung dieser Worte auf den kleinen Martin war umgekehrt proportional zur Begeisterung, mit der der große seinen Kindheitstraum enthüllt hatte.

»Meine Schlittschuhe sind ja ganz alt …«

»Aber es sind Zauberschuhe, du wirst schon sehen!«

»Außerdem hatte Dickie Moore stinkige Schweißfüße.«

»Wenn du wüsstest, wie viele Tore er geschossen hat, würdest du das nicht sagen!«

Unsere Kindheitserinnerungen bestehen aus unzähligen verklärten Momenten, einem ganz privaten, intimen Erbe, das Jüngeren nur unter großen Schwierigkeiten zu vermitteln ist.

»Habt ihr eine Ahnung, wie lange ihr gebraucht habt, um

euch umzuziehen? Wenn wir nicht in zwei Minuten auf dem Eis sind, verschwinde ich.«

Georges D'Amour hatte sich für die Minimalausstattung entschieden. Zu seinem perfekt geschnittenen grauen Anzug hatte er lediglich seine Schlittschuhe angezogen. Pierre-Léon, der zum Torhüter bestimmt worden war, war noch damit beschäftigt, seine Beinschienen festzuschnüren.

»Gleich werde ich so mir nichts, dir nichts der erste schwarze Spieler im Trikot der Canadiens sein!«

Als Martin Ladouceur aufstand, konnte das Kind nicht anders, als ihn von den Schlittschuhkufen bis hinauf zum Scheitel seines Helms zu bewundern.

»Wow …«

Dank der Schlittschuhkufen um einige Zentimeter größer, die Schultern unter den Protektoren noch breiter als sowieso schon – er würde niemals durch die Tür passen –, gab der Eishockeyprofi eine beeindruckende Erscheinung ab.

»Wow …«

»Du findest, ich sehe aus wie ein Ninja Turtle, was?«

»Nein, überhaupt nicht!«

»Aha …«

»Eher wie Superman!«

Martin Ladouceur verzichtete lieber auf einen Turbo-Freudensprung, weil er Angst hatte, gegen die Decke zu knallen. In langen Phasen des Schweigens sind es die Blicke, die die schönsten Seiten eines Tagebuchs schreiben, welches man den anderen zu lesen gibt. Aber wer nicht gerne liest, verliert relativ schnell das Interesse daran.

»So, jetzt reicht's, ich fahre zurück, das ist ja wie in einem Kindergarten für glückliche Irre hier!«

Georges D'Amour brauchte nur ein paar Sekunden, um die Schnürsenkel seiner Schlittschuhe zu lösen und die Schuhe in die Mitte der geheiligten Kabine zu werfen. Er zog seine Straßenschuhe wieder an und schnappte sich seinen Mantel. An der Tür richtete er, sich im Schritt kratzend, den Zeigefinger auf Gaëtan.

»Sag dem Typen vom Equipment, er soll meine Schnürsenkel austauschen. Die bringen mir Unglück, das spür ich. Kapiert?«

Martin Ladouceur versuchte nicht, das Gnu zurückzuhalten, für das der Ruf der Savanne zu stark war. Er nahm einen der Hockeyschläger, die auf seiner Tasche lagen, und nahm Maß. Mit dem Daumennagel markierte er eine Linie in Kinnhöhe. Dann richtete er sich wieder auf, hob ein Knie, und zerbrach den Schläger mit einer präzisen Bewegung beider Arme an exakt der gekennzeichneten Stelle. Er reichte dem Kind seinen Schläger.

»Wow … Das schafft ja nicht mal Superman …«

Das Aufwärmen auf dem Eis dauerte etwas länger als vorgesehen. Zwar war Pierre-Léon mit Feuereifer bei der Sache, aber seine Beine waren nicht mehr ganz auf der Höhe seiner Begeisterung.

»Wissen Sie, in Haiti laufen wir nicht Schlittschuh, und jetzt, wo ich darüber nachdenke, fällt mir ein, dass ich in meinem ganzen Leben noch nie auf Schlittschuhen gestanden habe. Entschuldigen Sie, dass ich Ihnen das nicht vorher gesagt habe, aber um nichts in der Welt wollte ich das hier verpassen.«

Martin Ladouceur glitt langsam vorwärts und zeichnete große Schwünge auf das Eis, dicht gefolgt von dem Kind, das so schnell hinter ihm herflitzte, wie es nur konnte. Er warf einen amüsierten Blick auf den Taxifahrer, der auf Händen und Beinschonern zu seinem Tor gekrabbelt war und sich nun an den dicken roten Pfosten hochzog. Doch kaum stand er, da wäre er um ein Haar auch schon wieder umgefallen, weil aus den Lautsprechern eine tiefe Stimme über das Eis dröhnte: »Meine Damen und Herren … Bitte erheben Sie sich für die Nationalhymnen.«

Motiviert durch seine unverhoffte Beförderung vom Nachtwächter zum Mädchen für alles, hatte sich Gaëtan hinter die riesige Orgel hoch über den Zuschauerrängen des Forums gesetzt. Aus diesem Anlass hatte er die Uniformjacke abgelegt und trug nur den Schlafanzug. Ohne zu bemerken, dass das Kind blitzartig strammstand und auch Pierre-Léon sofort in Habachtstellung fiel, brüllte Martin Ladouceur DJ Gaëtan zu: »Lass die Hymnen, wir beginnen gleich mit dem Spiel. Los, schmeiß die Orgel an!«

Martin Ladouceur glitt zur Mitte der Eisfläche, um den Anstoß auszuführen, doch als er sich umdrehte, sah er aus dem Augenwinkel, wie der Kleine ihm missmutig folgte. Er bremste ab, wodurch eine Eiswolke aufwirbelte, und stellte sich aufrecht hin.

»Schon gut, Gaëtan, spiel uns die Hymnen!«

Das Kind riss die Arme hoch, nachdem es ein Tor geschossen hatte. Gaëtan spielte auf der Orgel das entsprechende Jingle und griff dann erneut zum Mikrofon, das er abgöttisch zu lieben schien.

»Tor von Martin, sein zwanzigstes heute Abend … nach einer Vorlage von … Martin!«

Der kleine Torjäger warf sich in die Arme des großen Vorlagenlieferanten, der ihn hoch in die Luft schwang und sich dabei zu erinnern versuchte, bis zu welchem Alter Eishockey für ihn noch ein Spaß gewesen war. Er musste zu jung gewesen sein, denn es fiel ihm nicht mehr ein.

»Es macht total viel Spaß, mit dir zu spielen, die aus der zweiten Klasse schießen nie Pässe!«

»Wir müssen jetzt nach Hause.«

»O nein …«

Aus den Lautsprechern echote Gaëtans Stimme wie ein Papagei: »O nein …«

Nur Pierre-Léon, der sich an seinen roten Pfosten klammerte, hatte nichts gesagt. Seine Körpersprache verriet, dass für ihn ein Traum in Erfüllung gegangen war, aber nichts deutete darauf hin, dass er eine weitere Runde herbeisehnte. Der Blick des Jungen hingegen war flehend. Wie könnte Martin Ladouceur ihm einen letzten Moment der Freude verweigern? Er richtete sich auf und wandte sich dem Mann zu, der nur noch einen einzigen Wunsch hatte: zu seinem Taxi zurückzukehren.

»Pierre-Léon, geh schon mal zur Kabine, wir machen noch ein paar Schlagschüsse, bis du vom Eis runter bist.«

Wie Jesus mit seinem Kreuz auf dem Rücken begann Pierre-Léon auf die Bande zuzukriechen, während das Kind vor Freude auf der Stelle hüpfte.

»Juhu!«

Und aus den Lautsprechern antwortete der Papagei: »Juhu!«

Der große Martin platzierte das Kind fünf Meter vor dem Tor. Er selbst stellte sich auf die Seite und ließ den Puck langsam auf den kleinen Spieler zugleiten. Das Kind hob seinen Schläger und ging dabei ganz selbstverständlich in die Hüften, was eine bessere Drehung des Beckens ermöglichte. Als sich die Gummischeibe wenige Zentimeter vor dem Schlagbereich befand, griff der Kleine zu einem ganz persönlichen Zaubermittel, das ihm zusätzliche Kräfte verleihen sollte.

»Ich habe die Superkräfte von Superman!«

Mit einem perfekten Timing senkte er den Schläger, und dank der Drehung sauste der Puck durch die Luft. Der Schuss war hart, schnell und vor allem präzise gewesen. Schon beim Klang hatte Martin Ladouceur verstanden. Ob ein Schuss perfekt ist, sieht man nicht, man hört es. Der Puck hob sich in die Luft und knallte mit einer solchen Wucht gegen den roten Pfosten, dass das *Peng!* in dem leeren Stadion widerhallte. Pierre-Léon, der immer noch nicht die Bande erreicht hatte, war vor Schreck sogar ein weiteres Mal bäuchlings aufs Eis gefallen. Nur die Stimme aus dem Lautsprecher vermochte das scharfe Geräusch zu übertönen.

»Wow …«

Dieses »Wow« hatte Martin Ladouceur schon einmal gehört. Er erinnerte sich an jede einzelne Sekunde, die diesem Ausruf gefolgt war. Sein Vater hatte sich auf der Miniatureisbahn im Garten ihres Hauses in Sainte-Claire vor ihn gekniet.

»Du hast Gold in den Händen, mein kleiner Martin. Verstehst du, was Papa dir sagt, Gold!«

An jenem Abend hatte sein Vater entdeckt, dass einer seiner Arme ein kleines bisschen kürzer war als der andere, eine Besonderheit, die nur vom Vater auf den Sohn vererbt wird und die eine perfekte Drehung ermöglicht.

»Ist das zu fassen, unsere Arme sind gleich, weil sie nicht gleich sind!«

Martin Ladouceur lief auf das Kind zu. Er hatte eine Vorahnung. Nein, er wusste es. Sein Kopf dröhnte, alles verschwamm vor seinen Augen. Als er das Kind erreichte, bremste er ab und zog ihm die Handschuhe aus.

»Halt die Hände gerade und streck die Arme aus!«

WENN ICH NICHT SEIN VATER BIN, WER IST ES DANN?

Sobald das Taxi vor dem Hotel hielt, kam Charles-David mit einem Schirm in der erhobenen Hand die Stufen heruntergestürmt. Im Wagen kam Pierre-Léon Martin Ladouceur zuvor.

»Was bin ich Ihnen schuldig?«

Der Fahrer, der ein blau-weißes Basecap der Nordiques de Québec trug, des Erzfeinds der Canadiens de Montréal, setzte seine Weitsichtigenbrille auf und schaute auf das Taxameter.

»Sechs Dollar und zwanzig Cent.«

»Kommt überhaupt nicht infrage, dass du bezahlst, Pierre-Léon! Warte, ich hole nur schnell mein Geld aus meiner Tasche im Kofferraum.«

Pierre-Léon beachtete ihn gar nicht und reichte seinem Kollegen einen Zehndollarschein.

»Ich hätte mir den Taxischlüssel sofort wiedergeben lassen müssen, nachdem Ihr Freund vor dem Forum den Kofferraum geöffnet hatte. Das war ein Fehlverhalten, für das ich jetzt zahlen muss.«

Der Fahrer reichte Pierre-Léon das Wechselgeld und hielt Martin Ladouceur einen unausgefüllten Quittungszettel hin.

»Dürfte ich Sie um ein kleines Autogramm bitten? Ich bin zwar Fan der Nordiques, aber einen Spieler der Canadiens in voller Montur im Auto zu haben, das wird mir sicher kein zweites Mal im Leben passieren!«

Der Erzfeind, der bis auf die Schlittschuhe, die er gegen seine Mokassins eingetauscht hatte, noch seine komplette Ausrüstung trug, kritzelte »Sportliche Grüße«, fügte »69« hinzu und unterschrieb. Diesen Moment wählte Charles-David, um die Tür zu öffnen und die drei Passagiere aussteigen zu lassen. Doch einer von ihnen machte schlapp.

»Meine Beine tun weh, und ich bin müde.«

Martin Ladouceur nahm das Kind auf den Arm, und wie selbstverständlich legte es den kleinen Kopf an sein dickes Schulterpolster. Während Charles-David die kleine Gruppe mit seinem Schirm vor dem Schnee schützte, reichte er Pierre-Léon einen Schlüsselbund.

»Ich habe mir erlaubt, Ihr Auto ein Stück weiter vorn an der Ecke zu parken. Es tut mir leid, dass Ihr Sitz noch feucht ist, aber Monsieur D'Amour hatte die Tür offen gelassen, und bei dem Schnee …«

»Du kannst nichts dafür, mein Junge, das ist der Himmel, der mich straft. Aber was ich gerade erlebt habe, ist es wohl wert, die Nacht mit einem nassen Hintern zu beenden. *Se bon dye ki konnen!*«

Pierre-Léon trat auf den Mann zu, der ihm diese einzigartige Nacht beschert hatte. Er musterte ihn kurz, ehe sein Blick zu dem kleinen Martin glitt, der sich an ihn klammerte.

»Seien Sie vorsichtig. Oft sieht man eher, was man sehen will, als das, was wirklich ist.«

Zärtlich küsste der Taxifahrer das Kind auf die Stirn, ehe er zu seinem wiedergefundenen Auto ging. Martin Ladouceur, der sich bemühte, die Bedeutung dieser Worte zu verstehen, sah ihm gedankenverloren nach. Er wartete, bis Charles-David die Hockeytasche und die Schläger aus dem Kofferraum geholt hatte, bevor er langsam auf das Hotel zuging.

»Ladouce, ich glaube, es wäre klüger, den Personaleingang zu nehmen. Es sind einige Leute in der Lobby, und ich bin mir nicht sicher, ob ihr sie sehen … oder … äh … hören wollt.«

»Ach ja, wer ist es denn?«

Auf der schmalen Treppe für das einfache Personal, das vor den Blicken der Gäste verborgen bleiben sollte, hörten sie Geschrei, das aus der Lobby drang.

»Das wirst du mir büßen!«

»Erbarmen, bitte nicht!«

Charles-David gab Martin Ladouceur ein Zeichen, ihm mit dem schläfrigen Kind auf dem Arm zu folgen. Die kahlen Wände um sie herum standen im krassen Gegensatz zum Luxus des restlichen Hauses. Der Page öffnete eine Tür zum Büro des Portiers. Der Gast bemerkte zwei leere Flaschen Cheval Blanc im Mülleimer. Doch sein ganzes Interesse galt der Tür vor ihm, durch die man hinter den Tresen der Rezeption gelangte. Um besser hören zu können, drückte er ein Ohr an die Türfüllung. Charles-David stellte die Hockeytasche auf den Boden, trat vor und nahm rasch einen Bilderrahmen von der Wand. Dann winkte er Martin Ladouceur zu sich. Zum Ton kam nun auch das Bild. Der Spiegel an der Rezeption, der zwischen dem Schlüsselkasten und der Tür zu Maximes Büro hing, war von der Rückseite her durchsichtig. Das Erste, was man erkennen konnte, war der Nacken des stark schwitzenden Portiers. Im Empiresessel hing Georges D'Amour, von dessen großspurigem Auftreten nichts mehr übrig war.

»Die Mädchen waren für Ladouce, ich habe mich nur mit ihnen unterhalten, bis er wieder zurück ist, und danach wollte ich sofort nach Hause kommen. Ich schwör's!«

»Ach tatsächlich? In Unterhosen, mit einem Satinbettlaken als Umhang, Tierrufe ausstoßend und in Gesellschaft von nackten Frauen, die kreuz und quer durchs Zimmer rennen und Orchideen aufs Bett werfen?«

Das derart bedrängte Gnu trabte nicht mehr friedlich durch die Savanne. Es stand einem Löwen gegenüber. Nein, viel schlimmer. Vor ihm stand eine Löwin, die ihre Jungen verteidigte.

»Ich behalte die Mädchen, das Haus, den Kombi und das Ferienhaus, die Wohnung in Miami teilen wir uns. Das Haus deiner Eltern in Rouyn-Noranda und den R5 überlasse ich dir. Du kannst am Montag vorbeikommen und deine Sachen abholen, ich pack sie dir in Müllsäcke. Aber vergiss nicht, mir vorher Bescheid zu sagen, dann lasse ich auch gleich meinen Anwalt dazukommen. Bis dahin hat er alles Nötige für den Unterhalt und die Aufteilung der Konten ausgerechnet.«

»Aber, Julie, ist dir klar, was du da sagst?«

»Wenn der Deal dir nicht fair erscheint, gehen wir vor Gericht. Aber ich warne dich, dann lasse ich die Fotos, die der Notar heute Abend gemacht hat, im *Journal de Montréal* veröffentlichen und sauge dich aus bis auf den letzten Cent!«

Martin Ladouceur schaute an Julie vorbei. Hinter ihr stand ein Mann in grauem Mantel mit schmalem Schnurrbart und dünn gerahmter Brille, der gerade den Film aus einem Fotoapparat nahm. Georges D'Amour stand auf und ging auf Julie zu, doch sie wich zurück.

»Wenn du mich anfasst, zeig ich dich an!«

Der Koloss fiel auf die Knie, sodass sein Gesicht nun fast auf gleicher Höhe war wie das seiner Frau, die zwar klein war, aber in ihrem Zorn deutlich größer wirkte.

»Julie, ich schwöre dir, ich kann nichts dafür! Du hast doch gesehen, wie ich ihn zu Hause abgewimmelt habe. Aber er hat mich angefleht … Äh, nein, er hat mich gezwungen … Ich wollte das nicht. Er hat mich unter Drohungen in dieses Zimmer verfrachtet. Ich schwöre es dir, Julie, du musst mir glauben! Frag den Portier, wenn du willst!«

Beide drehten sich zur Rezeption um, ohne dort jemanden zu entdecken. Doch Martin Ladouceur konnte von seinem Platz aus alles überblicken. Maxime, der hinter seinem Tresen hockte, schenkte sich ein Glas Rotwein ein, leerte es in einem Zug, machte hastig ein Kreuzzeichen und stand auf.

»Hier ist das Hotel Saint-Régis, was kann ich für Sie tun?«

Georges D'Amour kroch bis zum Tresen. Er legte seine massigen Unterarme auf die Platte und zwinkerte dem Portier nachdrücklich zu, ohne dass Julie es sehen konnte.

»Nicht wahr, ich habe mit den Mädchen überhaupt nichts zu tun. Ladouceur hat das alles eingefädelt.«

»Hm … Hm … Es tut mir leid, Monsieur D'Amour, aber unser Haus hat einen gewissen Ruf. Diese Art von Besuchen sind bei uns nicht üblich. Ich habe nicht die leiseste Ahnung, wie diese jungen Frauen hierhergekommen sein könnten.«

Mit einem Ruck schloss Julie D'Amour den Reißverschluss ihres Mantels und winkte dem Notar, ihr zu folgen. Der kniende Mann, vor dem Gesetz immer noch mit ihr verheiratet, sprang mit einem Satz auf und stellte sich ihr in den Weg. Ohne auch nur eine Sekunde nachzudenken, sprach er auf sie ein. Und das war ein Fehler.

»Er lügt, Julie, er hat mir sogar versprochen, sie als ›Wellnessbehandlung‹ auf Ladouceurs Rechnung zu schreiben!«

Die Frau musterte ihren Ehemann, besser gesagt ihren zukünftigen Exmann, mit einem Blick, in dem sich je zu einem Viertel Mitleid, Bestätigung, Belustigung und Resignation mischten. Im Geiste spulte der Mann seinen Text zurück, um ihn sich noch einmal vorzuspielen. Als er seine Worte hörte, begriff er mit einem Schlag, was ihm da herausgerutscht war. Julie ließ ihm keine Zeit, die Aufnahme zu manipulieren.

»Wie kann man nur so blöd sein?«

»Äh … Warte, Julie, ich kann dir alles erklären … So warte doch!«

Martin Ladouceur, an dessen Schulter das Kind mittlerweile eingeschlafen war, wollte hinter seinem Spiegel nicht länger zusehen, wie Georges D'Amour um Worte rang, während Julie schon nicht mehr da war. Er kam überhaupt nicht auf die Idee, ihn zu unterstützen. Die Verzweiflung des Ehemannes, der gerade von seiner Frau vernichtet worden war, berührte ihn genauso wenig wie die Erleichterung des Portiers darüber, den Ruf des Hotels und vor allem seine eigene Haut gerettet zu haben.

»Soll ich Ihnen ein Taxi rufen, Monsieur D'Amour? Oder wollen Sie lieber ein … Einzelzimmer? Um diese Zeit und angesichts dessen, was ich von Ihrer Unterhaltung mitbekommen habe, fühle ich mich verpflichtet, Ihnen einen Sonderpreis anzubieten … Was halten Sie von einem Nachlass von fünfzig Prozent?«

Mit einem Wink seines Kopfes forderte Martin Ladouceur Charles-David auf, ihm zu folgen. Er verließ das Büro durch den Dienstbotengang und ging nach oben, ohne von jemandem bemerkt zu werden. Er dachte kurz daran, im achten Stock anzuhalten, um mit Louise über das zu sprechen, was er nach dem unglaublichen Schuss ihres Sohnes herausgefunden hatte. Aber das Kind schlief in seinen Armen, und er wusste, dass die junge Frau die Betten der Japaner herrichten musste, die bei Sonnenaufgang erwartet wurden. Aber vor allem wollte er nach dem grandiosen Harakiri, das der Sumoringer D'Amour gerade vor seinen Augen begangen hatte, lieber erst einmal in Ruhe nachdenken. Wenn die Entdeckung, die er Louise zu präsentieren gedachte, sein Leben für immer verändern sollte, kam es auf fünf Minuten auch nicht mehr an.

Martin Ladouceur schloss leise die Schlafzimmertür hinter sich, nachdem er das Kind auf das große Bett gelegt hatte. In seiner Eishockeymontur durchquerte er das Wohnzimmer und ging zu Charles-David, der mit der Hockeytasche und den Schlägern im Eingangsflur auf ihn wartete.

»Schon gut, du kannst das Zeug hinlegen!«

Er griff nach seiner Hose, zog einen Zwanzigdollarschein aus der Tasche und hielt ihn dem jungen Mann hin.

»Nein, danke, Ladouce, das ist nicht nötig.«

»Nimm schon, du hast dich mir gegenüber immer anständig verhalten.«

»Nein, wirklich, ich möchte es nicht. Ich mache das nicht wegen des Geldes.«

Beinahe verlegen nach dieser Erwiderung, die fast schon wie eine Liebeserklärung klang, steckte Martin Ladouceur den Schein hastig zurück in die Tasche.

»So, jetzt muss ich über ein paar wichtige Dinge nachdenken.«

Zur großen Überraschung des Gastes rührte sich der junge Page nicht von der Stelle, sondern senkte lediglich den Kopf.

»Ladouce, darf ich dich um etwas bitten?«

»Klar, wenn es nicht zu lange dauert.«

»Als du hier angekommen bist, habe ich Nein gesagt, aber jetzt möchte ich doch gern.«

Martin Ladouceur dachte sofort an das – vor allem unter Männern – peinliche Missverständnis bezüglich seines Stanley-Cup-Rings, Gott hab ihn selig. Er entgegnete nichts, sondern begnügte sich damit, den Jungen arglos anzuschauen.

»Weißt du noch, als du mir angeboten hast, einen Schläger für mich zu signieren?«

»Ja, ich erinnere mich.«

»Ich habe abgelehnt ...«

»Ja ...«

»Aber jetzt hätte ich doch gerne einen.«

»Ach, hast du jetzt endlich Gefallen am Eishockey gefunden ...?«

»Nein, nicht am Eishockey ...«

Martin Ladouceur wusste nicht, wie er Charles-Davids Worte interpretieren sollte. Er hob einen seiner Schläger auf, holte den schwarzen Filzschreiber vom Couchtisch, setzte sich hin und legte den Schläger quer über seine Knie.

»Was soll ich denn draufschreiben?«

»Was du willst ...«

Der Champion wollte nicht »Für meinen Freund Charles-David mit sportlichen Grüßen« schreiben, denn auch wenn er nicht genau wusste, worauf die plötzliche Zuneigung des Pagen zurückzuführen war, wollte er ihm zeigen, dass er ihn mehr schätzte als die anderen. Es dauerte eine Weile, doch dann fiel ihm etwas ein.

»Für … meinen … wahren … Freund … Charles … David … mit … sportlichen … Grüßen!«

Nachdem er darauf verzichtet hatte, »69« hinzuzufügen, unterschrieb er und reichte den Schläger dem jungen Pagen, der unwillkürlich errötete. Hastig stand Martin Ladouceur auf.

»So, jetzt musst du mich aber allein lassen, ich muss mich konzentrieren …«

»Ja, Ladouce, entschuldige, dass ich dich gestört habe. Bis später.«

»Ja, genau, bis später.«

Als Charles-David die Tür hinter sich schloss, saß Martin Ladouceur bereits im Sessel. Er beugte sich vor und legte den Kopf in beide Hände. Er musste über all das nachdenken, was ihm in dieser Nacht passiert war, musste sich die Ereignisse in Erinnerung rufen, die Hinweise, die Worte eines jeden, die angehäuften Beweise, um Louise behutsam zu entlarven und ihre Beziehung bloß nicht zu gefährden.

»Und nun zu uns beiden, meine Liebe …«

Wer hatte das Kind und seinen roten Ball vor die Tür des einzigen in dieser Nacht belegten Zimmers bringen und sicher sein können, dass er dort sein würde?

»Louise!«

Wer hatte einen Generalschlüssel und konnte jederzeit in seine Suite, um dort die Mütze zu verstecken?

»Louise!«

Wer hatte eine absurde Geschichte von einem Reisenden erfunden, der niemals zurückkam, um ihren Sohn glauben zu machen, dass er natürlich einen Vater hatte, den sie ihm aber nicht vorstellen konnte?

»Louise!«

Wer hatte ihn gebeten, in seinem Zimmer auf das Kind aufzupassen, ohne ihn überhaupt zu kennen?

»Louise, immer wieder Louise!«

Wer hatte dafür gesorgt, dass er Michel Mercier begegnete, seinem ehemaligen Coach bei den Canadiens de Montréal, damit dieser ihm an den Kopf warf: »Mädchen für eine Nacht sind wie eine Eishockeysaison, es dauert neun Monate, bis das Ergebnis feststeht«?

»Ginette ...«

War Ginette Louises Komplizin?

»Das wäre ja wirklich die Krönung!«

Martin Ladouceur stand auf und begann im Zimmer auf und ab zu gehen. Ein abgekartetes Spiel zwischen dem Zimmermädchen und der Imbissbetreiberin schien auf den ersten Blick vollkommen unwahrscheinlich, denn keine von beiden hätte voraussehen können, wo er mitten in der Nacht etwas essen würde. Über sein Ziel hatte er erst entschieden, als er schon unterwegs war, und zwar mit ...

»Pierre-Léon!«

Pierre-Léon, der vor dem Haus von Georges D'Amour auf ihn gewartet hatte, obwohl er ihn fortgeschickt hatte. Pierre-Léon, der wie durch Zufall immer mit seinem Taxi unten vor dem Hotel stand und auf ihn lauerte. Pierre-Léon, der von Ginette aus jemanden angerufen hatte. Pierre-Léon, der das Kind zum Hotel gefahren hatte. Pierre-Léon, der sogar eingewilligt hatte, im Forum Schlittschuh zu laufen, um ihn nicht aus den Augen zu verlieren.

»Ein Haitianer, der Eishockey spielen möchte? Wie konnte ich ihm das bloß abkaufen?«

Er dachte Pierre-Léons letzte Worte, bevor er zu seinem Taxi zurückgekehrt war.

»Seien Sie vorsichtig. Oft sieht man eher, was man sehen will, als das, was wirklich ist …«

Martin Ladouceur musste sich wieder setzen. Dieser Satz war verschlüsselt, daran gab es keinen Zweifel. Oder hatte der doppelzüngige Fahrer versucht, ihn auf eine falsche Fährte zu locken, weil er fürchtete, bald enttarnt zu werden? Das Wichtigste war jetzt, sich noch einmal genau seine Unterhaltung mit Gaëtan in Erinnerung zu rufen, die es ihm erlaubt hatte, einen Teil des Geheimnisses um jene bald acht Jahre zurückliegende verrückte Nacht zu lüften.

Vom kleinen Martin gestützt, hatte Pierre-Léon gerade mühsam die Tür in der Bande erreicht, die es ihm ermöglichte, dem für ihn viel zu rutschigen Eis zu entfliehen, als der große Martin, noch ganz schockiert von seiner Entdeckung, Gaëtan am Fuß der gewaltigen Zuschauerränge des Forums abgefangen hatte.

»Danke, Ladouce, ich hatte schon lange nicht mehr so viel Spaß. Ich komme mir vor wie in einem Traum.«

»Als wir angekommen sind, hast du gesagt, du hättest gehört, ich hätte einen Sohn. Hat Michel Mercier dir das erzählt?«

Der Nachtwächter hatte sich schnell wieder gefangen, und das Lächeln war aus seinem Gesicht verschwunden.

»Weiß ich nicht mehr, Ladouce, ich erinnere mich nicht mehr … Gerüchte hört man hier ja ständig … Ich hab das einfach so dahingesagt, ohne mir was dabei zu denken … Tut mir leid, passiert ja schließlich nicht alle Tage, dass ein Spieler mitten in der Nacht mit einem Kind aufkreuzt, das nicht seins ist, und dich aus dem Schlaf reißt … So, jetzt muss ich aber die Lichter ausmachen. Und danke noch mal für das tolle Erlebnis … Sag mal, wie fandst du mich eigentlich am Mikrofon?«

Gaëtan hatte versucht, sich in Richtung der Verteilerkästen zu verdrücken, aber wenn man kurze Beine hat, holen einen die mit den langen Beinen schnell wieder ein. Und wenn sie sich vor einem aufbauen, dann sind sie unüberwindlich wie eine Mauer.

»Verarsch mich nicht, Gaëtan. Du hast das nicht einfach so dahingesagt!«

»Ich habe dir alles gesagt, was es zu sagen gab.«

»Wir kommen aus demselben Dorf, vergiss das nicht!«

»Ladouce, in drei Jahren geh ich in Rente, und ich weiß nicht mal, was ich danach manchen soll. Das Forum ist mein Leben.«

»Du bist ein Junge aus dem Dorf, Gaëtan, genau wie ich.«

»Hör mir auf damit! Das Dorf ist weit weg. Ich hab das alles hinter mir gelassen!«

Obwohl Martin Ladouceur Gaëtan um zwei Köpfe und eine Schlittschuhkufe überragte, hatte er nicht eine Sekunde daran gedacht, die Kunst des blitzschnellen, überwältigenden, nach Möglichkeit überraschenden Angriffs anzuwenden. Da es ihm nicht gelang, Gaëtan beim dörflichen Gemeinschaftsgefühl zu packen, versuchte er es über die gute alte Zeit, die die Menschen angeblich für alle Zeiten miteinander verband.

»Bitte, du kennst mich, seit ich so klein war … Du warst derjenige, der mich zum ersten Mal auf dem Schneepflug mitgenommen hat … Was wollte Mercier mir sagen?«

»Glaubst du im Ernst, der Coach kommt mit so etwas zu mir? Du weißt doch, dass hier keiner mit mir redet … Sie sehen mich, aber ich existiere nicht … Hast du gesehen, wie D'Amour mich behandelt? Ich höre bloß Satzfetzen, wenn sie an meinem Kabuff vorbeikommen … Die klebe ich dann zusammen … Aber manchmal haben die Sätze gar nichts miteinander zu tun. Und dann ergibt es überhaupt keinen Sinn, wenn ich sie zusammensetze … Außerdem, weißt du, Martin, es ist im Leben immer besser, den Mund zu halten, wenn man nichts zu sagen hat.«

Mit einem knappen Nicken hatte der alte Nachtwächter das Gespräch für beendet erklärt. Nachdem er Martin Ladouceur umrundet hatte, war er in dem Gang zwischen der Bande und den Zuschauerrängen verschwunden. Bald darauf ertönte ein Klicken, und Dunkelheit breitete sich wieder über die Eishalle. Bei seiner Rückkehr fand er den Spieler zusammengesunken auf einem Zuschauersitz.

»Besser, du gehst jetzt. Wir sehen uns am Montag beim Training.«

»Hast du seinen Schuss gesehen? Was glaubst du wohl, von wem er das hat?«

Martin Ladouceur hatte sich auf seinem Sitz aufgerichtet und die Arme verschränkt, um Gaëtan zu zeigen, dass er nicht gehen werde. Gaëtan hatte nur gelächelt, so sehr erinnerte die Haltung an ein schmollendes Kind. Er hatte ihn nicht lange warten lassen und sich neben ihn gesetzt.

»Es ging um eine Party in einem Hotel … danach war ein Kind unterwegs … Ein Mädchen hat sich beim Verein beklagt … Und der Verein wollte nichts davon wissen. Das ist alles, was ich gehört habe. Siehst du, das hat überhaupt nichts zu bedeuten. Jetzt weißt du alles. Aber verrate ja niemandem, dass ich dir das gesagt habe, Martin.«

Schweigend waren die beiden Männer die wenigen Stufen hinuntergegangen, die sie vom Eis trennten, und hatten es gemeinsam überquert, wobei der riesige Spieler bewusst langsam lief, damit der kleine Nachtwächter sich an ihm festhalten konnte und nicht hinfiel.

»Hast du nie daran gedacht, deinen Vater zu besuchen?«

»Nein.«

Ohne ein weiteres Wort hatten die beiden Männer den gegenüberliegenden Rand der Eisfläche erreicht. Als Martin Ladouceur den ersten Schlittschuh auf festen Boden setzte, hatte er betont beiläufig, den Blick ins Dunkel gewandt, gefragt: »Und was ist mit dir, siehst du ihn noch?«

»Nein ... Ich bleibe das ganze Jahr über in der Stadt, und er fährt im Sommer nach Old Orchard, seit er in Rente ist. Ich habe ihn ein paarmal beim Fünf-bis-sieben-Bingo bei Romuald getroffen. Hallo, wie geht's? Alles klar? Aber wir haben uns nicht mehr richtig unterhalten seit ... ich würde sagen, seit mindestens fünf Jahren! Seit du von den Canadiens weggegangen bist.«

»Das ist jetzt fast acht Jahre her.«

»Wie schnell die Zeit vergeht ...«

»So ist das Leben.«

»Du solltest wirklich versuchen, dich mit ihm auszusprechen, weißt du.«

Martin Ladouceur schloss die Schlafzimmertür, nachdem er sich vergewissert hatte, dass das Kind tief und fest schlief. Dann ging er in das Bad im Flur, um seine Hockeymontur auszuziehen, ließ sie auf die Fliesen fallen und spritzte sich kaltes Wasser ins Gesicht. Rasch zog er einen Jogginganzug an, ehe er zum Sessel zurückkehrte, sich hinsetzte und die Augen schloss, um sich wieder auf seine Ermittlungen zu konzentrieren, die zu seiner eigenen Überraschung so rasch Ergebnisse brachten.

»In meinem Kopf ist auf einmal alles ganz klar.«

Trotzdem musste Martin Ladouceur diesen Kopf erst einmal in beide Hände legen, weil er sich so schwer anfühlte. Als ihm jemand sacht auf die Schulter klopfte, schreckte er hoch.

»Aaaaahhhh!«

Hinter ihm stand das Kind, eine Hand in den Schritt gedrückt.

»Ich hab schlecht geträumt, weil ich meinen Kuschelbären nicht hatte, und als ich wach geworden bin, habe ich gemerkt, dass ich vor dem Schlafengehen nicht Pipi gemacht habe. Und außerdem hast du mir nichts vorgelesen …«

Wie hatte er das Pipimachen, die Gutenachtgeschichte und den Bären vergessen können? Dabei hatte Louise es ihm so nachdrücklich ans Herz gelegt. Er hätte es auf seine Liste schreiben sollen.

»Na gut, dann geh schnell aufs Klo, und danach schauen wir mal wegen deiner Geschichte, denn ich glaube, eigentlich ist es dafür schon viel zu spät. Das ist nicht vernünftig, du musst jetzt schlafen.«

Fünf Minuten später lag das Kind mit seinem Teddybären im Arm im Bett und betrachtete seinen Babysitter, der sich zu rechtfertigen versuchte.

»Das Problem ist, ich kenne keine Geschichten. Und ich habe auch keine Bücher, weißt du, ich lese nicht sehr viel, aber morgen gehen wir los und kaufen welche, so viele du willst, und dann lese ich sie dir vor. Jetzt komm schon, es ist Schlafenszeit.«

»Ich weiß, wo ein Buch ist. Ich brauche nicht mal aufzustehen, um es zu holen!«

Dreißig Sekunden später saß Martin Ladouceur mit ausgetreckten Beinen an das Kopfende des Bettes gelehnt, und die Nachttischlampe beleuchtete das prächtige Buch, das er aufgeschlagen hatte. Das Kind hatte sich unter die Decke gekuschelt und den Kopf so auf das Kissen gelegt, dass es die erste Seite sehen konnte, die Martin Ladouceur gerade aufschlug.

»Was ist das für ein Buch?«

»Äh … die Geschichte des Planeten … äh … Ninja!«

Das Kind erschauerte vor Freude und kuschelte sich in seine Decke. Martin Ladouceur räusperte sich und begann, mit dem Finger langsam über die Wörter fahrend, die schöne Geschichte vorzulesen.

»Am Anfang schuf … Splinter Himmel und Erde. Und die Erde war wüst und leer, und es war finster auf der Tiefe, und der Geist der Ninja Turtles … schwebte auf dem Wasser … Und Splinter sprach: ›Es werde Licht!‹«

Ohne das Buch aus den Augen zu lassen, zog das Kind die Decke hoch bis zur Nase.

»Und dann?«

»Und es ward Licht!«

»Wow …«

»Und Splinter sah, dass das Licht gut war. Da schied Splinter das Licht von der Finsternis. Splinter nannte das Licht Tag und die Finsternis Nacht.«

»Splinter ist echt toll mit seinen magischen Kräften!«

Martin Ladouceur empfand das als Ansporn und machte sich mit der Betonung, die dieser große Text verdiente, an die nächsten Zeilen.

»Da ward aus Abend und Morgen der erste Tag. Und Splinter sprach: Es werde eine Feste zwischen den Wassern, die da scheide zwischen den Wassern. Da machte Splinter die Feste und schied das Wasser unter der Feste von dem Wasser über der Feste. Und er nannte die Feste Himmel.«

Das Kind zog die Decke, die die Hälfte seines Gesichts bedeckte, wieder herunter, spulte die Szene in Zeitlupe vor seinem geistigen Auge ab und dachte nach. Ungläubig schaute er zu seinem Vorleser auf.

»Das kann doch gar nicht sein. Das ist totaler Quatsch!«

Diskret übersprang Ladouceur ein paar Absätze und suchte nach Passagen, an die er sich halten könnte, um dem plötzlichen Skeptizismus des Kindes Einhalt zu gebieten. Unterdessen begann der kleine Martin, des Wartens überdrüssig, allmählich wegzudämmern.

»Du wirst es nicht glauben, ich hatte falsch umgeblättert!«

»Dachte ich's mir doch …«

»Und Splinter sprach: Es wimmle das Wasser von lebendigem Getier, und Vögel sollen fliegen auf Erden unter der Feste des Himmels. Und Splinter schuf die Schildkröten und alles Getier, das da lebt und webt, davon das Wasser wimmelt, ein jedes nach seiner Art …«

»Oh, dauert das lange … wann … kommen denn … die mutierten … Ratten?«

Der Kopf des Kindes war schwer aufs Kissen gesunken. Es konnte kaum die Augen offen halten. Martin Ladouceur holte zum entscheidenden Schlag aus.

»Und Splinter schuf die Ninja Turtles zu seinem Bilde; er schuf Donatello, Raphaël, Michelangelo und … Leonardo.«

Der Vorleser hielt einen Moment lang inne, wagte nicht einmal, Luft zu holen. Erst als das gleichmäßige Atmen des Kindes zu hören war, klappte er behutsam das Buch zu. Eine Weile betrachtete er den fest schlafenden kleinen Martin –

welch wunderschöner Anblick. Dann schlich er auf Zehenspitzen aus dem Zimmer und schloss leise die Tür hinter sich. Als er sich umdrehte, stand Louise vor ihm und sah ihn unendlich zärtlich an.

»Sie haben ihm doch wohl nicht die Bibel vorgelesen?«

»Das war das Einzige, was ich hatte, aber keine Sorge, ich habe improvisiert.«

»Ich habe mir keine Sorgen gemacht. Außerdem habe ich Sie gehört, ich wollte Sie nur nicht stören …«

Für Martin Ladouceur war die Sache klar. Wenn die junge Frau ihn nicht hatte stören wollen, dann, weil sie dem Kind Gelegenheit geben wollte, mit seinem Vater zusammen zu sein. Der Moment war gekommen, seinen Beweis auf den Tisch zu legen. Aber dem Gedanken folgten keine Worte. Hatte er etwa Angst?

»Und wie läuft's bei Ihnen? Was machen die Japaner?«

»Fast fertig, aber es sind noch ein paar Zimmer übrig.«

»Ich würde Ihnen ja gerne helfen, aber ich will ihn nicht allein lassen. Man kann ja nie wissen … nicht wahr?«

Das war's. Er hatte Angst. Keine Angst davor, die Wahrheit zu sagen, aber Angst vor Louises Reaktion. Es gab vielleicht einen Grund, warum sie ihm nichts gesagt hatte. Trotzdem musste er es wissen. Sie kam auf ihn zu, so sanft.

»Sie können gut mit Kindern umgehen …«

Und da platzte es wie von selbst aus ihm heraus. Martin Ladouceur dachte nicht darüber nach, was er sagen sollte, er sagte einfach, was er dachte.

»Nein, ich kann nicht gut mit Kindern umgehen, ich kann gut mit *ihm* umgehen …«

Darin war alles enthalten. Der Satz war perfekt, der Ton so gewählt, dass ihr die Andeutung nicht entgehen konnte.

»Warum sehen Sie mich so an, Martin?«

Er lächelte geheimnisvoll und streckte vor den Augen der verblüfften Frau langsam die Arme aus.

»Was machen Sie denn da?«

Martin Ladouceur antwortete nicht. Das Lächeln wich aus seinem Gesicht.

»Schon gut, ich hab's gesehen, Sie haben zwei Hände. Was ist das für ein Spiel?«

»Das ist kein Spiel, Louise, aber Sie spielen mit mir … Na, los, raus mit der Sprache … Wenn ich nicht sein Vater bin, wer ist es dann?«

PAPA!

Lautes Geschrei auf dem Flur ließ Martin Ladouceur, der gerade im Eingang seiner Suite hockte und die letzte seiner drei großen Taschen schloss, zusammenzucken. Auf seiner verletzte Augenbraue klebte ein braunes Pflaster. Charles-David bückte sich und packte eine der Taschen, um sie auf den Samtboden seines goldenen Wagens zu legen, wobei er darauf achtete, die Weihnachtsgeschenke des Kindes nicht umzustoßen, die dort bereits aufgehäuft waren. Hinter der Tür erklangen wieder laute Rufe, gefolgt von schnellen Schritten einer wilden Verfolgungsjagd.

»Iie! Iie! Iie!«

»Hai! Hai! Hai!«

Vor einer Stunde hatte das Ballett der japanischen Jungfrauen begonnen, die sich nach einem endlosen Flug dagegen sträubten, sich erneutem luftigem Verkehr auszusetzen.

Charles-David schob den Wagen bis zur Tür und drehte sich zum Wohnzimmer um, wo Martin Ladouceur zu Louise getreten war. Die junge Frau hatte ihren Knoten gelöst und trug ihr langes, braunes Haar nun offen, die Uniform hatte sie gegen Jeans und einen weiten, bunt gestreiften Pullover getauscht.

»So, fertig, meinst du, ich kann ihn jetzt holen?«

»Ich komme lieber mit, Martin, falls er aufwacht.«

Kurz darauf tauchte der kleine Martin ohne jeden Protest in den Armen des großen wieder auf – er schlief noch. Louise folgte ihnen mit dem kleinen Rucksack und der Canadiens-Mütze in der Hand.

»Leg unsere Mäntel nur auf die Taschen, Charles-David, wir ziehen sie unten an.«

Der junge Page gehorchte. Er öffnete die Tür und machte sich so schmal wie möglich, um ihnen den Vortritt zu lassen.

»Schon gut, geh nur vor. Bei uns ist so ein Theater doch nicht nötig.«

Und so eröffnete Charles-David die Prozession, der Mann mit dem Kind folgte ihm, und Louise bildete nachdenklich den Abschluss. Beim Aufzug angekommen, drückte der Page den Knopf und drehte sich zu der jungen Frau um.

»Dann verlässt du uns also?«

»Ja, nachts zu arbeiten, ist einfach zu anstrengend.«

»Aber keine Sorge, Charles-David, wir kommen ab und zu vorbei und besuchen dich, Louise, der Kleine und ich.«

Der junge Mann lächelte Martin Ladouceur an. Der Aufzug steckte im achten Stock. Aus der Tür zur Feuertreppe stürmte eine Frau im Nachthemd, verfolgt von einem Mann im Kimono. Die beiden verschwanden am Ende des Flurs.

»Vielleicht hätte ich gar nicht so viel Zeit damit verschwenden sollen, ihre Betten herzurichten, sie benutzen sie ja doch nicht!«

Louise grinste Martin Ladouceur an. Das Paar, das gemerkt hatte, dass es am Ende des Flurs keinen weiteren Ausgang gab, rannte erneut an ihnen vorbei und entschwand durch die Tür zur Feuertreppe.

»Iie! Iie! Iie!«

»Hai! Hai! Hai!«

»Was rufen die da bloß die ganze Zeit?«

»Sie sagt Nein, und er sagt Ja.«

»Sprichst du Japanisch?«

»Ich habe auf der Hotelfachschule ein paar Wörter gelernt.«

»Sehr gut, es ist wichtig, in der Schule gut aufzupassen. Und was ist mit dem Kleinen, lernt er auch schön fleißig?«

»Er ist dieses Jahr in die erste Klasse gekommen. Da ist es noch ein bisschen früh, um das zu beurteilen.«

»Ich werde von jetzt an ein Auge darauf haben. Vielleicht helfe ich ihm sogar bei den Hausaufgaben.«

»Er hat ja noch nicht so viele …«

Das *Bing* ertönte, und endlich öffneten sich die Aufzugtüren.

Als die Kabine nach unten glitt, beobachtete Martin Ladouceur, wie die Neun auf der Anzeige über der Tür erlosch. Wieder musste er daran denken, wie derselbe goldene Käfig ihn fast acht Jahre zuvor in die Hölle hatte hinabstürzen lassen, als unten vor der Tür der ehemalige Präsident der Canadiens auf ihn wartete. Aber heute, mit dem Kind in seinen Armen, begann endlich sein Leben, das richtige Leben. Der Aufzug hielt im achten Stock. Die Türen glitten zur Seite und gaben den Blick auf einen eins fünfzig kleinen, gar nicht mal so dicken Japaner frei, der nichts außer einem Mawashi trug. Verzweifelt stand er in seiner Sumoverkleidung da und suchte offensichtlich jemanden.

»Asuka! Asuka? Asu … ka … Asu …! Asu?«

Der einsame Sumoringer trat in den Aufzug, weil er hoffte, sie dort zu finden.

»Asukaaaaaa!«

»Halt die Klappe, Tarzan, du weckst ihn noch auf!«

Zu spät. Das Kind auf Martin Ladouceurs Arm öffnete die Augen. Die Aufzugtüren schlossen sich und ließen den nach seiner verlorenen Jungfrau rufenden Japaner zurück. Louise lächelte ihrem Sohn zu. Noch halb schlafend, schaute er sich um, um herauszufinden, wo er war.

»Was machst du denn hier?«

Der große Martin schenkte ihm sein strahlendstes Lächeln.

»Ich trage dich, weil du geschlafen hast und ich dich nicht wecken wollte.«

Den kleinen Martin beeindruckte das nicht im Mindesten.

»Jetzt schlafe ich nicht mehr, ich bin schon groß, und ich kann selbst laufen!«

Martin Ladouceur warf Louise einen verschwörerischen Blick zu und ließ das Kind zu Boden gleiten.

»Martin, pass auf, dass er nicht umkippt, falls eines seiner Beine kürzer sein sollte als das andere.«

Martin Ladouceur drehte sich zur Tür und fixierte den Reigen der Zahlen, die im Rhythmus der Etagen aufleuchteten. Er schmollte.

»Was, Maman?«

»Nichts, nur ein Spaß zwischen Martin und mir.«

Louise machte sich ein wenig Vorwürfe, weil sie diesen Scherz riskiert und Martin Ladouceur damit in eine Situation zurückversetzt hatte, die sicherlich nicht zu seinen liebsten Erinnerungen dieser Nacht gehörte.

»Raus mit der Sprache, Louise … Wenn ich nicht sein Vater bin, wer ist es dann?«

»Na, sein Vater!«

»Aber ich habe den wissenschaftlichen Beweis dafür, dass er mein Sohn ist!«

»So ein Unsinn.«

»Ach ja? Unsinn?«

Er hatte ihr seine Theorie dargelegt, von ihrem Ursprung bis hin zu ihren Auswirkungen, und seinen Worten gleich eine Demonstration folgen lassen.

»Der kürzere Arm hält den Schläger oben, während der längere in der Mitte greift. Das ermöglicht eine viel bessere Drehbewegung.«

Ausführlich war er in seinem Vortrag auf die Entdeckung eingegangen, die sein Vater gemacht hatte, die gleiche, die er selbst sechs Stunden zuvor auf dem Eis des Forums gemacht hatte.

»Da sehen Sie, es ist genetisch!«

Seine Beweisführung hatte nicht einmal einen Achtungserfolg erzielt.

»Haben Sie noch alle Tassen im Schrank? Bei meinem Sohn ist nicht der eine Arm fünf Zentimeter kürzer als der andere!«

»Vielleicht nicht fünf, aber mindestens drei.«

»Wie viel auch immer

»Wenn ich es Ihnen doch sage.«

»Die Arme meines Sohnes sind beide gleich lang!«

»Sollen wir das überprüfen?«

Ohne eine Minute zu verlieren, waren die beiden Kontrahenten zur Tat geschritten. Mit gedämpften Stimmen, wie zwei Assistenzärzte in der Notaufnahme, um das schlafende Kind nicht zu stören.

»Sehen Sie nur, Louise, das ist doch offensichtlich.«

»Er hat einen Arm gebeugt, weil er darin seinen Kuschelbären hält, und den anderen ausgestreckt. Kein Wunder, dass der eine länger ist als der andere!«

Da diese erste wissenschaftlich-morphologische Untersuchung zu keinem überzeugenden Ergebnis geführt hatte, war Martin Ladouceur aus dem Zimmer gegangen und hatte einen Schläger geholt. Als er wieder zurückgekommen war, hatte sich Louise vor ihm aufgebaut und ihm den Weg zum Bett versperrt.

»Hören Sie, es kommt nicht infrage, dass Sie ihn aufwecken, um ihn Hockey spielen zu lassen!«

»Nicht doch, den brauche ich zum Messen! Strecken Sie seinen Arm.«

»Ich warne Sie … Wenn er aufwacht, dürfen Sie dafür sorgen, dass er wieder einschläft, und glauben Sie mir, dann werden Sie die Bibel brauchen. Aber nicht, um ihm daraus vorzulesen, sondern um zu beten!«

»Strecken Sie seinen Arm, habe ich gesagt, und reden Sie nicht so laut.«

Louise hatte es geschafft, beide Arme ihres glücklicherweise fest schlafenden Sohnes gerade auf der Bettdecke auszustrecken. Martin Ladouceur hatte sich über das Kind gebeugt und den Schläger an seiner Schulter angesetzt, bevor er ihn parallel zu seinem Arm legte. Mit dem Daumennagel hatte er die exakte Länge des kleinen Armes markiert, bevor er die Operation auf der anderen Seite wiederholte. Zweifelnd hatte der Doktor das Ergebnis begutachtet.

»Warten Sie, ich muss verrutscht sein.«

Unter Louises erst skeptischen, dann zunehmend ungläubigen Blicken hatte der Notarzt den Test sechsmal wiederholt und bei jedem Versuch das gleiche Resultat erzielt.

»Hm … ich hole dann mal einen anderen Schläger!«

»Sie wecken ihn noch auf…«

Louise hatte sich auf die Bettkante gesetzt, um die drei letzten Versuche des Prüfers zu verfolgen, die zu seiner großen Enttäuschung die sechs vorherigen Ergebnisse bestätigt hatten. Beide Arme waren tatsächlich gleich lang.

»Also so was…«

Martin Ladouceur hatte das Schlafzimmer mit hängendem Kopf verlassen und seinen Schläger hinter sich hergeschleift. Louise war aufgestanden und hatte ihrem Sohn einen Kuss gegeben, ehe sie ihm nach draußen gefolgt war. Nachdem sie vorsichtig die Tür hinter sich geschlossen hatte, war sie zu dem kraftlos auf dem Sofa hockenden Mann hinübergegangen, der so gerne mit einer genetischen Untersuchung bewiesen hätte, dass er der Vater ihres Kindes war.

»Vielleicht haben Sie ja im Forum ein bisschen zu hastig gemessen?«

Martin Ladouceur hatte die Messung auf dem Eis nicht zu hastig durchgeführt. Er war geblendet gewesen von dem Wunsch, seinen Traum wahr werden zu sehen.

»Und dann haben Sie etwas gesehen, was gar nicht existiert.«

Endlich hatte Martin Ladouceur verstanden, was Pierre-Léon ihm beim Abschied vor dem Hotel hatte sagen wollen. Louise hatte den Geschenkeberg unter dem Weihnachtsbaum, das Ninja-Turtle-Fresko an der Wand und schließlich Martin Ladouceur betrachtet.

»Außerdem, Martin, haben Sie da etwas Entscheidendes vergessen… Wie soll ich sagen? Kinder werden nicht einfach so mit sieben Jahren allein in Hotelzimmern geboren… Man muss sie vorher erst einmal gezeugt haben – und das üblicherweise zu zweit.«

Ein letztes Mal hatte Martin versucht, sich daran zu erinnern, ob er sie nicht vielleicht doch gekannt hatte, und wäre es auch nur für einen Quickie gewesen.

»Ich war an dem Abend betrunken, ich erinnere mich an überhaupt nichts mehr.«

Die gegenwärtige Schöne wirkte ein wenig erschüttert von dieser traurigen, ungeschminkten Realität einer vergessenen Nacht. Sie hatte sogar ihren Blick abgewandt.

»Verzeihen Sie, Louise, ich hätte das so nicht sagen sollen.«

Und dann hatte sich Martin Ladouceur alles von der Seele geredet. Jene durchzechte Nacht, nach der man ihn wie einen Hund davongejagt hatte, seine Begegnung mit Michel Mercier und das Geständnis, das er Gaëtan abgerungen hatte. Louise hatte aufmerksam zugehört und endlich begriffen, was diesen Mann wider alle Vernunft an ihren Sohn band.

»Ich lebte zu der Zeit gar nicht in Montréal. Es besteht nicht die geringste Chance, dass ich die Frau gewesen sein könnte. Außerdem war das nie mein Stil, mich an Eishockeyspieler ranzumachen.«

»Das ist mir auch aufgefallen.«

Louise war aufgestanden und hatte ihre schwarze Uniform und die weiße Schürze zurechtgezogen.

»So, ich muss jetzt wieder los und die letzten Zimmer für diese verdammten Japaner vorbereiten … Darf ich ihn noch ein bisschen bei Ihnen lassen?«

»Ja, natürlich! Warum sollte er denn nicht hierbleiben dürfen?«

Die Antwort kam so spontan, dass Louise bereute, die Frage überhaupt gestellt zu haben. Er hatte sie zur Tür der

Suite begleitet. Bevor sie hinausging, hatte er sie behutsam am Arm zurückgehalten.

»Wissen Sie, ich habe Martin trotzdem noch genauso lieb wie vorher …«

Als der Aufzug das Erdgeschoss erreichte, tauschten Louise und Martin Ladouceur ein Lächeln, als sie sahen, wie das Kind ein Auge an den Spalt zwischen den beiden Türen drückte und zu erkennen versuchte, was dahinter vor sich ging.

»Oh, da sind ja viele Leute!«

Die Türen glitten zur Seite, und ein Gewirr asiatischer Stimmen schwappte in die Kabine. Vor der kleinen Sitzgruppe neben der Rezeption drängten sich etwa fünfzehn Japaner, manche im Schlafanzug, andere im Kimono, wieder andere im Mawashi, aber alle mit einem hochmodernen Fotoapparat bewaffnet. Und sie alle schrien wild durcheinander.

»Djü-Lii! Djü-Lii! Djü-Lii! Djü-Lii!«

»Was machen die da, Maman?«

»Ich bin zu klein, ich kann nichts sehen.«

Martin Ladouceur genügte ein Blick, um zu erkennen, was die Blitzlichter der Nikons und Canons anzog. Georges D'Amour saß immer noch auf dem Sofa und wiegte wie in Trance den Kopf vor und zurück. Den Blick auf einen Punkt gerichtet, den nur er allein sehen konnte, wiederholte er immer wieder den Namen seiner verlorenen Liebsten.

»Julie … Julie … Julie … Julie …«

Martin Ladouceur dachte kurz daran, seinem Freund zu Hilfe zu eilen, doch neben ihm stand bereits ein Mann, der versuchte, ihn von den Blitzlichtern und den Schreien wegzuziehen. Nach einer Weile wandte er sich den Paparazzi in Schlafanzügen zu, um sie zum Schweigen zu bringen.

»Ein bisschen Respekt, bitte!«

»Djü-Lii! Djü-Lii! Djü-Lii! Djü-Lii!«

Der Mann starrte in die Kameras, bis sein Blick auf Martin Ladouceur fiel, dessen Kopf weit über die aufdringlichen Gaffer hinausragte. Außer sich vor Wut sprang der Mittsechziger auf. Er trug einen eleganten schwarzen Anzug und hatte das weiße Haar sorgfältig nach hinten gekämmt.

»Verdammt, Ladouce, was für eine Scheiße hast du jetzt schon wieder angerichtet?«

»Dafür kann ich nichts, Herr Präsident!«

»Hast du gesehen, in welchen Zustand du Labarre gebracht hast?«

»Das ist nicht meine Schuld.«

»Seine Frau hat uns angerufen und uns alles erzählt. Du hast eine Familie zerstört. Und so, wie du ihn zugerichtet hast, fängt der am Dienstag gegen Boston beim ersten Pfiff des Schiedsrichters an zu heulen, und meine Jungs bekommen die Fresse poliert. Aber dir ist das ja scheißegal, Ladouce, du hattest noch nie was anderes im Kopf als dich selbst und deinen Schwanz. Hättest du deine verdammten Schweinereien nicht allein in deinem Zimmer veranstalten können, statt ihn da mit reinzuziehen? Ich dachte, du hättest dich geändert, aber Typen wie du ändern sich nie. Du bist nichts als ein großer Haufen Scheiße, und willst du wissen, was ich mit großen Haufen Scheiße wie dir mache?«

Wäre das Kind nicht gewesen, das ihn womöglich beobachtete, hätte Martin Ladouceur den Präsidenten der Canadiens de Montréal die beruhigende Wirkung eines blitzschnellen, überwältigenden, nach Möglichkeit überraschenden Angriffs spüren lassen. Doch wenn er es recht bedachte, war es gar nicht die Anwesenheit des Kindes, die ihn zurückhielt. Der alte Martin hatte nie anders zu antworten gewusst als mit Gewalt. Aber jetzt brauchte er nicht einmal die Zähne zusammenzubeißen, als er die Worte hörte, vor denen er sich immer gefürchtet hatte, die ihn nun jedoch erlösen würden.

»Du brauchst am Montag gar nicht erst zum Training zu kommen. Für dich haben sich die Canadiens erledigt! Und Eishockey auch! Bei den Empfehlungen, die ich den anderen Clubs schicken werde, wird dich keiner mehr haben wollen. Also bezahl jetzt schleunigst deine Rechnung, denn ich übernehme keinen Cent davon, und dann verschwinde!«

Um seinen Worten Nachdruck zu verleihen, deutete er mit dem Finger in Richtung Rezeption. Ein Blitzlicht leuchtete auf. Der frischgebackene Arbeitslose, der gar nicht so unglücklich über seinen Jobverlust war, drehte sich auf dem Absatz um, ohne sich vom Präsidenten zu verabschieden, der bereits wieder an die Seite seines starken, im Moment jedoch so schwachen Mannes zurückgekehrt war.

»Julie ... Julie ... Julie ... Julie ...«

An der Rezeption kam der Direktor gerade aus Maximes Büro, in der Hand den Mülleimer mit den drei leeren Weinflaschen.

»Ich verstehe das nicht, Herr Direktor. Geben Sie mir ein Stündchen, damit ich Nachforschungen anstellen und den Schuldigen auftreiben kann. Wir sind doch ein Team, wir beide, nicht wahr?«

»Hauch mich an!«

»Pffff ...«

»Das ist nicht Hauchen, das ist Luftholen.«

»Ich gestehe alles, Herr Direktor. Aber, wissen Sie, diese Nacht war einfach grauenvoll. Das Zimmermädchen hat nur getan, was ihm passte. Sie hat es übrigens vorgezogen zu kündigen, statt sich Ihrem Zorn zu stellen. Charles-David ist ein braver Kerl, aber er ist so jung … Und Sie wissen ja, auf die jungen Leute kann man sich nicht verlassen. Obwohl er fügsam ist, muss man ständig hinter ihm her sein. Ich habe wirklich alles gegeben, um den Ruf des Hauses zu retten, aber dieser Ladouceur ist ein harter Brocken. Ich flehe Sie an, bestrafen Sie mich, peitschen Sie mich aus, aber werfen Sie mich nicht raus!«

»Schon gut, schon gut, aber verschwinde von der Rezeption, ich habe das Gefühl, mit einem Glas Bordeaux zu reden, das seit zehn Tagen in der Sonne steht!«

»Ich wusste, dass Sie ein Herz haben, geben Sie mir Ihre Hand, dass ich sie küsse.«

Der Direktor schloss Maxime im Büro ein und blickte anschließend zu den Japanern hinüber, die das bemitleidenswerte Gnu einem wahren Blitzlichtgewitter aussetzten, während der Präsident der Canadiens sich vergeblich abmühte, D'Amours Gewicht hochzuwuchten, um ihn dieser Fotosafari zu entziehen.

»So, nun zu uns beiden, Monsieur Ladouceur … Verzeihen Sie, was Sie gerade mit angehört haben, aber so, wie die Dinge mittlerweile stehen, haben wir, denke ich, keine Geheimnisse mehr voreinander. Ich nehme an, der Präsident hat Ihnen bereits mitgeteilt, dass er sich weigert, Ihren Aufenthalt bei uns zu bezahlen.«

Die Kreditkarte, die Martin Ladouceur auf den Tresen legte, blieb dort nicht lange. Der Direktor klickte mit seiner Computermaus, und der Drucker begann die Rechnung auszuspucken. Niedergeschlagen betrachtete er seine Lobby, die sich in einen gigantischen Zirkus verwandelt hatte.

»Ganz im Vertrauen, Monsieur Ladouceur, wie haben Sie das geschafft? Ich lasse Sie eine Nacht in meinem Hotel allein, und das ist das Ergebnis. Sie haben Nutten herbestellt, Sie nehmen mein Zimmermädchen mit, die Presse ist hier, mein Portier ist sternhagelvoll, Ihr Zimmer ist verwüstet, der Präsident der Canadiens verkündet mir, dass er nie wieder einen Spieler hier unterbringen wird … Wissen Sie, wie sehr das meinen Ruf beschädigen wird?«

Der Gast antwortete nicht, er hielt den Blick starr auf den Drucker gerichtet, der unermüdlich schwarz auf weiß den Preis für seinen spektakulären Abschied verewigte.

»Und Ihnen ist das scheißegal, was?«

Mit seinem hohlen Blick und der monotonen Stimme schien der Direktor die ersten Symptome einer Depression aufzuweisen.

»Ach, haben Sie Ihren Ring nicht mehr?«

»Nein.«

»So, das war's, alles ausgedruckt … Eine Suite, ein kaputtes Telefon, ein blutbefleckter Sessel, zerschnittene Vorhänge, ein zerfetztes Kopfkissen, ein komplett neu zu streichendes Zimmer, zerrissene Satinlaken und vierhundert Dollar für Wellnessbehandlungen … Sie hatten fünftausend Dollar als Sicherheit hinterlegt, und da hatte ich schon großzügig geschätzt, aber trotzdem fehlen noch eintausendsechshundertneunundfünfzig Dollar und zwanzig Cent. Zahlen Sie mit Karte?«

Martin Ladouceur nickte. Wie ein Zombie schob der Direktor die Karte in das Gerät und schaute dann mit leerem Blick zu seinem Gast auf.

»Was werden Sie denn jetzt machen?«

»Ein Kind großziehen.«

Als Reaktion auf Martin Ladouceurs strahlende Miene deutete der Direktor ein trauriges Lächeln an, ehe er sich auf die Lippen biss. Eine Träne rann aus seinem Augenwinkel, dann noch eine. Kein Zweifel, die Depression hatte ihn im Griff.

Eine Stunde zuvor war Louise aus dem Badezimmer der Suite gekommen, wo sie ihre Uniform gegen Jeans und Pullover eingetauscht hatte. Nachdenklich hatte sie Martin Ladouceur gemustert, der gespannt auf ihre Antwort wartete.

»Meinen Sie das wirklich ernst?«

»Absolut.«

»Ist Ihnen klar, was Sie mir da anbieten? Das bedeutet eine riesige Verantwortung, wissen Sie das?«

»Irgendjemand muss sie ja übernehmen! Glauben Sie etwa, das ist ein Leben für ein Kind, mit einer Mutter, die jede Nacht arbeitet, und so ganz ohne … äh … jemanden, der ihr hilft?«

»Ich bin nicht die Einzige in dieser Situation. Und Martin ist ein sehr glückliches Kind.«

Martin Ladouceur hatte die junge Frau mit den angespannten Zügen nur stumm angeschaut. Sie hatte sich abgewandt; ihre einzige Möglichkeit zuzugeben, dass sie selbst nicht glaubte, was sie gerade gesagt hatte.

»Ich weiß, dass ihm ein Mann in seinem Leben fehlt und dass es mit der Zeit immer schwieriger für ihn werden wird. Aber sein Vater ist derjenige, den er braucht. Da kann nicht einfach jemand anders einspringen, einen Vater ersetzt man nicht so ohne Weiteres.«

»Ja, schon, aber wenn er seinen Vater nie sieht, dann ist

es doch gerade so, als hätte er gar keinen. Ich weiß, Sie tun alles für ihn, aber wenn die Möglichkeit besteht, ist es für ein Kind immer besser, zwei Menschen zu haben, die sich um es kümmern. Das kann doch für Sie auch nicht immer einfach sein, so ganz allein, was?«

»Nein, es ist nicht immer einfach.«

»Und ich verspreche Ihnen, bei mir wird er seine Zeit nicht damit verbringen, weinend am Fenster zu sitzen und auf mich zu warten. Denn ich werde da sein.«

»Das weiß ich.«

»Ich werde sogar zu früh kommen. Eine gute Viertelstunde zu früh. Sogar eine halbe, wenn Ihnen das lieber ist.«

Louise hatte sich zu einem schwachen Lächeln hinreißen lassen, aber sehr schnell war es wieder erloschen.

»Ich frage mich oft, ob er nicht so viel Zeit damit verbringt, auf seinen Vater zu warten, weil ich selbst immer noch auf ihn warte.«

Davon überzeugt, dass ein Schweigen ihm letztlich diesen unsinnigen, aber tief empfundenen Wunsch versagen würde, das Schicksal des Kindes in die Hand zu nehmen, hatte er nicht lockergelassen.

»Auf mich werden Sie nie zu warten brauchen, das versichere ich Ihnen.«

Die Frau konnte nicht leugnen, dass dieser Wunsch, um jeden Preis ihrem Kind ein Vater zu sein, sie rührte. Sie, die sich mit einem Erzeuger begnügen musste, der alles tat, um nur ja keiner sein zu müssen.

»Also, einverstanden?«

»Immer mit der Ruhe, Martin. Lassen Sie mich erst einmal durchatmen. Das ist alles ein bisschen viel auf einmal für mich. Ich muss darüber nachdenken.«

So leise wie möglich war Martin Ladouceur ans Fenster gegangen. Wortlos hatte er dort gestanden und nicht einmal in ihre Richtung geschaut, um sie nicht zu stören. Draußen war es hell geworden, aber an diesem Weihnachtsmorgen waren die Straßen noch leer, und es würde noch eine Weile dauern, ehe die Stadt erwachte.

»Wie stellen Sie sich das denn vor?«

Martin Ladouceur war nicht auf Louise zugerannt, er war mit einem gewaltigen Satz auf sie zugesprungen.

»Tja, ich dachte, ich kaufe ein Haus in Laval, zum Beispiel. Mit einem Garten, in dem ich im Winter eine Eisbahn anlege, damit er mit mir Schlittschuh laufen kann, und mit einem Pool für den Sommer. So könnte ich ihm sogar das Schwimmen beibringen.«

»Er kann schon schwimmen.«

»Dann lernt er eben tauchen.«

»Und ich?«

»Können Sie nicht tauchen?«

»Nein, Martin, ich spreche von mir, Louise, der Frau. Was mache ich in diesem Haus in Laval?«

»Na … Sie kommen natürlich mit uns.«

»Nett von Ihnen … Das freut mich sehr.«

Wenn man eine Frau trifft, die bereits Mutter ist, liebt man üblicherweise erst die Frau und lernt das Kind erst später kennen und schätzen. Manchmal kommt es auch vor, dass man beide gleichzeitig lieb gewinnt. Louise jedoch sah sich dem Phänomen gegenüber, dass dieser Mann ihr Kind schon jetzt liebte und sie vielleicht irgendwann einmal lieben würde. Aber wenn sie es recht bedachte, suchte sie im Moment auch gar nicht nach der Liebe, sondern wartete darauf, dass sie zu ihr zurückkehrte. Und ihre Zuneigung zu Martin

Ladouceur beruhte vor allem darauf, dass er ihren Sohn ins Herz geschlossen hatte.

»Vielleicht sollten wir mit dem Haus in Laval noch ein bisschen warten.«

»Gefällt Ihnen Laval nicht?«

»Nein, Martin, ich habe nichts gegen Laval. Ich glaube nur nicht, dass es klug wäre zusammenzuziehen, auch wenn ich weiß, dass Ihre Anwesenheit eine große Hilfe für meinen Sohn wäre. Man kann Entscheidungen, die sonst über Jahre reifen, nicht in fünf Minuten treffen. Stellen Sie sich nur einmal vor, von morgens bis abends mit jemandem zusammenzuleben, das ist keine Kleinigkeit. Vor allem wenn man sich erst seit ein paar Stunden kennt…«

Martin Ladouceur hatte genickt. Ja, er war vielleicht ein bisschen voreilig gewesen. Das konnte er nicht leugnen. Also hatte er sofort ein günstigeres Angebot unterbreitet und den Preis gerecht geteilt.

»Und was halten Sie von wechselnder Betreuung?«

Auch wenn dieser Vorschlag üblicherweise eher das Ende einer Beziehung mit Kind markiert als ihren möglichen Beginn, willigte Louise ein, darüber nachzudenken.

»Dann hole ich ihn von der Schule ab. Welches Auto würden Sie mir für ein Kind empfehlen?«

»Ich weiß nicht, ich habe keinen Führerschein.«

»Ich hatte da einen Teamkameraden in Los Angeles, ich glaube, der hat vier Kinder, den frage ich mal, was man so braucht. Und wenn ich sowieso schon zur Schule fahre, kann ich mir auch gleich mal die Jungs aus der zweiten Klasse zur Brust nehmen, die ihn immer ärgern. Hat er Ihnen erzählt, dass sie das Lied vom eselhaften Martin singen?«

»Er hat so etwas angedeutet.«

»Das können Sie nicht verstehen, das ist so ein Männerding. Wenn sie Martin beleidigen, ist das ein bisschen so, als würden sie auch mich beleidigen.«

Teilen bedeutet, nicht alles für sich zu behalten. Aber selbst das, was uns zu schwer zu tragen schien, kann uns nach einer Weile doch fehlen. Wenn Louise auf dieses Angebot der wechselnden Betreuung einginge, würde das für sie bedeuten, ihr Kind aufzugeben, und zwar nicht nur halb, sondern ganz, weil es für sie so bequemer war – und schon bald würde sie sich deswegen schuldig fühlen.

»Hören Sie, Martin, ich glaube, das geht alles viel zu schnell. Was halten Sie davon, wenn wir das Ganze langsam angehen? Damit er sich an Sie gewöhnt. Sie könnten ihn ein paar Stunden nehmen, mit ihm ins Kino gehen, in den Park ... Und dann, in ein paar Monaten, sehen wir, wie sich alles entwickelt?«

»Einverstanden! Aber wenn Sie zu viel zu tun haben oder wenn er krank ist, dann melden Sie sich. Ein Anruf, und ich komme. Wenn ich an dem Abend ein Spiel habe, tue ich einfach so, als wäre ich verletzt, und schon bin ich da. Wenn ich unterwegs bin, nehme ich gleich den nächsten Flieger.«

Louise hatte nur gelächelt und genickt, ohne ihre Bewunderung für diesen Mann verhehlen zu können, der niemals, niemals aufgab.

»Louise, da gibt es noch etwas, worum ich Sie bitten möchte, aber versprechen Sie mir, dass Sie diesmal nicht Nein sagen.«

»Worum geht es denn? Ich höre mir das lieber erst einmal an.«

»Ich finde es nicht gut, dass Sie nachts arbeiten, um Ihr Studium zu finanzieren. Damit Sie nur studieren und sich um ihn kümmern können, würde ich Ihnen gerne helfen. Und darum …«

Martin Ladouceur hatte tief eingeatmet und sie eindringlich angesehen, sein Blick flehte sie an, sein Angebot nicht auszuschlagen.

»… darum möchte ich Ihnen Unterhalt zahlen!«

»Martin …«

»Bitte sagen Sie Ja, denn wissen Sie, nachdem ich nun nicht mehr abends ausgehen und trinken werde, bleibt in Zukunft jede Menge Geld übrig, für mich macht das also überhaupt keinen Unterschied.«

»Wenn Sie das so sagen, kann ich ja unmöglich ablehnen.«

Martin Ladouceur war vielleicht der erste Mann der Welt, der sich zurückhalten musste, um beim Gedanken daran, dass er einer weiteren Frau Unterhalt zahlen würde, nicht vor Glück zu weinen.

»Louise, darf ich Sie umarmen?«

»Äh, ja, natürlich.«

Überglücklich hatte Martin Ladouceur die junge Frau an sich gezogen. Zunächst war sie etwas verlegen gewesen, doch dann hatte sie diese Umarmung ohne Hintergedanken und die Wärme eines anderen Körpers genossen. Es lag keine Liebe darin, keine Leidenschaft, keine Seufzer, nur die Hoffnung auf etwas Besseres, die wie aus dem Nichts aufkeimte.

»Sollten wir uns dann nicht auch duzen, Martin?«

»Daran hatte ich noch gar nicht gedacht, aber das ist eine ausgezeichnete Idee!«

Martin Ladouceur hatte die Arme noch fester um Louise geschlossen. Mit einem breiten Grinsen im Gesicht hielt er die Augen weit geöffnet, er wollte Licht, denn nun war klar, was das Leben mit ihm vorhatte. Gleich heute, hier in diesem Zimmer, würde er den ersten Scheck ausstellen. Um ihn zu feiern, würde er sogar einen Weihnachtsbonus aufschlagen. Und später würde er um die wechselnde Betreuung und das Haus in Laval kämpfen!

»Ich weiß ja nicht, wie du das siehst, aber vielleicht sollten wir langsam hier verschwinden?«

»Du hast recht, Martin, hier sind wir fertig.«

»Ich begleite euch noch nach Hause, damit er anfängt, sich an mich zu gewöhnen. Einverstanden?«

»Ja, natürlich, Martin … «

In der Lobby stürmte eine wutentbrannte Japanerin im Morgenmantel aus dem Aufzug, bahnte sich einen Weg durch die Traube der Paparazzi und zog ihren frischgebackenen Ehemann am Kimonokragen heraus.

»Hiro!«

»Hito?«

Kaiserlich schleifte sie ihn zum Aufzug, um ihn zurück in den achten Stock und geradewegs aufs eheliche Lager zu schaffen. Georges D'Amour, der immer noch in den Armen des Präsidenten um seine verlorene Schöne weinte, bemerkte nichts davon.

»Julie … Julie … Julie … Julie …«

»Labarre, denk an etwas anderes. Apropos, wir spielen am Dienstag gegen Boston, da kannst du dich abreagieren! Und ich verdopple die Prämie für jede gebrochene Nase!«

Martin Ladouceur wandte sich von der Rezeption ab, ohne sich vom Direktor zu verabschieden, der vor den Blitzlichtern floh, die für alle Zeiten das Bild von Georges D'Amour auf Zelluloid bannten, der niederkniete, um den Marmorfußboden zu küssen, über den Julies Schuhe ein letztes Mal gegangen waren.

»Djü-Lii! Djü-Lii! Djü-Lii! Djü-Lii!«

Während die Blitzlichter erneut aufleuchteten, ging Martin Ladouceur zurück zu Louise und dem Kind, das immer noch auf Charles-Davids Wagen neben der großen Tür zur Straße hockte.

»Ist das Taxi da?«

»Ja.«

Draußen hatte die Sonne beschlossen, diesen Weihnachtsmorgen in ihr frühes, weißes Licht zu tauchen. Der unberührte Schnee glitzerte unter ihren Strahlen. Beim Anblick der Frau, des Mannes und des Kindes stieg der Fahrer aus seinem Wagen, um Charles-David den Kofferraum zu öffnen. Martin Ladouceur hielt Louise und ihrem Sohn die hintere Tür auf. Dann drehte er sich strahlend zu Pierre-Léon um.

»Du hattest übrigens recht, du bist wirklich der Hirte, der die verlorenen Schäfchen zurückbringt.«

»Solange der Fischer nicht in den Hafen zurückgekehrt ist, ist er nicht sicher vor dem Sturm.«

Martin Ladouceur lächelte Pierre-Léon an. Nicht wegen dieser Antwort, die er nicht ganz verstanden hatte, sondern weil er die großen Worte seines haitianischen Freundes mittlerweile schätzen gelernt hatte. Und er war glücklich, unzweifelhaft so glücklich, wie er es noch nie zuvor gewesen war. Charles-David hatte den Kofferraum geschlossen und war mit gesenktem Kopf schüchtern zu seinem Wagen zurückgekehrt.

»Was denn, willst du dich etwa nicht von mir verabschieden?«

Der junge Page errötete und streckte die Hand aus.

»Ach was, so doch nicht! Na, komm her!«

Sich nach rechts und links umschauend, aus Sorge, bei einem Vergehen erwischt oder einfach nur gesehen zu werden, ging der junge Page auf Martin Ladouceur zu, der erwartungsvoll die Arme ausbreitete.

»Es hat mich wirklich gefreut, dich kennenzulernen.«

»Mich auch, Ladouce.«

Martin Ladouceur trat einen Schritt zurück, ließ seine Hände jedoch auf Charles-Davids Schultern liegen.

»Erinnerst du dich an den Schläger, den ich für dich signiert habe?«

»Ja.«

»Ich verspreche dir, dass ich nie wieder einen signieren werde. So werde ich mich mein ganzes Leben lang daran erinnern, dass dieser letzte für dich war.«

»Das ist nicht nötig.«

»Du bist ein guter Junge. Also hör mir jetzt gut zu. Hör auf, nichts zu wollen, sonst wird auch nie etwas passieren. Verstehst du, was ich damit sagen will, Charles-David?«

»Ja, Ladouce.«

»Sei du selbst.«

»Ja, Ladouce.«

Der Mann im Kaschmirmantel zog den uniformierten Pagen erneut an sich. Und flüsterte ihm ins Ohr: »Du stehst auf Männer, stimmt's?«

»Ich weiß es nicht.«

»Sei du selbst, Charles-David, sei immer du selbst.«

Martin Ladouceur hielt den jungen Pagen noch einen Moment fest, dann ließ er ihn langsam los.

»Wir kommen mit dem Kleinen noch mal her und besuchen dich. Versprochen.«

»Wann?«

Die Ungeduld des jungen Mannes entlockte Martin, der sich bereits dem Taxi zugewandt hatte, ein Lächeln.

»Wart's ab, ich muss mein Leben erst mal wieder neu sortieren. Ich habe jetzt keine Zeit, dir alles zu erzählen, aber ich muss das mit dem Kleinen langsam angehen lassen.«

»Einverstanden, ich werde warten.«

Knallrot vor Aufregung wandte sich Charles-David seinem Wagen zu. Er hob noch einmal die Hand zum Abschied, und Martin Ladouceur erwiderte seinen Gruß, ehe er die hintere Tür des großen Chevrolet öffnete.

»Macht ihr mir ein bisschen Platz?«

»Nein, setz dich nach vorne!«

»Möchtest du nicht zwischen mir und deiner Mutter sitzen?«

»Das ist zu eng, und außerdem kann ich dann nicht aus dem Fenster gucken.«

Ein wenig enttäuscht setzte Martin Ladouceur jene wissende Miene aller Eltern auf, die sich, um sich dafür zu rechtfertigen, dass sie den Wünschen ihrer Sprösslinge nachgeben, einreden, diese hätten eben einen starken Charakter. Er ging einmal um das Taxi herum und setzte sich auf den Beifahrersitz.

»Wohin fahren wir?«

»Immer geradeaus!«

Langsam setzte sich der große Wagen im Sonnenschein in Bewegung. Weit vorne sprang eine Ampel auf Gelb um. Unverzüglich trat Pierre-Léon auf die Bremse.

»Wenn du Kinder im Auto hast, fährst du gerne vorsichtig, ich weiß. Aber bring mich nicht dazu zu denken, dass wir zu Fuß schneller gewesen wären.«

»Hören Sie auf, so zu reden, Sie erinnern mich an Ihren Freund D'Amour!«

Martin Ladouceur lachte laut auf, was sicher an der überschäumenden Freude lag, die ihn erfüllte und die sich unbedingt Luft verschaffen wollte. Im Schritttempo rollte das Auto auf die Ampel zu. Plötzlich verdunkelte ein Schatten das hintere Fenster, dort, wo der Junge saß. Jemand schlug gegen die Scheibe. Martin Ladouceur drehte sich um, um zu sehen, wer da klopfte. Er verstand sofort. Es war, als würde ihm der Sitz unter dem Körper weggezogen. Er sah gerade noch, wie Louises Miene von Verblüffung zu größtem Glück wechselte und sich in den Zügen des Jungen schockierte Überraschung einprägte.

»Papa!«

Pierre-Léon wartete nicht ab, bis man ihn dazu aufforderte, und hielt an. Der Mann, der ein in Geschenkpapier eingewickeltes Päckchen in der Hand hielt, öffnete selbst die Tür.

»Frohe Weihnachten, Sohnemann!«

Ohne sich noch einmal umzuschauen, sprang das Kind aus dem Taxi und stürzte sich in die Arme seines Vaters, der ihn hoch in die Luft schwang. Louise folgte ihrem Sohn. Ehe sie ausstieg, hielt sie noch einmal inne und drehte sich zu dem Fahrgast auf dem Vordersitz um.

»Es tut mir leid. Es tut mir wirklich leid…«

Dann fiel sie ihren Männern in die Arme. Martin Ladouceur wandte sich ab, um nichts mehr sehen zu müssen. Aber da die Frau vergessen hatte, die Wagentür zu schließen, hörte er wie in Endlosschleife die Rufe des Kindes: »Papa!«

EPILOG

Anfangs lieben Kinder ihre Eltern,
wenn sie älter werden, urteilen sie über sie,
und manchmal verzeihen sie ihnen.

OSCAR WILDE

Lieber Martin,

alles ging so schnell. Bitte verzeih mir, dass wir Dich im Taxi einfach so haben sitzen lassen. Aber Du verstehst sicher, dass es für uns eine Überraschung und, entschuldige, dass ich Dir das so offen sage, eine unglaubliche Freude war.

Bestimmt bist Du enttäuscht und verletzt, aber da das Leben mir eine zweite Chance bietet, werde ich sie nutzen, um Martins willen und auch um meinetwillen. Es ist jetzt zwei Tage her, seit sein Vater zu ihm zurückgekommen ist, und mein Sohn ist wie verwandelt. Er hat so lange auf ihn gewartet.

Es schmerzt mich, Dir das zu schreiben, aber ich glaube, es ist besser, wenn wir uns nicht mehr wiedersehen, und dass Du auch Martin nicht wiedersiehst. Er hatte so lange keinen Vater, jetzt plötzlich zwei zu haben, würde ihn mehr verstören, als ihm zu helfen.

Ich habe noch einmal über diese Nacht nachgedacht. Sie war eine Abfolge seltsamer Zufälle, und alles ging viel zu schnell, um die Entscheidungen als endgültig zu betrachten. Wir sehnten uns beide nach etwas und waren zu geblendet, um zu erkennen, dass es niemals Wirklichkeit werden könnte.

Danke für alles, was Du getan hast. Für Martin war es das

schönste Weihnachtsfest seines Lebens. Ich hoffe, dass er die nächsten unter normaleren Umständen feiern wird.

Alles Liebe, Louise.

PS: Ich habe Deinen Scheck beigelegt. Noch einmal vielen Dank für Deine Großzügigkeit. Das werde ich Dir niemals vergessen.

DASS SEIN LEBEN SCHÖN SEIN WÜRDE

Das Auto fuhr zügig. Draußen zog die verschneite Landschaft vorbei. Martin Ladouceur zerriss den Scheck in kleine Fetzen und warf sie aus dem Fenster. Rasch kurbelte er die Scheibe wieder hoch, um sich vor dem eisigen Luftzug zu schützen. Er faltete den Brief zusammen und steckte ihn zurück in den Umschlag, auf dem die Absenderin keine Adresse vermerkt hatte. Martin Ladouceur würde nicht versuchen, sie aufzuspüren. Nicht weil er Louise oder dem Kind nichts zu sagen gehabt hätte, er wollte sie einfach nur in Ruhe lassen und nicht Gefahr laufen, sie noch mehr zu verwirren. Das Einzige, was er der jungen Frau gerne gesagt hätte, um sie zu beruhigen und ihr mögliche Gewissensbisse zu nehmen, war, dass sie nicht glauben solle, er sei enttäuscht oder verletzt. Er machte niemandem Vorwürfe. Sie hatte recht. In jener Nacht war alles zu schnell gegangen. Er hatte es zu keinem Zeitpunkt dem Leben überlassen wollen, die Zukunft zu schreiben, sondern verzweifelt versucht, sie zu erzwingen, ohne sich zu vergewissern, dass sie auch auf einem festen Fundament stand. Nur der Wunsch, das geradezu lebenswichtige Bedürfnis, für jemand anderen zu existieren, den er seit jeher zu lieben glaubte, hatte die Illusion geschaffen, das Glück sei zum Greifen nah. Das war ihm klar geworden, als er die Freudenschreie des Kindes gehört hatte, das sich plötzlich seinem Vater, seinem richtigen Vater, gegenübersah. Diese Begeisterung kam direkt aus dem Herzen, aus dem Inneren, sie entsprang jenen angeborenen Gefühlen, die man sich nicht ausdenkt, die man weder aufbauen noch zerstören kann. Er würde immer eine große Zuneigung zu Louise und ihrem Kind bewahren. Zwischen ihnen war etwas Einzigartiges geschehen, und falls sie ihn jemals brauchen würden, würde er da sein.

Die unberührte Landschaft, die vor Martin Ladouceurs Augen dahinflog, war schön und rein, so, wie er selbst sich in diesem Moment fühlte. Um nichts in der Welt hätte er die Zeit um achtundvierzig Stunden zurückdrehen wollen, als er im Hotel eingecheckt hatte. Diese Nacht mit dem Jungen hatte ihm offenbart, wer er war und wonach er sich sehnte. Vielleicht schon immer. Er wollte nicht mehr so leben wie zuvor. Nie wieder würde er die Maske eines anderen tragen, und mehr als alles andere wollte er lieben und wiedergeliebt werden. Dass man ihn um seinetwillen liebte, ihn, Martin, und nicht das, was er verkörperte, oder besser gesagt das, was er in jenem früheren Leben verkörpert hatte, über das er niemals allein verfügt hatte.

Bevor sie an diesem Morgen losgefahren waren, hatte er die Zeitung geholt. Da tags zuvor, am ersten Weihnachtsfeiertag, keine Zeitung erschienen war, standen die Leute im Laden Schlange. Fast jeder, der schließlich ein Exemplar in Händen hielt, schimpfte beim Anblick der Titelseite laut los.

»Oh, dieser Vollidiot, und schon geht das ganze Theater von vorne los!«

So war er nicht überrascht, als er an der Reihe war und

sein Bild auf der Titelseite entdeckte. Auf dem Foto war er schlecht rasiert, ein Stück Klebeband bedeckte seine Augenbraue, und sein Blick wirkte abwesend. Vor ihm stand der Präsident der Canadiens de Montréal und deutete auf etwas in der Ferne, was man sich als Tür denken konnte. Die rot und fett gedruckte Schlagzeile lautete »VERSCHWINDE, LADOUCEUR!« Auf der folgenden Doppelseite schilderte der Portier, neben einem Foto, auf dem er dastand wie ein geprügelter Hund, seine fürchterliche Nacht, berichtete von Morddrohungen, falschen Anschuldigungen wegen angeblichen Weindiebstahls und von der skandalösen Anwesenheit von Prostituierten in einer Suite, die im Übrigen vollkommen verunstaltet sei durch Zeichnungen von unförmigen Monstern, welche zweifellos ein entsetzliches *delirium tremens* hervorgebracht hatte.

»Wie gemein, so über die Bilder zu sprechen, die Martin für mich gemalt hat!«

Maxime zufolge war Martin Ladouceur natürlich ganz allein verantwortlich für den Ehestreit von Georges D'Amour, einem netten Kerl übrigens, wie er sich zu betonen beeilte. Um nicht zuzugeben, dass das Hotel das Kind einer Angestellten die ganze Nacht über in seinen Mauern geduldet hatte, wurden weder seine Anwesenheit noch die seiner Mutter auch nur mit einem Wort erwähnt.

»Uff!«

Auf der nächsten Seite war eine Japanerin namens Hito abgebildet, die strahlend ihren Stanley-Cup-Ring präsentierte. Als ihr Mann Hiro nach Erfüllung seiner ehelichen Pflichten in den gelben Satinlaken des Zimmers 819 – genau unter der Suite, die der Dämon diese Nacht bewohnt hatte – vor sich hin schnarchte und sie selbst auf der Toilette saß und den Verlust ihrer Jungfräulichkeit beweinte, hatte Hito im Wasser der Kloschüssel die kostbare Preziose entdeckt. Sie hatte darin natürlich ein Zeichen des Wohlstands, aber auch der Fruchtbarkeit gesehen. Und so war sie unverzüglich zurück ins Schlafzimmer gerannt und hatte Hiro geweckt, um diesen Fingerzeig des Schicksals nicht ungenutzt verstreichen zu lassen. Zum Abschluss des Artikels wünschte die Zeitung Hiro und Hito viele Kinder.

Martin Ladouceur ließ sich tiefer in den Sitz sinken und betrachtete ungerührt seinen nackten Ringfinger. Er drehte sich zum Fahrer und legte ihm eine Hand auf die Schulter.

»Hättest du nicht Lust, irgendwo anzuhalten und etwas zu essen? Ich kriege allmählich Hunger.«

Nachdem der Vater des Kindes wie aus dem Nichts aufgetaucht war, war Pierre-Léon aus dem Taxi gestiegen, um ihnen zu helfen, das Spielzeug aus dem Kofferraum zu nehmen. Als er wieder eingestiegen war, hatte er sich Sorgen um seinen schweigenden Fahrgast gemacht, der vor sich auf die leere Straße gestarrt hatte. Ohne zu fragen, wohin die Fahrt gehen solle, war er losgefahren.

»Ich lasse Sie auf keinen Fall an Weihnachten allein.«

Eine Stunde später erholte sich der weiße Chevrolet in der Garage eines kleinen Häuschens in der Rue Saint-Denis in Rosemont, während Martin Ladouceur im Gästezimmer schlief.

»Als wir das Haus kauften, dachten wir eigentlich, es würde das Kinderzimmer werden, aber da wir keine Kinder bekommen haben, wurde es das Zimmer für unsere Freunde, und die lieben wir mittlerweile so, als wären sie unsere Kinder.«

»Sind Sie sicher? Ich kann auch auf dem Sofa schlafen.«

»Du bist unser Gast, also schläfst du auch im Gästezimmer. *Se bon dye ki konnen!*«

Martin Ladouceur hatte sofort erkannt, dass Rosi-Anne, Pierre-Léons Frau, in diesem ausschließlich mit naiven Gemälden von sonnendurchfluteten Landschaften ihrer Heimat und Bildnissen der Jungfrau Maria dekorierten Haus das Sagen hatte – trotz ihres engelhaften Lächelns, ihrer sanften Erscheinung und ihrer hübschen Rundungen. Im Gästezimmer hatte ein eindrucksvolles Kruzifix mit einem Gipschristus den neuen Freund der Familie zunächst am Einschlafen gehindert. Er hatte sich Sorgen gemacht, dass die Figur herunterfallen und ihn erschlagen könnte. Als er vier Stunden später lebendig wieder aufgewacht war, hatte er unbekannte Düfte gerochen. Er war zu Rosi-Anne gegangen, die zwischen dampfenden Gerichten in ihrer Küche stand. Sofort hatte sie ihn wieder hinauskomplimentiert und in das kleine, violett und blau geflieste Bad geführt. Aus einem Wandschrank hatte sie ein großes Handtuch und einen Waschlappen genommen.

»Mach dich frisch, und zieh dir was Hübsches an, heute Abend kommen Verwandte zu Besuch, aber vorher gehen wir noch aus. Bleib nicht zu lange unter der Dusche, Pierre-Léon putzt gerade das Taxi, aber er muss sich auch noch fertig machen. Und danach bin ich dran.«

Zwei Stunden später hatte Rosi-Anne, die sich Augen und Lippen geschminkt hatte und eine weiße, hochgeschlossene Bluse, ein rosafarbenes Kostüm und einen dazu passenden Hut mit Blume trug, ein letztes Mal die Anzüge von Pierre-Léon und Martin Ladouceur zurechtgezupft, die vor dem Taxi strammstanden. Dann hatte sie auf dem Beifahrersitz des weißen Chevrolet Platz genommen, dessen Karosserie im unerwarteten Sonnenlicht dieses Weihnachtstages funkelte.

»*Se bon dye ki konnen …*«

Auf dem Vorplatz der haitianischen Kirche parkten ausschließlich frisch geputzte, um die Wette blitzende Taxis. Aus jedem davon stiegen Familien, oft ganze Großfamilien, allesamt elegant gekleidet, um zusammen dieses Freudenfest zu begehen. Sich zusammenzufinden, um den gemeinsamen Glauben zu leben, erfordert nicht zwangsläufig, das Äußere außer Acht zu lassen.

»Hast du gesehen, Pierre-Léon? Fredeline hat ein neues Kostüm.«

Der Ehemann hatte seine mit einem Mal missmutig dreinblickende Ehefrau liebevoll gemustert und Martin Ladouceur verstohlen zugezwinkert, ehe er sich wieder seiner Angetrauten zuwandte, die gerade ihren Lippenstift auffrischte.

»Heute Morgen habe ich noch gedacht, dass wir am Donnerstag zu Yveline Mode fahren und nachschauen könnten, ob die neue Kollektion angekommen ist … Was hältst du davon, Rosi-Anne?«

»Wir fahren am Montag!«

Martin Ladouceur war zwar getauft, aber damals war er noch kein Jahr alt gewesen und erinnerte sich natürlich nicht mehr an das Protokoll. Während des Gottesdienstes hatte er sich also darauf beschränkt, die Gesten von Pierre-Léon und seiner Frau, zwei eifrigen Kirchgängern, nachzuahmen. Als am Altar eine elektrische Orgel auftauchte, waren die beiden aufgestanden und nach vorn gegangen. Ihr Banknachbar, der einzige Weiße in der ganzen Kirche, hatte ihnen folgen wollen. Doch Rosi-Anne hatte energisch auf seinen Platz gedeutet.

»Du bleibst hier und machst das, was alle anderen machen.«

Also hatte er wie alle anderen in die Hände geklatscht und sogar im Takt des Gospelchors, der in einem höllischen Tempo *Seigneur, fais-moi voir ta gloire* sang, ein paar kleine Tanzschritte angedeutet. Am Ende des Gottesdienstes hatten die Gläubigen einander umarmt, und Rosi-Anne und Pierre-Léon hatten die Gelegenheit genutzt, unterstützt durch ihren neuen spirituellen Sohn, Gäste einzuladen.

»Komm zu uns, wir haben *kabrit* mit *diri* und *bannan pèze* gemacht!«

Bald darauf erklang kreolische Musik in dem kleinen Haus, vermischt mit Gelächter und Lobreden auf ihre haitianische Heimat und das Dorf ihrer Vorfahren. Martin Ladouceur war von Rosi-Anne zum Kellnern verpflichtet worden. Mit einer Schürze in den Landesfarben von Haiti ausgestattet, hatte er sich gern dazu bereit erklärt und sogar darauf bestanden, die leeren Töpfe und Kessel zu schrubben, damit die Hausherrin sich erholen konnte.

»Du bist ein braver weißer Junge. Pierre-Léon hat mir erzählt, dass er das gleich erkannt hat, als er dich zum ersten Mal gesehen hat.«

Nachdem die Gäste satt waren, hatten sie sich auf alle Zimmer des Hauses verteilt, um zu tanzen. Martin Ladouceur hatte sich ein wenig abseits hingesetzt, um dieses Paar zu beobachten, das sein Haus für alle geöffnet hatte. Gerührt hatte er gesehen, wie sie sich um die Kinder kümmerten, die überall herumrannten und auf allem herumhüpften, ohne dass jemand einschritt. Sooft er konnte, fing Pierre-Léon eines von ihnen ab, setzte es sich auf den Schoß und brachte es mit seinen Witzen oder durch Kitzeln zum Lachen. Rosi-

Anne hingegen wanderte mit einer riesigen Dose voller Bonbons durchs Haus, um die sich die Kleinsten drängelten. Bei jeder Nascherei, die sie verteilte, hielt sie dem Kind die Wange zum Kuss hin. Um einen Mangel auszugleichen und den Schmerz zu lindern, behilft sich der Mensch eben, so gut er kann. Denn nur so geht es immer weiter.

»*Se bon dye ki konnen!*«

Zwischen zwei Küssen hatte Rosi-Anne den mürrisch dreinblickenden Martin Ladouceur bemerkt. Trotz der Proteste der Kinder hatte sie sofort die Bonbondose auf eine Kommode gestellt und ihn aufgefordert, mit ihr Biguine zu tanzen und, vor allem, zu singen.

»*Das hebt die Laune, das hebt die Laune. Das tut gut, so gut! Das tut gut, so gut! Das tut gut, so gut! Das tut gut, so gut ...*«

Der große weiße Wagen wurde langsamer und fuhr schließlich auf den von Schnee geräumten Parkplatz des Dunkin' Donuts, wo er vor dem Schaufenster stehen blieb, durch das man die Tische im Inneren sehen konnte. Pierre-Léon drehte den Zündschlüssel, und der Motor verstummte. Das Taxameter brauchte er nicht auszuschalten, denn es war überhaupt nicht eingeschaltet gewesen. Er nahm die beiden zusammengelegten Mäntel von der Rückbank. Seinen eigenen, wollenen, behielt er in der Hand, und den aus Kaschmir reichte er seinem Fahrgast. Martin Ladouceur beeilte sich, die Tür des Lokals zu öffnen und Pierre-Léon den Vortritt zu lassen.

»Weißt du, dass ich als kleiner Junge nach den Spielen immer hierhergekommen bin?«

Drinnen drehte sich niemand nach ihnen um, denn der Raum war völlig leer. Hinter der Theke lasen zwei junge Angestellte seelenruhig Zeitung, kauten dabei Kaugummi und nippten an einem Kaffee. Sie ließen sich auch nicht dazu herab, den Kopf zu heben, als sie die Gäste hereinkommen hörten.

»Er ist ein *bad boy*, aber so was von süß!«

»Bäh … Hast du 'nen Knall? Der Typ ist alt!«

»Guck nur mal, wie sexy er mit seinem Pflaster aussieht. Ich finde, wenn Männer verletzt sind, sehen sie noch mehr wie echte Kerle aus.«

»Das sieht mir eher nach Klebeband aus als nach einem Pflaster … «

»Also, als *sugar daddy* würde ich ihn sofort nehmen!«

Die beiden Mädchen kicherten mehr, als dass sie wirklich lachten.

»Wusstest du, dass Lucie, die jetzt Schulleiterin in Ancienne-Lorette ist, als Erste mit ihm rumgeknutscht hat?«

»Klar, das weiß doch jeder.«

»Anscheinend wusste er nicht, wie's geht … Sie musste ihm alles zeigen …«

Belustigt räusperte sich Martin Ladouceur, um sich bemerkbar zu machen.

»Ich gebe ihm dann Nachhilfe.«

Wieder kicherten die beiden Mädchen im Chor, doch Pierre-Léon, der laut husten konnte, gelang es schließlich, sie auf sich aufmerksam zu machen. Wenigstens eine von beiden.

»Shit!«

Als sie den Mann erkannte, dessen Foto auf der Titelseite jener Zeitung prangte, in die ihre Freundin immer noch vertieft war, verschluckte sie vor Schreck erst ihren Kaugummi und ließ dann ihren Kaffee fallen. Der Kaugummi landete direkt in ihrem Magen, aber die Kaffeetasse prallte von der

Tresenkante ab und leerte sich über die Bluse ihrer Kollegin aus. Die sich endlich aufrichtete. Sie öffnete den Mund zum Schrei, doch beim Anblick von Martin Ladouceur klappte sie ihn hastig wieder zu.

»Sie haben sich doch hoffentlich nicht verbrüht, Mademoiselle?«

»Nein, den hatten wir uns schon vor einer Stunde geholt, und dann haben wir geredet… Er war kalt.«

»Es tut uns leid… Wir haben nur wiederholt, was die anderen behaupten… Wir wissen ja gar nichts.«

»Welchen Donut würdest du mir empfehlen, Martin?«

Martin Ladouceur zögerte keine Sekunde.

»Gib uns zwei mit Ahornsirup und zwei Kaffee.«

»Zum hier Essen oder zum Mitnehmen?«

»Zum Mitnehmen, wir essen draußen im Wagen, da sind wir ungestörter.«

»Außer uns ist doch niemand hier, Martin.«

»Du bist nicht mehr in der Stadt, Pierre-Léon…«

Mundpropaganda mag zwar ein veraltetes Kommunikationsmittel sein, aber auf dem Land ist sie immer noch so wirkungsvoll wie eh und je. Dreißig Minuten später schafften es die beiden jungen Angestellten kaum noch, einer immer länger werdenden Schlange Kaffee und Donuts zu servieren. Das Lokal war inzwischen zum Bersten voll mit Dörflern, von denen die meisten am Fenster klebten, das auf den Parkplatz hinausging. Schamlos beobachteten sie die beiden Insassen des weißen Chevrolets, der genau gegenüber parkte.

»Was macht er da mit einem Schwarzen?«

»Stimmt, du hast recht… Ein Schwarzer.«

»Das ist vielleicht sein Sklave?«

»Bei dem Geld, das er verdient, kann er sich bestimmt einen leisten.«

»Nicht doch, das wird sein Agent aus Los Angeles sein!«

»Wow … Er ist mit seinem Agenten gekommen!«

»Bei dem, was gerade passiert, kann er von Glück reden, dass er einen guten Agenten hat.«

»Die haben ja auch mittlerweile echt einen Agenten für alles. Brauchen nix mehr selbst zu machen.«

»Ich ruf meinen Schwager an. Der fällt glatt in Ohnmacht. Er hat noch nie einen Agenten gesehen.«

Es gab eine kleine Pause, die alle nutzten, um einen Schluck Kaffee zu trinken oder in ihren Donut zu beißen.

»Ja, aber wenn das sein Agent ist, wer fährt dann das Taxi?«

»Du, sei gefälligst still! Hat dein Vater dir nie beigebracht, dass Kinder den Mund halten sollen, wenn Erwachsene sich unterhalten?«

Hinter den geschlossenen Fenstern des Autos spielte das Radio karibische Musik. Pierre-Léon hatte seinen Donut längst aufgegessen. Ungläubig beobachtete er stumm Martin Ladouceur, der vorsichtig in seinen Teigkringel biss und das Stück eine ganze Weile im Mund hin- und herrollte, ehe er es mit zusammengekniffenen Augen hinunterschluckte, um den Geschmack besser zu genießen. Nichts und niemand schien ihn dabei stören oder ihn aus seiner schützenden Blase holen zu können. Diese Prozedur wiederholte er mehrmals mit immer gleich kleinen Bissen.

»Hey, mein Freund, mein Kaffee ist fast kalt, und du hast deinen Donut immer noch nicht aufgegessen! Beeil dich, sonst kommst du zu spät …«

Martin Ladouceur erschauerte. Diesen Satz hatte er hier

schon tausendmal gehört. Das war nun schon so viele Jahre her, aber mit einem Mal war alles wieder da, vor allem das Gute, als würde die Zeit nur die besten Erinnerungen herausfiltern. Pierre-Léon steckte den Zündschlüssel ins Schloss und ließ den Motor an, während sein Fahrgast vorsichtig den Rest seines Donuts einpackte, wobei er darauf achtete, dass die Glasur nicht am Papier festklebte. Als das Taxi an der Parkplatzausfahrt langsamer wurde, schaute er erst nach rechts, dann nach links und deutete schließlich nach links.

»Fahr da lang, ich kenne eine Abkürzung.«

Während Rosi-Anne am Vorabend nach dem Aufbruch der letzten Gäste singend das Haus aufgeräumt hatte, hatte Pierre-Léon Martin Ladouceur einen Spaziergang durch die Rue Saint-Denis vorgeschlagen.

»Dann kann der *kabrit* ein letztes Mal laufen, und morgen fühlst du dich leicht wie eine Gazelle.«

Gleich bei ihren ersten Schritten durch die kalte Nacht hatte der Taxifahrer Martin erklärt, dass das Gästezimmer von nun an ihm gehöre. Die Tür seines Hauses werde ihm so lange offen stehen, wie es nötig sei.

»Hier kannst du in Ruhe nachdenken.«

Ohne Pierre-Léon zu unterbrechen, hatte Martin Ladouceur ihm anschließend aufmerksam zugehört, als er von seinem Leben in Haiti erzählt hatte und der Auswanderung, die ihn hierhergeführt hatte, als er ihm die Gefühle geschildert hatte, die er im Laufe seiner Suche nach einem besseren Leben empfunden hatte. Pierre-Léon hatte von jenem Kind gesprochen, auf das sie so lange gewartet hatten. Von jenem Zorn gegen das Leben, das nicht kommt. Jener Ungerechtigkeit, geboren zu sein und dieses Geschenk nicht weitergeben zu können. Er hatte so lange unter diesem Schmerz gelitten, bis ihm klar geworden war, dass sich nichts ändern würde, wenn er sich weiter in diese Vergangenheit ohne Zukunft vergrub, sie ständig wiederkäute, ohne sie jemals zu verdauen.

»Das schleppt man mit sich herum wie eine Eisenkugel. Man kommt nicht mehr vorwärts. Und wenn irgendwann der Boden, auf dem du dich bewegst, bröckelig wird, dann zieht sie dich in die Tiefe, bis du vollständig versinkst.«

Als Martin Ladouceur an diesem Morgen mit dem *Journal*, das ihn auf der Titelseite zeigte, vom Zeitungskiosk zurückgekommen war, hatte Pierre-Léon, der gerade von seiner Nachtschicht zurückgekehrt war, vor seinem Taxi auf ihn gewartet und ihm den Brief gegeben, den Charles-David ihm ans Ende der Taxischlange vor dem Hotel gebracht hatte.

»Grüß Martin unbedingt von mir. Es ist so langweilig hier ohne ihn. Und sag ihm, ich weiß es jetzt. Er wird das schon verstehen.«

Der Bote war in das kleine Haus gegangen, um Rosi-Anne mitzuteilen, dass sie an diesem Tag nicht zu Yveline Mode fahren würden, um das versprochene Kostüm zu kaufen. Er hatte eine wichtigere Mission.

»*Se bon dye ki konnen!*«

Fünf Minuten später war Pierre-Léon, Reste von Rasierschaum noch am Ohrläppchen, die vier Stufen vor der Vordertür hinuntergestürmt und zu seinem Taxi gerannt. Dabei hatte er die letzten Knöpfe an seinem Hemd geschlossen, das noch nicht in der Hose steckte. Im Vorbeilaufen hatte er Martin Ladouceur die Beifahrertür geöffnet, woraufhin dieser sich widerstandslos in den Wagen gesetzt hatte. Sie waren noch nicht angerollt, als Rosi-Anne auftauchte und beide

Hände auf die Motorhaube legte, um sie aufzuhalten. Sie hatte den Fahrgast aus dem Taxi gezogen, ihn in die Arme genommen und ihm von ganzem Herzen Glück gewünscht. Pierre-Léon hatte sogar hupen müssen.

»Wenn wir heute Abend wieder zurück sein wollen, müssen wir jetzt los.«

Am Straßenrand tauchte das Ortsschild von Sainte-Claire auf. Martin Ladouceur biss sich auf die Unterlippe, als er die vereinzelt stehenden Gebäude sah, diese weit verstreuten Bauernhöfe und Lagerhallen in der Monotonie einer vollkommen weißen Landschaft, die beinahe durchsichtig wirkte, weil sie ausschließlich Leere bot. Das Taxi folgte der Hauptstraße des kleinen Weilers. Vor ihnen tauchte ein in der Sonne funkelnder Weißblechkirchturm auf. Ein Dutzend Kinder kämpfte vor der Kirche, gegenüber dem Tante-Emma-Laden und der Genossenschaftsbank, auf der Eisbahn um den Puck. Zwar trugen die meisten von ihnen das blaue, liliengeschmückte Trikot der Nordiques de Québec, doch vier Spieler schwitzten unter dem roten Banner der Canadiens de Montréal. Auf dem Rücken ihrer Trikots war in großen weißen Buchstaben »Ladouceur« aufgestickt.

»Wow! Du bist hier ja noch immer ziemlich beliebt!«

»Träum nicht, Pierre-Léon. Sie tragen die zehn Jahre alten Sachen ihres großen Bruders. Hier haben die Eltern nicht das Geld, um jedes Jahr ein neues Trikot zu kaufen.«

Das Taxi fuhr an der Eisbahn und der Kirche vorbei. An der ersten Kreuzung hing ein Schild mit der Aufschrift »Chez Romuald« an der Regenrinne eines grün gestrichenen Hauses. Am Fenster der einzigen Kneipe des Ortes verkündete ein handgeschriebenes Plakat »Montags,

5 bis 7 Uhr, Bingo«. Martin Ladouceur senkte den Blick, aus Angst, seinen Vater hinter der Scheibe zu entdecken, mehr noch aber fürchtete er, sein Vater könne ihn sehen. Doch als Pierre-Léon wieder anfuhr, konnte er nicht widerstehen und schaute auf.

»Halt an!«

Das Taxi bremste. Martin Ladouceur starrte schon nicht mehr den Mann an, den er seit achtzehn Jahren nicht mehr gesehen hatte, sondern den, der ihm gegenübersaß und mit dem er selbst vor nicht einmal zwei Tagen gesprochen hatte. Den Mann, der ihm versichert hatte, dass er im Winter keinen Fuß ins Dorf setzte.

»Lügner!«

Hinter der Scheibe spielte Henri Ladouceur nicht Bingo, sondern unterhielt sich angeregt mit Gaëtan, dem Nachtwächter des Forums. Jenem Gaëtan, der sich für heute Morgen beim Training mit ihm verabredet hatte. Gaëtan, der seit dreißig Jahren kein einziges Training versäumt hatte.

»Und mir hat er gesagt, dass er ihn seit Ewigkeiten nicht mehr gesehen hat! Was, zum Teufel, hat er hier zu suchen?«

Hinter der Scheibe schwenkte sein Vater wutentbrannt das *Journal de Montréal* und deutete auf die Titelseite. Gaëtan riss ihm die Zeitung aus der Hand und warf sie auf den Boden. Dann stürzte er sich in einen langen, von ausladenden Gesten begleiteten Monolog. Er imitierte einen Mann, der in ein Mikrofon spricht, und deutete dabei auf sich selbst. Danach ahmte er einen Autofahrer nach, kniete sich dann hin, wobei sein Kopf kaum über die Tischkante reichte, und machte typische Bewegungen eines Torhüters nach.

»So klein bin ich nun auch wieder nicht …«

Diesmal lachte der Fahrgast nicht über Pierre-Léons

Scherz. Gaëtan stand wieder auf und legte eine Hand an seine Hüfte, um eine Größe anzuzeigen. Die eines Kindes. Verwirrt kratzte sich Henri Ladouceur am Kopf. Dann imitierte Gaëtan einen fulminanten Schuss und tat so, als griffe er erneut zum Mikrofon, um ihn zu kommentieren.

»Wow!«

Martin Ladouceur sah, wie sein Vater den Kopf in beide Hände legte, als wäre die schlimmste Katastrophe über ihn hereingebrochen. Ungläubig und geschlagen starrte der Sechzigjährige Gaëtan an, der sich bemühte, ihn zu trösten. Aber nichts schien ihn beruhigen zu können.

»Los, fahr weiter!«

Der Chevrolet Caprice brauste los und fuhr eine Weile mit hoher Geschwindigkeit durch die Gegend, ohne einer bestimmten Route zu folgen. Bis Pierre-Léon genug davon hatte, ziellos herumzufahren, an einer Kreuzung anhielt und sich seinem Fahrgast zuwandte, der unverwandt auf seine Füße starrte.

»So, wohin jetzt?«

Martin Ladouceur hob den Kopf und sah sich um. Alles war weiß, weit und breit die gleichen Bäume.

»Nach rechts! Nein, nein, nach links … Oder besser geradeaus! Ich hatte doch gesagt, nach rechts! Wenn du nicht auf mich hörst, kommen wir nie an!«

Nachdem Pierre-Léon zwölf Meter gefahren war, und zwar alle in unterschiedliche Richtungen, brachte er sein Taxi mitten auf der Kreuzung zum Stehen.

»Martin, ich glaube, wir haben uns verfahren.«

»*Se bon dye ki konnen!*«

»Nein, nein, nein, Martin! Gott hat das nicht gewollt. Er hat damit nichts zu tun. Glaub mir, ich rede jeden Tag mit ihm, ich kenne ihn gut. Er will niemals, dass du dich verirrst, ganz im Gegenteil!«

Martin Ladouceur betrachtete seinen eingepackten Donut, den er immer noch in der Hand hielt. Er öffnete das Fenster und warf ihn weit hinaus in den Schnee.

»Ich glaube, wir waren ein bisschen voreilig. Lass uns nach Montréal zurückfahren und ein andermal wiederkommen, was hältst du davon?«

Immer noch mitten auf der Kreuzung, schaltete Pierre-Léon den Motor aus. Er nahm sich Zeit, bevor er antwortete, wog seine Worte sorgfältig ab, denn er wusste, dass dies ein entscheidender Moment war.

»Martin, wenn du jetzt nicht hinfährst, wirst du nie wiederkehren. Du bittest mich nicht, nach Hause zu fahren, du willst, dass ich dir bei der Flucht helfe. Willst du das wirklich? Denk darüber nach, Martin. Denk gut darüber nach. Ich habe Zeit …«

Eine Stunde später wurde es dunkel, und die Umrisse der Bäume verschwammen in der Ferne. Der grau gewordene Schnee funkelte nicht mehr. Die Scheinwerfer des Taxis trafen auf ein Schild, das rechts nach Montréal wies.

»Fahr rechts!«

»Bist du sicher, Martin?«

»Ja, ich bin sicher!«

»Ich würde ja eher nach links fahren.«

»Aber ich sage dir, fahr nach rechts!«

»Ich glaube, wir sind hier vor einer halben Stunde schon einmal vorbeigekommen.«

»Aber da sind wir nach links abgebogen.«

»Vielleicht hast du recht.«

Der Chevrolet bog nach rechts auf eine erst kürzlich geräumte Landstraße ein. Ab und zu drehten die Hinterräder durch. Vor Konzentration schob Pierre-Léon die Zungenspitze vor, während er sich bemühte, mit seinem schönen, am Vortag blank polierten Auto nicht gegen die hohen Schneewälle zu stoßen, die den schmalen Weg säumten.

»Ja, das ist es, das ist die richtige Straße! Fahr einfach durch bis zum Lac Martin, und danach ist es gleich auf der rechten Seite.«

Die kurvige Straße führte durch einen Wald. Zwischen den Bäumen tauchte plötzlich ein orangefarbenes Blinklicht auf, das sich an den schwarzen Stämmen brach. Martin Ladouceur schrie auf.

»Das kann doch wohl nicht wahr sein! Nicht jetzt!«

Kurz darauf sahen die beiden Männer nur noch die Rücklichter des Gemeindeschneepflugs, der behäbig vor ihnen herkroch.

»Können die das nicht an einem anderen Tag machen?«

Immer noch genauso konzentriert, um nur ja nicht vom Weg abzukommen, warf Pierre-Léon dem ungeduldig auf seinem Sitz herumzappelnden Martin Ladouceur einen raschen Seitenblick zu. Dieser Mann hatte achtzehn Jahre gewartet, ehe er nach Hause zurückgekehrt war, hatte eine halbe Stunde mitten auf der Kreuzung gestanden und nachgedacht, und jetzt hielt er nicht einmal mehr die letzten Sekunden aus.

»Wir sind da!«

Der Chevrolet verlangsamte seine Fahrt, ließ den Schneepflug zwischen den Bäumen entschwinden und hielt schließlich vor einem blau gestrichenen Holzhaus, dessen Eingang von einer einfachen Glühbirne beleuchtet wurde. Martin

Ladouceur drehte sich zu Pierre-Léon um, der ihm aufmunternd zunickte. Er ging die kurze, sorgfältig von Schnee gesäuberte Auffahrt hinauf und sah sich selbst wieder, wie er sie dreißig Jahre zuvor mit einem Kloß im Magen entlanggerannt war, voller Angst vor Monstern oder Gespenstern, die ihn entführen und töten würden. Er vergewisserte sich, dass der Baum, an dessen dickstem Ast die von seinem Vater selbst gebaute Schaukel hing, noch da war. Im Halbdunkel entdeckte er ihn. Nachdem sich seine Augen an die Dunkelheit gewöhnt hatten, bemerkte er rings um den Baum Fußspuren im Schnee. Die Schaukel war vor Kurzem benutzt worden.

»Martin, bist du den ganzen Weg gefahren, um diese Schaukel zu sehen?«

Er drehte sich zur Haustür um. Im Gegenlicht erkannte er seine Mutter. Als er bei ihr ankam, trat sie zurück, um ihn hereinzulassen, und schloss die Tür hinter ihm. Mutter und Sohn schauten sich eine Weile an, keiner von beiden wagte den ersten Schritt zu machen.

»Ziehst du deine Schuhe nicht aus?«

Martin Ladouceur bückte sich, zog sie aus und stellte sie ordentlich auf die Fußmatte, einen neben den anderen, so wie man es als Kind von ihm verlangt hatte. Als er sich wieder aufrichtete, breitete seine Mutter die Arme aus, und er fiel ihr um den Hals.

»Maman!«

»Du hast dir ja Zeit gelassen.«

Martin biss sich auf die Lippen, um nicht zu weinen. Er folgte seiner Mutter ins Wohnzimmer und fragte sich, ob er dort sein würde, in seinem Sessel. Er war da. Der alte Mann lächelte nicht beim Anblick seines Sohnes, aber seine

Miene war wohlwollend. Er stützte sich auf die Armlehnen und stand auf. Sein Sohn ging die letzten Schritte auf ihn zu. Lange hielten die beiden Männer einander umarmt.

»Wenn du möchtest, kannst du Pierre-Léon reinholen.«

»Du kennst ihn?«

»Gaëtan hat mir von eurem Besuch im Forum erzählt.«

»Später …«

Vater und Sohn lösten sich voneinander, doch sie hielten einander weiter bei der Hand. Martin Ladouceur hätte gerne geredet, sein Herz ausgeschüttet. Er hatte so viel zu sagen: Er wollte seinem Vater danken für alles, was er für ihn getan hatte, sich dafür entschuldigen, dass er ihn nicht zu seinem Agenten gemacht hatte, versuchen, sich für seine Eskapaden in Montréal zu rechtfertigen, ihm zurufen, dass er ihm nichts nachtrug, die richtigen Worte finden, um sein Schweigen zu entschuldigen, ihm ganz einfach sagen, dass er ihn liebte, er wollte ihm von dieser Nacht erzählen, in der er den wahren Sinn des Lebens gefunden hatte, aber die Schamhaftigkeit überwog, und wie immer kam etwas ganz anderes über seine Lippen.

»Wer spielt denn da draußen mit meiner Schaukel?«

Als er die ernste Miene seines Vaters sah, der sich zu seiner Frau umgewandt hatte, begriff er, dass seine so albern anmutende Frage alles andere als belanglos war. Er schaute zu seiner Mutter, die den Fernseher fixierte. Martin Ladouceur folgte ihrem Blick. Seine Beine begannen zu zittern. Aus einem ersten Bilderrahmen lächelte ihm ein Kind entgegen, genauso dunkel wie er, die gleichen blauen Augen, das gleiche Gesicht. Auf einem anderen Foto saß dasselbe Kind zwischen Pauline und Henri Ladouceur. Das Glück, das sie unverkennbar einte, war das des Blutes. Das letzte Foto zeigte das Kind auf dem Schoß einer Frau, die auf dem Wohnzimmersofa saß. Er ging zum Fernseher und nahm es in die Hand, um besser zu sehen. Er erkannte sie sofort. Sie war die Frau von damals. Michel Mercier hatte nicht gelogen, und Gaëtan wusste das. Dieses Kind existierte tatsächlich, und es war seins.

»Sie ist zu uns gekommen, sie wusste nicht, wohin, sie hatte kein Geld. Der Verein wollte nichts davon wissen. Wir haben sie überzeugt, es zu behalten, und ihr versprochen, sie zu unterstützen, bis du wieder zurückkommst.«

Martin Ladouceur wusste nicht nur, dass er bereit dafür war, nein, er freute sich darauf. Er würde so lange warten, wie nötig, bevor er sie traf. Er wollte sich nichts ausmalen, nichts planen, nichts verlangen. Er würde das Leben auf sich zukommen lassen. Diese Zukunft würde er gestalten, indem er den wahren, echten Gefühlen Zeit ließ zu wachsen. Jetzt wusste er es, und vor allem wollte er es: dass sein Leben schön sein würde.